SEGREDOS MORTAIS

ROBERT BRYNDZA

SEGREDOS MORTAIS

ERIKA FOSTER NUNCA ESTEVE TÃO DETERMINADA A ENCONTRAR MAIS UM ASSASSINO

TRADUÇÃO DE Marcelo Hauck

2ª REIMPRESSÃO

GUTENBERG

Título original: *Deadly Secrets*

EDITORA RESPONSÁVEL
Flavia Lago

PREPARAÇÃO DE TEXTO
Samira Vilela

REVISÃO
Júlia Sousa

CAPA
Alberto Bittencourt
(sobre imagens de Henry Steadman)

DIAGRAMAÇÃO
Larissa Carvalho Mazzoni

Dados Internacionais de Catalogação na Publicação (CIP)
(Câmara Brasileira do Livro, SP, Brasil)

Bryndza, Robert
Segredos mortais / Robert Bryndza ; tradução Marcelo Hauck. -- 1. ed.; 2. reimp. -- São Paulo : Gutenberg, 2022. -- (Detetive Erika Foster ; 6.)

Título original: Deadly Secrets
ISBN 978-85-82356-35-7

1. Ficção inglesa I. Título II. Série.

20-36081 CDD-823

Índices para catálogo sistemático:
1. Ficção : Literatura inglesa 823
Maria Alice Ferreira - Bibliotecária - CRB-8/7964

A **GUTENBERG** É UMA EDITORA DO **GRUPO AUTÊNTICA** 

São Paulo
Av. Paulista, 2.073 . Conjunto Nacional
Horsa I . Sala 309 . Cerqueira César
01311-940 São Paulo . SP
Tel.: (55 11) 3034 4468

Belo Horizonte
Rua Carlos Turner, 420
Silveira . 31140-520
Belo Horizonte . MG
Tel.: (55 31) 3465 4500

www.editoragutenberg.com.br
SAC: atendimentoleitor@grupoautentica.com.br

Para Riky e Lola

O homem é menos ele mesmo quando fala de si.
Dê-lhe uma máscara, e ele dirá a verdade.

Oscar Wilde

CAPÍTULO 1

Já era tarde na véspera de Natal quando Marissa Lewis desceu do trem, na estação Brockley, e avançou junto aos passageiros bêbados até a passarela. Os primeiros flocos de neve rodopiavam preguiçosos no ar, e as pessoas, todas afetuosas e alcoolizadas, estavam ansiosas para chegar em casa e dar início às festividades.

Marissa era uma mulher bonita, de cabelo preto azulado, olhos violeta e um corpo escultural. Tinha orgulho de ser *aquela* garota sobre a qual as mães sempre alertam os filhos. Estava voltando para casa, saindo de um clube em Londres onde se apresentava como dançarina burlesca. Usava um sofisticado sobretudo preto vintage com arremate de pele, o rosto pálido e os olhos carregados, cílios postiços e lábios delineados em escarlate. Quando alcançou os degraus que levavam à passarela, dois rapazes à sua frente se viraram e a olharam de cima a baixo. Marissa acompanhou os olhares e viu que a parte de baixo do seu casaco tinha desabotoado, revelando, enquanto subia a escada, um vislumbre da meia-calça e das cintas-ligas que usava durante as apresentações. Ela parou para fechar os grandes botões de metal, e as pessoas passaram aos montes ao seu redor.

– Espero que essa pele seja falsa – murmurou uma voz atrás dela.

Marissa se virou e viu uma jovem esquelética acompanhada do namorado igualmente esquelético. Ambos usavam casacos de inverno surrados, e a mulher tinha um cabelo oleoso comprido.

– É falsa, sim – assegurou ela, abrindo um enorme sorriso para disfarçar a mentira.

– Parece de verdade – discordou a jovem. O namorado, imóvel, a boca semiaberta, encarava o lampejo de renda e liga enquanto Marissa terminava de arrumar o casaco. – Frank! – ladrou ela, arrastando-o escada acima para longe da garota.

O arremate de pele do casaco *era* de verdade. Havia barganhado a peça em um brechó no Soho, mesmo lugar onde tinha comprado a frasqueira que levava pendurada no braço.

Marissa subiu o resto da escada e atravessou a passarela. Lá embaixo, os trilhos do trem brilhavam ao luar, e uma fina camada de neve começava a se formar nos telhados. Quando estava quase no fim da escada, viu que os dois rapazes de antes haviam diminuído o passo e a esperavam no patamar. Seu coração começou a bater mais depressa.

– Posso ajudar você? – perguntou o mais alto, oferecendo o braço. Era bonito, ruivo, o rosto liso e rosado. Vestia terno completo com um sobretudo bege, e seus sapatos de couro, também bege, brilhavam. O outro era mais baixo e vestia-se de maneira quase idêntica, mas não tivera tanta sorte no quesito aparência.

– Não precisa – respondeu ela.

– Você pode escorregar – insistiu ele, enfiando o braço com força por baixo do dela. Eles agora bloqueavam metade da escada. Ela o observou por um momento e decidiu que talvez fosse mais fácil aceitar a ajuda.

– Obrigada – disse, cedendo o braço. O mais baixo quis pegar a frasqueira, mas ela negou com a cabeça e sorriu. O sal triturado sob seus pés fazia barulho enquanto desciam, e Marissa continuou prensada entre os dois. Eles fediam a cerveja e cigarro.

– Você é modelo? – perguntou o mais alto.

– Não.

– O que "M.L." significa? – quis saber o outro, apontando para as letras impressas na frasqueira.

– São minhas iniciais.

– E qual é o seu nome?

– Eu sou Sid e este é Paul – emendou o mais alto. Paul abriu um sorriso, deixando à mostra os dentes grandes e amarelados. Chegaram ao final da escada, e ela os agradeceu, soltando o braço. – Quer tomar alguma coisa?

– Obrigada, mas estou indo pra casa – disse Marissa. Os dois continuavam bloqueando metade da escada, e um fluxo de pessoas passava por eles. Ficaram parados ali por um momento, esperando, analisando a situação.

– Vamos, é Natal – disse Sid. Marissa se afastou, deixando as pessoas passarem entre eles. – Podemos dar uma carona a você, então? – acrescentou ele, enfiando-se entre as pessoas para alcançá-la. Paul o seguiu, tirando um rapaz do caminho com um empurrão. Seu olhar faiscava, parecendo, ao mesmo tempo, perdido e penetrante.

– Não, é sério. Preciso ir pra casa, mas obrigada, pessoal. Feliz Natal.

– Tem certeza? – insistiu Paul.

– Tenho, obrigada.

– Podemos tirar uma foto com você? – pediu Sid.

– O quê?

– Só uma selfie com a gente. Gostamos de garotas bonitas, e assim teremos algo pra olhar quando estivermos solitários na cama.

A forma como olhavam para ela fez Marissa pensar em lobos. Lobos famintos. Eles se inclinaram para perto, um de cada lado. Ela sentiu uma mão agarrar sua bunda quando Sid pegou o celular para tirar uma selfie, depois outra. Os dedos começaram a se movimentar entre as suas nádegas.

– Legal – disse ela, afastando-se. Eles mostraram a foto. Ela estava com os olhos arregalados, mas não demonstrava tanto medo quanto sentia por dentro.

– Você é muito gata – disse Sid. – Tem certeza de que não podemos convencê-la a tomar alguma coisa com a gente?

– Temos vodca, Malibu, vinho – disse Paul.

Marissa olhou para a passarela atrás de si e viu que alguns passageiros ainda atravessavam. Virando-se para eles novamente, forçou um sorriso.

– Desculpe, pessoal. Hoje não.

Ela olhou para uma das câmeras de segurança acima deles, envolta em uma cúpula de plástico. Os dois acompanharam seu olhar. Por fim, sacaram a indireta e foram embora.

– Essa vagabunda tá se achando – ouviu Paul dizer.

Ela recuou, aliviada, e observou enquanto os dois caminhavam até um carro estacionado junto ao meio-fio, evitando encará-los quando se viraram para trás. Ouviu risadas, portas batendo e, depois, o barulho do motor. Marissa só percebeu que estava prendendo a respiração quando o carro arrancou e saiu pela via de acesso da estação.

Ela soltou o ar e viu que os últimos passageiros estavam descendo a escada. Lá em cima havia um homem alto e bonito, de 50 e poucos anos, acompanhado da esposa, muito pálida.

– Merda – sussurrou, seguiu apressada até as máquinas de bilhetes e ficou encarando uma das telas.

– Marissa! Eu vi você! – berrou a mulher, sua voz embolada devido ao álcool. – Eu vi você, sua piranha! – As escadas rangeram quando ela se apressou na direção de Marissa.

– Jeanette! – chamou o homem.

– Nos deixe em paz! – gritou a mulher, levantando a mão para Marissa, mas parando antes de tocá-la. Seu dedo comprido balançava a centímetros do rosto da jovem. – Fique longe dele!

Seus olhos estavam raiados de sangue, o rosto, vermelho e inchado, e o batom escarlate havia manchado as rugas de fumante em volta da boca.

– Jeanette! – vociferou o homem, entredentes, alcançando-a e afastando-a. Embora o casal tivesse aproximadamente a mesma idade, ele tinha o rosto bonito, ainda que enrugado. Era um lembrete a Marissa de que o tempo podia ser mais gentil com os homens.

– Tento ao máximo não cruzar seu caminho, mas moramos na mesma rua. Não tem jeito – justificou Marissa, dando um sorriso doce.

– Você é uma vadia!

– Estava no pub, Jeanette?

– Estava – rosnou ela. – Com o *meu* marido.

– Você parece sóbrio, Don. Eu achava que era você quem precisava encher a cara pra aguentar a esposa.

Jeanette levantou a mão para estapear o rosto de Marissa, mas Don a segurou.

– Já chega. Por que não consegue ficar calada, Marissa? Está vendo que ela não está bem – disse ele.

– Não fale como se eu não estivesse aqui, caramba! – gritou Jeanette, com a voz embolada.

– Anda, vamos – disse ele, conduzindo-a como se fosse uma inválida.

– Prostituta de merda – murmurou Jeanette.

– Nunca pagaram pra fazer sexo comigo! – gritou Marissa. – Pergunte ao Don!

O homem olhou para trás com uma expressão de tristeza. Ela se perguntou se ele estava triste consigo mesmo ou com a esposa alcoólatra. Don ajudou Jeanette a chegar ao carro e a acomodou no banco do passageiro. Assim que saíram, Marissa fechou os olhos e pensou nele. Lembrou-se de quando ele batia na porta dela tarde da noite, enquanto sua mãe estava dormindo, e os dois subiam às escondidas para o quarto. Lembrou-se da sensação do corpo quente dele contra sua pele enquanto faziam amor...

Quando abriu os olhos novamente, viu que o último passageiro já havia desaparecido pelas ruas e que ela estava sozinha. Nevava muito, os flocos iluminados pelo arco de luzes que circundava o saguão da estação. Marissa chegou à saída e virou à direita, na Foxberry Road. Árvores de Natal cintilavam nas janelas das casas, e o barulho de seus sapatos contra a neve quebrava o silêncio.

A rua terminava em uma curva fechada que dava para a Howson Road. Ela parou, hesitante. O caminho se estendia escuridão adentro. Vários postes estavam apagados, restando apenas dois para iluminar quase quinhentos metros de casas grudadas umas às outras nos dois lados da rua. Ela queria ter feito aquele trajeto com os outros passageiros do último trem; sempre havia pelo menos duas pessoas no mesmo percurso, o que dava mais segurança. Mas Jeanette e os dois asquerosos na estação haviam atrapalhado seus planos.

Marissa se apressou, deixando para trás becos sombrios e janelas escuras e vazias, perseguindo cada foco de luz. Sentiu alívio quando a Coniston Road emergiu da escuridão, uma rua muito iluminada graças à escola que havia ao final. Ela virou à esquerda e passou pelo parquinho antes de atravessar a rua e chegar ao portão de casa, que rangeu ao ser aberto. As janelas estavam todas escuras, e o pequeno jardim, banhado em sombras. Marissa já estava com as chaves na mão, prestes a colocar na fechadura, quando escutou um ruído atrás de si.

– Nossa! Você me assustou, Beaker – disse ela ao ver o corpo escuro e brilhante do gato sentado em cima da lixeira ao lado do portão. Ela se aproximou e o pegou no colo. – Vem cá. Está frio demais aqui fora. – Beaker ronronou e a olhou com seus intensos olhos verdes. Ela encostou o rosto em seu pelo quente. O gato se aninhou apenas por um breve momento, depois se contorceu em seus braços. – Tá bom, seu pacotinho de cocô. – Ele deu um salto, atravessou a cerca-viva em disparada e foi para o jardim vizinho.

Marissa levantou a mão para enfiar a chave na porta, mas escutou o portão ranger e congelou. Ouviu um ruído áspero, depois passos na neve. Ela se virou lentamente.

Uma pessoa de sobretudo preto estava de pé atrás dela, o rosto coberto por uma máscara de gás e uma touca de couro brilhante bem ajustada à cabeça. Duas grandes e inexpressivas órbitas de vidro a encaravam, e o filtro da máscara alongava o rosto para baixo até chegar ao peito. O sujeito usava luvas pretas e segurava uma faca fina e comprida na mão esquerda.

Marissa tateou ao redor da fechadura, tentando enfiar a chave, mas a pessoa correu em sua direção, agarrou seus ombros e a empurrou com força contra a porta. Ela viu um clarão prateado e, em seguida, seu sangue espirrando nas órbitas de vidro da máscara.

A frasqueira caiu no chão, e Marissa levou as mãos ao pescoço, só então sentindo a dor terrível do corte fundo em sua garganta. Tentou gritar, mas o que saiu foi apenas um gorgolejo, e sua boca encheu-se de sangue. Ela levantou as mãos quando a faca serpenteou para lhe dar mais um golpe, cortando-lhe dois dedos e o tecido do casaco até o antebraço. Ela não conseguia respirar e tentava puxar o ar, balbuciando e espirrando sangue. Seu oponente a agarrou pela nuca, arrastou-a até a entrada e bateu sua cabeça contra o pilar do portão. A dor explodiu em seu rosto, e ela ouviu um osso estalar.

Marissa arfava e engasgava, incapaz de encher de ar seus pulmões já inundados. Observava, quase apática, aquela estranha figura se esforçando para arrastá-la pelo terreno, afastando-a do portão até o meio do minúsculo jardim. O sujeito cambaleava e parecia prestes a cair, mas manteve o equilíbrio. Com as duas mãos, baixou a faca mais uma vez, golpeando a jovem na garganta e cortando-lhe o pescoço. Enquanto o sangue jorrava, manchando o manto de neve, e a vida deixava seu corpo, Marissa pensou ter reconhecido o rosto por trás dos grandes olhos de vidro da máscara de gás.

CAPÍTULO 2

O despertador da detetive inspetora-chefe Erika Foster tocou às 7h da manhã, e, das profundezas das cobertas, um braço magro e pálido emergiu e o desligou. O quarto estava escuro e gelado, a luz dos postes atravessando as persianas finas como papel – as quais Erika queria trocar desde que se mudara para o apartamento, mas ainda não havia tocado no assunto com o proprietário. Ela rolou para fora da cama, caminhou silenciosamente até o banheiro, tomou um banho e escovou os dentes.

Foi só depois de vestir a roupa e guardar na bolsa o telefone, a carteira e o distintivo que Erika se lembrou que era Natal e que tinha sido convidada para almoçar na casa do comandante Paul Marsh.

– Droga! – xingou ela, sentando-se na cama e passando a mão pelo cabelo louro curto. – Droga.

A maioria dos policiais enxergaria um convite para o almoço de Natal na casa do comandante e sua família como um sucesso. Mas, para Erika, sua relação com Marsh era... *complicada*.

A detetive havia acabado de encerrar um caso perturbador de um jovem casal que cometera uma série de assassinatos. O doentio jogo envolveu o sequestro das duas filhas pequenas de Marsh, e Marcie, sua esposa, tinha sido agredida durante a emboscada. Tudo isso levou a uma verdadeira caçada policial. Erika, que fora responsável pelo resgate das meninas, entendeu que Marsh e Marcie a haviam convidado como uma forma de agradecimento, mas ela só queria seguir em frente.

Erika se levantou, abriu o armário e ficou olhando o escasso cabideiro de roupas, em que quase todas as peças serviam para trabalhar. Depois de vasculhar as calças sociais pretas, os suéteres e as camisas brancas, tudo pendurado de forma organizada, desenterrou um vestido azul sem mangas. Virando-se para o espelho acima da penteadeira, suspendeu o cabide abaixo do queixo. Ela media 1,82m descalça. Tinha bochechas firmes e altas, grandes olhos verdes e o cabelo louro curto, arrepiado em tufos molhados.

– Nossa, estou magérrima – disse, moldando o vestido nas partes do corpo em que um dia existiram curvas. Ela olhou para a foto do falecido marido, Mark, na penteadeira. – Quem precisa dos Vigilantes do Peso? Ficar viúva faz maravilhas para a cintura... – A frieza da piada a chocou. – Desculpe – acrescentou.

Mark também tinha sido policial. Ele, Erika e Marsh fizeram o treinamento juntos, mas Mark havia sido morto há mais de dois anos, durante uma batida em busca de drogas. A foto do marido fora tirada na sala da casa que ele e Erika haviam compartilhado durante quinze anos, em Manchester. O sol penetrava pela janela, iluminando o cabelo escuro cortado à máquina e criando uma auréola dourada ao seu redor. Ele tinha o rosto bonito, além de um sorriso cordial e cativante.

– Não sei o que dizer a Marsh e Marcie... Só quero virar a página e seguir em frente, sem confusão.

Mark sorriu para ela.

– Acha que é mentira? Será que é tarde demais para dar uma desculpa?

Qual é, *Erika*, o sorriso dele parecia dizer, *colabora*.

– Você está certo, não posso cancelar... Feliz Natal. – Ela levou um dedo aos lábios e depois o pressionou contra o vidro do porta-retrato.

Erika foi até a pequena sala-cozinha, parcamente mobiliada com um sofá minúsculo, uma televisão e uma prateleira de livros meio vazia. Em cima do micro-ondas, havia uma minúscula árvore de Natal de plástico. No passado, o enfeite costumava ficar em cima da TV, mas, com o advento da tela plana, o topo do micro-ondas era o único lugar em que ele podia ficar sem parecer ridículo. Ela ligou a cafeteira e abriu as cortinas. O estacionamento e o restante da rua haviam desaparecido sob um grosso tapete de neve, que refletia a luz alaranjada dos postes. Não havia pessoas nem carros, e ela se sentiu sozinha no mundo. Uma rajada de vento soprou rente ao chão, arrastando uma poeira de neve que se juntaria ao monte empilhado junto ao muro do estacionamento.

O telefone fixo tocou enquanto Erika servia o café. Ela atravessou o corredor às pressas para atendê-lo, na esperança de que, por um milagre, o almoço estivesse cancelado.

Era o pai de Mark, Edward.

– Eu acordei você, minha querida? – perguntou ele, com seu cordial sotaque de Yorkshire.

– Não, eu já estava acordada. Feliz Natal.

– Feliz Natal pra você também. Está frio aí em Londres?

– Nevando – respondeu ela. – Na altura do tornozelo, o que é suficiente pra virar notícia.

– Aqui, a neve já subiu mais de um metro. E lá em Beverley ainda mais. – A voz dele soava fraca e tensa.

– E vocês estão se mantendo aquecidos?

– Estamos, querida. A lareira faz com que eu me sinta elegante, então vou mantê-la acesa o dia todo... É uma pena que a gente não vai se ver.

Erika sentiu uma pontada de culpa.

– Vou aparecer aí no Ano-novo. Tenho uns dias de férias pra tirar.

– Colocaram você pra trabalhar hoje?

– Hoje não. Fui convidada pra almoçar na casa do Paul Marsh com a família dele... Depois de tudo o que aconteceu, não pude recusar.

– Quem é esse, meu bem?

– Paul. Paul Marsh...

Houve um silêncio do outro lado da linha.

– Sim, claro! O jovem Paul. Ele conseguiu vender aquele Ford Cortina?

– O quê?

– Duvido que consiga muito por aquele carro. É uma lata velha. Dá pra atravessar a ferrugem com o dedo.

– Edward, do que você está falando? – perguntou Erika. Marsh havia tido um Ford Cortina vermelho no início dos anos 1990.

– Minha nossa! Que idiota eu sou... Não dormi muito bem essa noite. Como estão as coisas com ele, depois do que aconteceu?

Erika não sabia o que dizer. Torcia o fio do telefone nos dedos. Apesar dos quase 80 anos, Edward sempre fora extremamente lúcido e antenado.

– Tem muito pouco tempo. Não os vejo desde então.

Ela escutou a chaleira apitar ao fundo.

– Diga que desejo tudo de bom pra eles, tá bem?

– É claro.

– Vou desligar, minha querida. Preciso do meu chazinho da manhã pra despertar. E abrir meus presentes. Se cuida, e feliz Natal.

– Edward, tem certeza de que está tudo bem? – ela perguntou, mas ele já tinha desligado.

Erika encarou o telefone por um momento, depois foi à janela. A mansão vitoriana em frente era grande e ornamentada – e, como o restante das casas da rua, tinha sido transformada em um prédio residencial. Havia várias luzes acesas, e em uma das janelas ela viu um casal com duas crianças pequenas abrindo os presentes ao redor de uma grande árvore de Natal. Uma mulher com um grosso casaco passou caminhando com dificuldade pela calçada, de cabeça baixa por causa da neve, puxando um cachorrinho pela coleira. A detetive voltou ao telefone e o tirou do gancho, mas acabou colocando-o de volta no lugar.

Erika se arrumou e saiu do apartamento pouco antes das 11h. A neve caía pesadamente, deixando o dia modorrento, com todas as lojas fechadas. Ela viu algumas crianças brincando no quintal, fazendo guerra de bolas de neve.

Quando passou dirigindo pelas lojas próximas à estação de trem Crofton Park, o trânsito começou a ficar mais congestionado e lento, até parar de vez. Os limpadores de para-brisa do carro rangiam ao passar por cima da neve seca. Mais adiante, Erika pôde ver as sirenes azuis da polícia. Isso a animou um pouco, mudando seu foco para o trabalho. O trânsito se arrastava, e, à esquerda da Crofton Park School, uma das ruas estava bloqueada por duas viaturas e uma fita de isolamento. O detetive John McGorry conversava com dois policiais perto da fita esvoaçante. Quando chegou perto deles, Erika buzinou, e os dois se viraram.

– O que está acontecendo? – gritou, abaixando o vidro. Uma lufada de neve entrou pela janela, mas ela não ligou.

McGorry suspendeu a lapela de seu comprido casaco e se aproximou, apressado. Era um jovem bonito de 20 e poucos anos, cabelo escuro e uma franja desleixada que lhe caía sobre o rosto. Tinha a pele macia e clara e as bochechas rosadas de frio. Quando chegou à janela, jogou o cabelo para trás com a mão enluvada.

– Feliz Natal, chefe. Está indo a alguma festa? – perguntou ele, notando que ela estava maquiada e de brinco.

– Um almoço... O que está acontecendo?

– Encontraram o corpo de uma moça esfaqueada na porta de casa. Quem fez isso a atacou feito louco, tem sangue por todo lado – informou McGorry, mexendo no cabelo. O trânsito começou a andar, e ele voltou para a calçada, esperando que Erika arrancasse. – Bom almoço pra você, chefe. Queria já estar de folga. Você pega serviço amanhã?

– Quem é o detetive inspetor de plantão?

– Peter Farley, mas ele está atendendo um caso de esfaqueamento triplo em Catford. Parece que as pessoas não param de matar só porque é Natal.

O carro à frente avançou, e uma van atrás buzinou. Erika pensou no quanto uma cena de assassinato brutal era mais convidativa do que um almoço de Natal com Marsh. A van buzinou de novo. Ela engatou a marcha e subiu com o carro na calçada, fazendo McGorry dar um salto para trás. Pegou o distintivo, o casaco, e desceu do carro.

– Me mostre a cena do crime.

CAPÍTULO 3

Erika mostrou o distintivo e passou com McGorry por baixo da fita de isolamento da polícia. Eles caminharam pela rua, pelas casas decadentes de onde os vizinhos observavam das portas, usando diferentes estilos de roupa matinal, encarando boquiabertos a fita de isolamento no final da rua e esticando o pescoço para os guardas aglomerados na outra área interditada.

Erika pelejava para acompanhar o passo de McGorry, descobrindo que o salto alto que tinha colocado para o almoço de Natal não aderia à calçada coberta de gelo. Desejou que o clima estivesse mais quente para que pudesse tirar o sapato e ir descalça.

– É o pior dia para fechar a rua. Já tivemos que mandar voltar quem estava vindo visitar parentes... – Ele olhou para trás, e viu Erika se apoiando num muro pelo caminho, escolhendo cuidadosamente onde pisar.

– O que foi? – perguntou ela ao alcançá-lo, notando que McGorry a observava.

– Nada. Você está de salto – comentou ele.

– Bom trabalho, detetive.

– Não, você está linda! Quer dizer, elegante, muito bem...

Erika o olhou de cara fechada e continuou andando, mas escorregou. McGorry a amparou antes que caísse.

– Quer segurar no meu braço? – ofereceu ele. – A casa é um pouco mais ao final da rua.

– Querer eu não quero, mas pode ser mais rápido. E o que eu não quero mesmo é me estatelar no chão na frente dos guardas.

Ela agarrou o braço dele, e os dois seguiram a passos lentos.

– Usei salto uma vez – disse McGorry.

– Sério?

– Um *stiletto* de quinze centímetros. Quando estava em Hendon, fizemos uma apresentação beneficente no Natal. Interpretei Lady Bracknell em *A importância de ser prudente.*

Apesar da irritação, Erika sorriu enquanto escolhia onde pisar.

– Um *stilleto* de quinze centímetros? Lady Bracknell não deveria ser uma senhora vitoriana, sisuda e enfadonha?

– Calço 44. Foi o único sapato que me serviu – justificou ele, apontando para os pés enormes.

– Quanto arrecadaram para a caridade?

– Quatrocentos e setenta e três libras e cinquenta centavos...

– Vai lá, então, me mostre um pouco da Lady Bracknell – pediu Erika.

– *Uma bolsa?* – disse ele, simulando o vibrato de uma idosa da classe alta.

Erika sacudiu a cabeça e sorriu:

– Ainda bem que não desistiu do seu emprego aqui.

Ela soltou o braço dele quando chegaram à segunda fita de isolamento, que esvoaçava diante das casas geminadas quase no fim da rua. Um muro baixo e uma cerca-viva alta, coberta de neve, obscureciam o jardim, e pelo portão aberto era possível ver a equipe de peritos com seus macacões azuis de proteção. O guarda de prontidão junto à fita olhou o distintivo de Erika.

– Já chamamos um detetive inspetor. Está atrasado por causa de um esfaqueamento triplo em Cat... – começou ele.

– Bom, ele não está aqui, e eu estou – disse Erika.

O policial assentiu com a cabeça e levantou a fita. Erika e McGorry foram até a van da perícia estacionada sobre a calçada. Outro guarda, uma mulher de meia-idade com *piercing* no nariz e cabelo grisalho cortado à máquina, entregou um macacão de proteção a cada um. Eles tiraram os casacos e os colocaram em cima da van.

– Caramba, que frio dos infernos – reclamou McGorry, vestindo depressa o macacão por cima do uniforme fino.

– Chegou a fazer 12 graus negativos ontem à noite – comentou a policial.

Erika encostou na van, equilibrando-se em um dos pés, e vestiu o macacão de proteção, mas o salto esquerdo agarrou e rasgou a perna quando ela o puxou para cima.

– Porcaria!

– Vou descartar esse. Toma outro – disse a policial, entregando-lhe um novo. Erika tornou a vestir, mas a mesma coisa aconteceu outra vez.

– Você não devia estar de salto, principalmente em um dia como hoje – comentou ela.

Erika olhou firme para a policial, e McGorry desviou o olhar educadamente enquanto a chefe vestia o terceiro macacão, finalmente conseguindo passá-lo por cima do salto. Ela fechou o zíper, e os dois puseram o capuz. Protegeram os sapatos, o que Erika também teve dificuldade de fazer, mas uma vez prontos, seguiram até o portão de entrada e entraram no minúsculo e apertado jardim.

Isaac Strong, o patologista forense, estava no local com dois assistentes. Era um homem alto e magro, de 40 e poucos anos. Um topete castanho escuro, formado pelas entradas em sua testa, aparecia por baixo do capuz do macacão. Tinha sobrancelhas longas e finas, o que lhe dava um constante ar de perplexidade.

Embaixo da janela, caído de costas e respingado de sangue, estava o corpo de uma jovem. Seu comprido casaco preto estava aberto. A temperatura baixíssima durante a noite havia congelado o sangue derramado e o deixado com a aparência de uma raspadinha de frutas vermelhas. Sua garganta tinha sido cortada, e ali havia a maior concentração de sangue, que se estendia e empoçava sob o corpo. O sangue havia impregnado seu fino vestido verde sem alças, escorrido para a perna esquerda, revelando uma meia-calça preta e cintas-ligas, e coberto a janela e o peitoril com um leve respingo congelado.

– Bom dia, feliz Natal – disse Isaac, acenando com a cabeça na direção deles. O cumprimento pareceu estranhamente inadequado em meio à cena.

Erika olhou novamente para a garota. O rosto estava figurativa e literalmente congelado de medo, os lábios repuxados para trás e um dos dentes da frente quebrado perto da gengiva. Os olhos, embora anuviados, eram violeta e de uma beleza arrebatadora, mesmo sem vida.

– Já sabemos quem é? – perguntou Erika.

– Marissa Lewis, 22 anos – respondeu Isaac.

– É a identificação formal?

– A mãe encontrou o corpo hoje de manhã, e tem uma carteira de motorista na bolsa.

Erika se agachou e olhou mais de perto. Uma frasqueira quadrada com as iniciais "M.L." estava semienterrada na neve junto à cerca-viva, e ao lado havia um sapato preto de salto. Ambos marcados com números de plástico.

– Alguém encostou no corpo?

– Não – respondeu McGorry. – Eu e um guarda fomos os primeiros a chegar ao local. A mãe a encontrou e disse que não encostou em nada.

– Tem o horário da morte?

– O frio extremo dificulta esse cálculo – disse Isaac. – A garganta foi cortada com uma lâmina bastante afiada, resultando em cortes profundos que romperam as carótidas nos dois lados do pescoço. Dá pra ver que ela perdeu sangue muito rápido, o que deve ter provocado uma morte quase instantânea. O dedo indicador da mão direita está quase decepado, e há lacerações no polegar, no dedo do meio e nos braços, o que indica que ela levantou as mãos para se defender.

– Não há outro caminho para sair do jardim a não ser pelo portão de entrada ou pela porta da casa – acrescentou McGorry. Erika viu que tanto na janela quanto na porta da casa havia um respingo de sangue sobre a pintura azul desbotada.

– Essas chaves são dela? – perguntou a inspetora ao ver um chaveiro em forma de coração.

– Sim – confirmou McGorry.

Erika fechou os olhos por um momento, imaginando a sensação de ser dominada por um maníaco com uma faca naquele espaço cercado. Ela abriu os olhos e fitou o rosto de Marissa.

– O nariz está quebrado.

– Está. E a bochecha esquerda também. Além disso, encontramos o dente da frente preso no pilar do portão – informou Isaac.

Os dois viraram-se para olhar o pilar onde havia uma plaquinha numerada. Montes de neve se acumulavam na alvenaria. Ao lado, uma lixeira com rodinhas e uma de recicláveis lotada de garrafas de vodca vazias. Erika virou-se para trás e observou a casa. As cortinas estavam fechadas, e não havia luzes acesas.

– Cadê a mãe?

– Na casa do vizinho – respondeu McGorry, apontando para uma residência na diagonal, do outro lado da rua.

– E temos certeza de que a vítima mora aqui? Não estava apenas vindo visitar a mãe no Natal?

– Precisamos confirmar.

– Teremos dificuldade em transportá-la – afirmou um dos assistentes de Isaac, que tinha terminado de limpar a neve das pernas respingadas de sangue.

– Por quê? – indagou Erika.

Ele levantou a cabeça. Era um homem pequeno, de olhos castanhos grandes e incisivos. Ele apontou para a enorme poça de sangue espalhada embaixo do corpo.

– O sangue. Ela congelou e está presa no solo.

CAPÍTULO 4

Isaac acompanhou Erika até o portão e olhou para o céu, onde uma nuvem pendia baixa e cinza.

– Preciso tirar a garota daqui antes que o tempo vire. Vem mais neve por aí – informou ele.

Ela olhou novamente em direção ao corpo, onde os assistentes de Isaac trabalhavam cuidadosamente para desenterrá-lo do solo coberto de sangue congelado. Erika sentiu a mesma pontada de horror e entusiasmo que sempre experimentava na cena de um assassinato. Mesmo com tantas coisas fora de controle em sua vida, ela ainda tinha o poder de encontrar quem quer que tivesse feito aquilo. E assim o faria.

– Quando você acha que pode fazer a autópsia?

Isaac estufou as bochechas e falou:

– Daqui uns dois dias. Desculpe, estou sobrecarregado. Essa época do ano é tumultuada, cheia de mortes suspeitas. E eu te contei? Fui transferido. Saí do necrotério, estou no Lewisham Hospital.

– Desde quando?

– Desde que o necrotério em Penge foi vendido para uma empreiteira. Algumas semanas atrás, colocaram uma placa grandona lá escrito "Parkside Peninsula Apartments". Nos mudamos semana passada, e isso está atrasando tudo.

– Parkside Peninsula Apartments, Penge... – repetiu Erika, levantando uma sobrancelha. Isaac reagiu com o mesmo gesto.

– Ah, e tem mais uma coisa – disse ele. – O rastro de sangue. Quem fez isso estaria todo ensanguentado e carregando uma arma, mas o rastro de sangue para abruptamente no portão.

– Você acha que a faca foi limpa? Ou que havia um veículo a postos? – perguntou Erika.

– Isso cabe a você descobrir. Te manterei informada sobre a autópsia – respondeu Isaac, entrando novamente pelo portão do jardim.

Erika e McGorry devolveram os macacões e passaram por baixo da fita de isolamento para chegar à rua, abotoando os casacos para se protegerem do frio. Uma grande van da polícia havia acabado de chegar e tentava estacionar junto ao meio-fio. Uma das viaturas arrancou para abrir espaço e ficou presa na neve, cantando os pneus ao tentar sair.

– Então, estamos procurando uma pessoa que provavelmente tinha um carro – começou Erika. – Ela entrou no veículo e foi embora. Mas para onde? – Erika olhou para os dois lados da rua. A casa ficava no final de uma série de construções geminadas, e havia um beco na lateral. Os quintais na Howson Road, paralela à Coniston Road, davam vista para ele. – Quero que batam de porta em porta o mais rápido possível. Deve ter muita gente em casa para o Natal. Quero saber se alguém viu alguma coisa, e preciso de detalhes dos possíveis suspeitos: criminosos violentos, qualquer um com condenações antigas ou recentes.

Dois guardas tinham chegado para ajudar a empurrar a viatura. O motor rugia, e as rodas patinavam.

– No final da próxima rua tem uma ponte ferroviária que leva ao Fitzwilliam Estate – disse McGorry.

Erika acenou com a cabeça.

– Vale a pena incluir no nosso roteiro de investigações, mas quem for lá precisa pegar leve. – Ela sabia que o Fitzwilliam Estate, como muitos conjuntos habitacionais formados por prédios altos em áreas pobres, era conhecido pelos problemas. Olhou para os becos compridos que se estendiam dos dois lados das casas geminadas. – E precisamos conferir se o portão de algum jardim dá nesses becos...

Eles se afastaram quando a viatura se soltou da neve. Passou em disparada, entrou à direita no final da rua e estacionou do outro lado, em frente à escola. A van de apoio parou na vaga junto ao meio-fio e desligou o motor. No repentino silêncio, ouviu-se o clique do obturador de uma câmera. Erika virou-se para McGorry.

– Ouviu isso? – murmurou ela. Ele confirmou com a cabeça.

Os dois levantaram o olhar na direção das janelas em volta, mas não conseguiram ver nada. Um farfalhar ressoou bem atrás. Erika virou-se e encarou os galhos de um carvalho alto do outro lado da rua, perto da grade do parquinho da escola. Um homem que aparentava uns 20 e poucos anos se esgueirava pelos galhos. Ele pisou na grade do parquinho e saltou para o beco. Tinha a aparência desleixada, o cabelo louro comprido e uma câmera de lentes grandes pendurada no pescoço. Olhou para Erika e McGorry, depois saiu correndo pelo beco nevado.

– Ei! Parado! – gritou Erika.

McGorry partiu atrás dele pelo beco, e Erika foi atrás. O jovem usava um casaco comprido que esvoaçava enquanto corria. Ele pulou sobre a tampa de uma lata de lixo e arqueou-se por cima de um muro cercado por árvores altas. McGorry chegou à lixeira segundos depois, puxou o casaco para cima e aprumou o corpo meio trêmulo. Erika, que tropeçava desequilibrada, alcançou o policial quando ele se preparava para subir no muro pelo galho de uma das grossas cercas-vivas cobertas de neve.

– O que tem do lado de lá...? – perguntou ele ao pular, caindo do outro lado com um baque surdo e um grito. Os galhos acima do muro balançaram, soltando a neve, depois pararam de se mexer. Erika escutou mais gritos e instintivamente levou a mão ao rádio no bolso, mas não o encontrou. Olhou de volta para o beco, mas a rua da cena do crime parecia bem distante.

– Caramba, se ele tiver quebrado alguma coisa... – murmurou ela, pensando no monte de documentos que teria de providenciar. Afastando os sentimentos de culpa, tirou os saltos e os enfiou nos bolsos do casaco antes de subir na lixeira. A tampa de plástico amassou e envergou sob seu peso. Ela apoiou a perna no muro de tijolos e agarrou um galho da cerca-viva para se equilibrar, derrubando mais neve. O outro lado era mais alto, e Erika caiu em uma parte fofa do solo, numa pilha de folhas entre o muro e a densa fileira de árvores. Ela calçou novamente os sapatos, desvencilhou-se das árvores e entrou em um grande quintal coberto de neve. A trilha, coberta pelo rastro de dois pares de pegadas, levava a dois grandes celeiros e uma estufa ligada a um longo túnel de polietileno. As paredes altas do quintal abafavam os sons do trânsito nos arredores.

McGorry se movia lentamente em direção aos celeiros. Virou-se para Erika e pôs um dedo nos lábios, apontando para o segundo celeiro, o mais perto da casa. Ela confirmou com a cabeça. A casa era grande e deteriorada. As janelas, do tipo guilhotina, estavam imundas, e a pintura, descascando. Havia um portão alto no canto, bloqueado por lixeiras transbordantes, além de uma varandinha telhada nos fundos da casa. Os degraus que levavam ao quintal estavam todos cobertos com vasos de plantas.

Quando Erika finalmente alcançou McGorry, uma cacofonia de badaladas de relógios veio de dentro da casa. O rapaz louro saiu de trás do celeiro e correu de novo para o muro. McGorry foi mais rápido e o derrubou no chão. Erika correu na direção deles, mas perdeu um dos sapatos e caiu de costas na neve.

– Calma aí! – gritou McGorry enquanto o rapaz se debatia, dando socos no ar e acertando um na cara do detetive.

– Sai de cima de mim! – berrou o rapaz. Era magro e forte, tinha o rosto fino e selvagem, e olhos azul-claros um pouco afastados demais.

Erika se levantou, perdendo o outro sapato na neve. McGorry se revirava no chão para conter o rapaz, que debatia pernas e braços até finalmente conseguir enfiar o rosto do detetive na neve. Agora era McGorry que agitava os braços, e, tentando se agarrar a alguma coisa, conseguiu pegar a correia da câmera e apertá-la no pescoço do rapaz, que soltou o detetive para tentar desvencilhar seu pescoço.

– Se afasta! – gritou uma voz. – Solta ele!

Uma senhora corpulenta segurando uma escopeta havia aparecido no topo da escada da varanda. O cabelo grisalho pendia abaixo dos ombros, e seus óculos enormes agigantavam-lhe os olhos. Ela mirou a arma e atravessou a neve na direção dos dois.

Erika levantou as mãos. Os olhos da mulher estavam ensandecidos, e Erika achou que a situação exigia um alerta vermelho. McGorry tossia e cuspia neve, ainda segurando a correia com força. O jovem arranhava freneticamente a garganta.

– John, solte ele! – gritou Erika. McGorry obedeceu, e o rapaz caiu de costas, tossindo. – Sou a detetive inspetora-chefe Erika Foster, da Polícia Metropolitana de Londres, e esse é o detetive John McGorry. Podemos mostrar os distintivos, mas você precisa abaixar a arma... Agora!

A mulher olhava ansiosa de Erika para McGorry, mas não abaixou a arma.

– Vocês estão agredindo o *meu* filho e invadindo a *minha* propriedade!

– Somos da polícia, e o seu filho invadiu a cena de um crime – informou Erika. Ela se perguntava do que aquela mulher era capaz.

– Joseph! Sai daí e vem pra cá! – esganiçou a mulher, ainda apontando a arma para eles. Joseph se aproximou dela tossindo e cambaleando, com o casaco coberto de neve.

– Elspeth! – gritou outra voz. Um idoso apareceu, saindo pela porta de trás. Tinha jeito de professor universitário, com um visual extravagante que combinava uma capa azul comprida com um gorro surrado salpicado de lantejoulas. Na cabeça, havia uma lente de aumento presa com uma faixa, o que fazia seu olho parecer enorme. – Elspeth, abaixa isso de uma vez!

– Senhor, somos policiais. Podemos mostrar nossa identificação – disse Erika, o coração começando a acelerar. Sentia-se incompetente por ter se descuidado àquele ponto, e sabia que não estava usando sapatos. Sentiu os pés dormentes por causa do frio. O homem tirou delicadamente a escopeta das mãos de Elspeth e abriu o cano.

– Não está carregada – disse ele, apoiando-a no ombro como fazem os guardas-florestais. – E temos porte de arma.

– Meu menino, meu menino! – disse Elspeth, agarrando Joseph nos braços enquanto verificava seu corpo, passando-lhe as mãos no pescoço e olhando-o nos olhos. – Eles te machucaram? Você está bem?

O rapaz parecia um pouco atordoado e em estado de choque.

– Por que essa arma estava tão à mão? – perguntou Erika. McGorry se ajoelhou, sem ar, cuspindo neve.

– Entrem, policiais. Podemos conversar enquanto vocês se secam – disse o homem.

CAPÍTULO 5

Erika e McGorry bateram os pés na entrada da varanda e sacudiram os casacos para tirar a neve. Em seguida, foram conduzidos a uma cozinha quente e aconchegante. Elspeth cuidava de Joseph como se fosse um garotinho, guiando-o a uma cadeira da comprida mesa de madeira. McGorry se aproximou da lareira acesa em um dos cantos. A cozinha tinha uma decoração de fazenda, armários com gavetas e prateleiras, e um grande fogão Aga verde, de onde saía um delicioso cheiro de peru assado que preenchia todo o cômodo.

– Já tem um vergão aparecendo! – exclamou Elspeth, inclinando a cabeça de Joseph para o lado. Ele continuava segurando a câmera e olhando para Erika e McGorry com a cara fechada.

– Sentem-se, detetives – disse o homem, puxando mais cadeiras para perto da mesa.

– Posso ver seu porte de arma? – perguntou Erika, ignorando a cadeira.

– Claro! – respondeu ele, apoiando a escopeta ao lado da lareira e abrindo uma gaveta do armário.

– A arma tem registro – insistiu Elspeth, ajudando Joseph a tirar o casaco molhado e colocando uma toalha em seus ombros. Erika percebeu que ele não largava a câmera nem mesmo enquanto a mãe tentava tirar seus braços do casaco.

– Qual é o seu nome completo?

– Nosso sobrenome é Pitkin. Sou David, esses são Elspeth e Joseph. Imagino que você não esperava estar de serviço hoje, certo? – comentou ele, tirando os olhos da gaveta e apontando para os sapatos ensopados de Erika.

– Não.

– Estava indo a algum lugar bacana?

Erika se deu conta de que ainda precisava avisar Marsh que não iria ao almoço. Ela ignorou a pergunta e afastou aquele pensamento.

– Com o que você trabalha?

– Sou relojoeiro – respondeu David, dando um tapinha na lupa presa à cabeça com uma tira de couro. – Conserto todo tipo de relógio, de punho e de parede. Mas, para ser honesto, faço isso mais como um hobby desde que me aposentei do Direito. Ah, aqui está – disse ele, estendendo um papel dobrado.

– Você foi advogado? – perguntou Erika, sentindo o coração apertar.

– Fui. Durante trinta anos.

Erika pegou o documento e examinou as informações.

– Essa arma é da Elspeth, eu tenho a minha. Gostamos de atirar. É um hobby, é claro.

– Parece que está tudo em ordem – disse Erika, devolvendo o documento. – Mas se é um hobby, por que a arma fica tão acessível?

Elspeth, que examinava o pescoço de Joseph, levantou o rosto.

– Ela fica em um armário trancado no escritório, lá nos fundos! Eu vi você no quintal, andando devagarzinho. Essa região não é mais tão tranquila quanto antigamente. Há bandidos e traficantes por todos os lados... Olha o que você fez com ele! Vai ficar um hematoma horrível.

– Também devo lembrá-la, inspetora Foster, da lei britânica sobre legítima defesa, que defende o uso de força razoável – disse David.

– Ela aponta uma escopeta de dois canos, em plena luz do dia, pra qualquer pessoa que surge no quintal? Me parece um pouco exagerado – comentou Erika.

– Com licença, mas não serei desrespeitada na minha própria casa – interrompeu Elspeth. – Eu ia oferecer bolo de nozes e café pra mostrar que não guardo rancor, mas agora desisti.

McGorry virou o rosto para disfarçar o riso, mas Erika não achou a situação engraçada. O que ela queria era pôr as mãos na câmera que Joseph continuava a segurar com força e voltar para a cena do crime.

– Um tribunal geralmente levaria em consideração o fato de que ser ameaçado dentro da própria casa é amedrontador – argumentou David. – De acordo com a lei, as pessoas devem ter o direito de defender a si mesmas, suas posses e aqueles por quem são responsáveis...

– Em momento algum a vida do seu filho ou da sua esposa esteve em perigo – interrompeu McGorry.

– Sério? Qual é o seu nome, meu jovem?

– John McGorry. Detetive.

– Detetive John McGorry, por que tentou cometer o crime de enforcamento contra meu filho?

– Eu não estava...

– Por favor, não minta. Você estava imobilizando meu filho pelo pescoço com a correia da câmera. É crime estrangular suspeitos ou cidadãos comuns. Muito antigamente, a polícia treinava táticas de estrangulamento, mas acredito que você seja um pouco jovem e inexperiente...

– Eu só estava... – começou McGorry, irritado, com as bochechas corando. Erika o encarou para que ficasse calado.

– Sua superior deveria saber disso também – acrescentou David.

– Eu sei muito bem disso – falou Erika. – Também sei que, quando um policial faz uso de enforcamento, deve apresentar uma justificativa com base nas circunstâncias. Seu filho estava tentando sufocar o detetive, empurrando o rosto dele contra a neve. Um estrangulamento em legítima defesa é um argumento bastante razoável aqui. Dê uma conferida na internet, isso está detalhado na lei de liberdade de informação da polícia de West Mercia.

David não conseguiu esconder a irritação.

– Isso ainda não explica por que estavam perseguindo meu filho.

– Seu filho estava invadindo a cena de um crime.

– O que não é nenhum delito – disse David.

– Ele estava tirando fotos da cena do crime...

– Novamente, não é delito.

Erika puxou o ar e abriu um sorrisinho.

– Ele estava fugindo de um policial.

– Sim, e agora estamos todos aqui e vamos cooperar, dentro do razoável.

– A câmera do seu filho pode conter informações úteis para a nossa investigação – disse Erika. Sentia-se uma idiota por tê-lo perseguido e precisar, agora, defender a si e McGorry para aquele advogado aposentado que ameaçava sair ganhando.

– Onde é a cena do crime? – perguntou David.

– Não posso revelar.

– Acharam um corpo na Coniston Road – disse Joseph. Sua voz era suave e refinada, sem nenhum sotaque.

– Você achou um corpo? – perguntou Elspeth, ainda passando a toalha nos cabelos do filho.

– Não, mãe – respondeu ele, afastando-a com um tapinha no braço. – A *polícia* encontrou o corpo.

– Não temos autorização para falar de um caso de assassinato em andamento – disse McGorry.

– Vocês acreditam que seja assassinato? – questionou David.

– Assassinato? – repetiu Elspeth.

– Foi Marissa Lewis. Alguém a esfaqueou na porta de casa – contou Joseph.

– Isso é especulação... – interveio Erika.

– Não. Eu estava lá quando descobriram o corpo. – Joseph puxou a câmera para o colo, protegendo-a.

– Você chamou a polícia? – perguntou Erika.

– Não estava com meu telefone.

– Mas você tirou fotos da cena do crime antes de a polícia chegar?

– Você não tem que responder, Joseph. Nós compramos lentes novas para a câmera dele, foi presente de Natal – disse David.

– Se havia alguém aqui para se dar mal, esse alguém era Marissa – disse Elspeth, balançando a cabeça.

– Minha esposa também está especulando – disse David. – O que não é crime, é? – A calma dele era enfurecedora, e Erika precisou respirar fundo.

– É claro que não é crime, mas você poderia, quer dizer, a senhora poderia explicar?

Elspeth estendeu a toalha no encosto de uma cadeira, fez o sinal da cruz e virou-se para Erika.

– Marissa Lewis tem... *tinha*... certa reputação, se é que me entende... De moça promíscua. Ela trabalhava como *stripper*.

– Você a viu no trabalho? – perguntou McGorry.

– É claro que eu não a vi no trabalho. Nenhum de nós viu! – Elspeth olhou para David e Joseph, que concordaram e baixaram os olhos. – Minha cabeleireira me contou.

Erika percorreu o olhar pelos cabelos grisalhos e oleosos de Elspeth, soltos por cima dos ombros, e perguntou-se o que exatamente uma cabeleireira teria feito ali.

– Quem é a sua cabeleireira?

– A melhor amiga de Marissa Lewis, Sharon-Louise Braithwaite. Trabalha no Goldilocks Hair Studio, perto da estação Crofton Park. Marissa pediu a Sharon para colocar um pôster de uma de suas... *performances* no salão. Era uma foto dela só de meia-calça, cinta-liga e sutiã! – Elspeth balançou a cabeça ao lembrar. – Sharon também me contou que Marissa tinha um caso com um homem casado que morava a duas casas da dela, e que saía com vários sujeitos que conhecia no trabalho.

– Você sabe o nome desse homem casado?

– Don Walpole. Sua esposa é Jeanette. Eles continuam juntos, apesar de tudo.

Erika voltou-se novamente para Joseph.

– Então, você estava na árvore em frente à casa de Marissa hoje de manhã tirando fotos? O que fotografou?

– O nascer do Sol – respondeu ele, com um sorriso sedutor.

– Você subiu na árvore para fotografar o nascer do Sol, mas continuou lá depois que viu um cadáver no jardim à sua frente, mesmo com a rua fechada pela polícia?

– Só vi o corpo quando escutei o grito da mãe de Marissa.

– Que horas isso aconteceu?

– Sei lá.

– Abrimos os presentes de Natal às 6h50 – informou David. – Tomamos café, Joseph saiu lá pelas 7h20. O Sol nasceu às 8h05 esta manhã.

– Tinha acabado de clarear, então foi mais ou menos nesse horário que a mãe de Marissa saiu de casa – disse Joseph. – Não uso relógio.

– Você sabe por que a mãe de Marissa foi à porta?

– Não.

– Provavelmente tinha mais garrafas para colocar na lixeira. Ela bebe muito – fofocou Elspeth. – A vizinhança não é das melhores.

– Com a neve, o céu esteve muito nublado nos últimos dias. Por que achou que conseguiria ver o Sol nascer? – perguntou McGorry.

– Se todos os fotógrafos pensassem assim, nunca tirariam fotos – retrucou Joseph.

– Você é fotógrafo profissional?

– O conceito de "profissional" é muito relativo. Você diria que é um policial profissional? Agiu profissionalmente quando me imobilizou com um estrangulamento?

– Escuta aqui seu merdin... – disparou McGorry, dando um passo na direção dele. Erika suspendeu a mão.

– Joseph, pare de desperdiçar tempo e responda às perguntas.

– Ele não tem que responder pergunta nenhuma! – exclamou Elspeth.

– Uma jovem foi brutalmente assassinada na porta de casa. Ela deveria estar com a família hoje, mas, em vez disso, seu corpo está na neve com a garganta estraçalhada. Os ossos do rosto foram quebrados, e talvez ela tenha sido violentada sexualmente – disse Erika. – Joseph não tem que responder a nenhuma das minhas perguntas, mas ele pode ter informações que vão ajudar na investigação.

Joseph, pela primeira vez, ficou sem graça e se remexeu na cadeira.

– Ok, eu fiquei olhando um pouquinho, mas a polícia chegou muito rápido. Depois, a rua foi fechada. Eu não sabia o que fazer. Quando subi na árvore, o lugar não era a cena de um crime, mas quando desci, já era.

– Você fotografou o corpo?

– Não.

– Posso ver as fotos na sua câmera?

– Não, é uma câmera analógica – respondeu ele, segurando-a.

Erika se aproximou e viu que era um modelo *vintage*, sem tela digital. Quando avançou para pegá-la, Joseph a virou imediatamente, abriu a parte de trás e arrancou o filme, jogando o negativo na mesa.

– Pronto. Nada mais para revelar. Já era.

Erika o encarou. Joseph tinha uma expressão estranha, ao mesmo tempo vulnerável e dura. Ele a encarava de volta, confiante.

– Acho que cooperamos mais do que o necessário, detetives – concluiu David. – Agora, se nos dão licença, gostaríamos de prosseguir com as comemorações de Natal.

Erika e McGorry saíram pela porta da frente. Tinha parado de nevar, e a rua estava cheia de carros. Quando olharam para trás, a casa pareceu estranhamente deslocada: uma estrutura decadente, caindo aos pedaços, comprimida em um vão entre as casas geminadas.

– Parece que ela foi largada do alto – disse McGorry.

Erika enfiou as mãos no bolso e curvou o corpo para se proteger do frio enquanto andavam em direção ao beco para voltar a Coniston Road.

– Vou ter que registrar tudo isso em um relatório – disse ela.

– E o estrangulamento?

– Eles não falaram em prestar queixa, o que não significa que não farão isso. Você é um idiota, John! Por que deixou a situação chegar a esse ponto?

– Ele estava me agredindo, eu tentei apenas... acalmar o sujeito, parar de levar porrada. Foi instintivo. E você falou tudo aquilo sobre solicitação de informações pra justificar um estrangulamento.

– Mesmo assim eles podem prestar queixa e causar problemas. Você precisa ficar esperto. Tem sempre que pensar nas consequências dos seus atos.

– Isso é impossível.

– É claro que é impossível, droga, mas faz parte da profissão. Você não pode se meter em situações que o obriguem a usar força desnecessária.

– Desculpe – disse McGorry, com o rosto corado.

– Tudo bem. Estamos vivendo uma época difícil, John. Todo mundo se ofende com tudo, e somos considerados culpados por tudo, o tempo todo. Então, seja inteligente. Pense. Farei o possível para evitar isso no relatório...

Os dois haviam alcançado o beco e estavam passando pelo muro alto do quintal dos Pitkin quando Erika notou algo atrás da lixeira.

– O que foi? – perguntou McGorry.

Ela se agachou e, tirando um saco plástico de provas do bolso, pegou um pequeno tubo preto de plástico. Em seguida, ergueu o plástico contra a luz, balançando-o um pouco até a tampinha do tubo se soltar.

– Um filme de câmera – respondeu ela, sorrindo.

– Usado?

– Espero que sim. Eu vi a câmera antes de ele arrancar o filme. Ele só tinha tirado uma foto.

– Você acha que ele usou um filme inteiro quando estava no alto da árvore, depois o trocou? – questionou McGorry, esperançoso.

– Só vamos ter certeza quando mandarmos revelar e identificarmos a impressão digital do tubo – disse Erika.

CAPÍTULO 6

Quando Erika e McGorry chegaram novamente à Coniston Road, os policiais estavam batendo de porta em porta. Guardas andavam para cima e para baixo, parando nas casas e conversando com os vizinhos do lado de fora. Tinha começado a nevar novamente e, apesar de ser cedo, pouco antes das 3h da tarde, a luz já diminuía. A presença da polícia conflitava com as luzes de Natal nas janelas.

Chegando à van de apoio, Erika pediu que McGorry mandasse a perícia revelar o filme imediatamente. Ao sair do veículo, viu a maca de necrotério com um pequeno saco preto em cima sendo empurrada pelo espaço estreito entre os pilares do portão. Todos observaram em silêncio. Erika pensou no quanto o saco parecia pequeno. Isaac se despediu com um aceno de cabeça. O corpo foi colocado na van, e as portas, fechadas. A detetive sentiu uma onda de exaustão e tristeza se aproximando, mas evitou ser levada por ela. Respirou fundo uma vez e se permitiu distrair com uma policial que acabava de chegar à cena, de cabelo louro pouco acima dos ombros e casaco azul comprido.

– Sou a detetive Tania Hill, responsável pelos testemunhos e acompanhamento de familiares – a mulher se apresentou, estendendo a mão.

– O que você já sabe sobre o caso? – perguntou Erika.

– Só vi o corpo da garota. Nunca tinha visto tanto sangue congelado – respondeu ela, cobrindo um pouco o rosto com a lapela do casaco. – A mãe é, aparentemente, muito vulnerável. Baixa renda, problemas sérios de saúde devido ao álcool.

– Ela está na casa do vizinho. Ainda bem que você chegou, gostaria de falar com ela – disse Erika.

As duas atravessaram a rua em direção a uma casa elegante, com janelas em PVC novinhas e um pequeno jardim cercado de concreto. Erika tocou a campainha. A porta foi aberta por uma senhora baixa de meia-idade, vestindo um agasalho de veludo vermelho e chinelos dourados. O cabelo branco, bem aparado em estilo *pixie cut*, parecia não harmonizar com o rosto enrugado. Ela segurava um cigarro com a mão esquerda.

Erika fez as devidas apresentações e ambas mostraram os distintivos.

– Qual é o seu nome?

– Quem quer saber? – retrucou a mulher, com uma atitude tão defensiva que chegava a ser cômica. Sua voz era rouca, típica de fumantes de longa data.

– Eu quero – disse Erika.

– Meu nome é Joan Field.

– Podemos entrar, por favor?

Joan moveu-se para o lado. O tapete azul-escuro no corredor de entrada estava impecável.

– Sem sapatos – advertiu ela.

– Posso chamá-la de Joan? – perguntou Tania.

– Não, prefiro Sra. Field.

– Sou a oficial de acompanhamento familiar – informou Tania, colocando os sapatos ao lado do corrimão. – Minha função aqui é dar suporte, servir de ponte entre Mandy e a investigação policial.

Joan a olhou de cima a baixo.

– Servir de ponte? Isso não é um daqueles termos chiques para falar ao telefone?

Tania ignorou a provocação.

– Onde está Mandy?

– Na cozinha.

As detetives a seguiram, passando por uma sala mobiliada com um conjunto de três sofás de veludo vermelho e uma pequena árvore de Natal prateada, sem enfeites nem fotos, o que dava a impressão de que ninguém morava ali. Nos fundos, havia uma pequena cozinha que dava para um quintal coberto de neve. Estava limpa, embora entulhada. O teto e as paredes eram amarelados pela nicotina, e um peru congelado, ainda embalado, pairava na pia.

A mãe de Marissa Lewis, Mandy, era uma mulher corpulenta e usava um conjunto de moletom cor-de-rosa encardido. Estava sentada à mesa, as enormes nádegas sobrando dos dois lados da cadeira. Erika olhou imediatamente para o tênis de corrida velho, cortado ao meio para caber os pés inchados. Mandy tinha o rosto pálido e os olhos embaçados e injetados.

– Mandy Trent? – chamou a detetive.

– Marissa não era adotada. Somos do mesmo sangue – disse Mandy, vendo a surpresa de Erika em relação à sua aparência. – Ela tem o nome do pai, e eu mudei o meu quando ele me deu um pé na bunda... Marissa herdou a magreza dele. – A voz dela estava carregada de amargura.

– Vocês aceitam chá? – ofereceu Joan, aproximando-se da chaleira.

– Por favor – assentiu Erika. Tania concordou com um gesto de cabeça, e as duas puxaram uma cadeira.

– Mandy, estou aqui como responsável pelo acompanhamento dos familiares da vítima – disse Tania, colocando a mão sobre o braço dela. – Vai ser um período difícil pra você, e estou aqui para ajudar e explicar o que vai acontecer daqui pra frente.

Mandy acendeu um cigarro e soprou a fumaça no rosto de Tania.

– O que vai acontecer daqui pra frente? Você quer me levar pra ver o corpo? Era ela.

– Você está bem para responder a algumas perguntas? – questionou Erika.

– Eu a encontrei na porta de casa hoje de manhã, quando estava levando o lixo pra fora. Caída lá, parada e em silêncio, mas o sangue... Tinha tanto!

– Consegue lembrar que horas eram?

– Umas 8h.

– Marissa morava com você? – perguntou Erika.

– Sim. Ela me paga pela faxina desde os 16 anos.

– Você sabe onde ela esteve ontem à noite?

– Ela tinha um show de dança, não me pergunte onde. Marissa faz... fazia... um monte deles. Era dançarina burlesca, dançava em boates por toda West End. Algumas noites por semana.

– E você não ouviu nada ontem à noite? Não ouviu Marissa chegar em casa?

– Não.

– Você esperava que ela chegasse em um horário específico?

Mandy negou com a cabeça.

– Cumpri o papel de criá-la, ela já era adulta...

– Que horas você foi dormir?

– Peguei no sono umas 22h, eu acho.

– Não escutou nada?

– O quê, por exemplo?

– Gritos, barulhos no jardim. Um veículo?

– Não.

– A chave dela ainda estava na fechadura do lado de fora quando você a encontrou?

– Sim. Já contei isso pra polícia.

– Você ficou na sala até 10h da noite?

– Fiquei vendo TV. Uma porcaria. Costumava passar coisa boa na véspera de Natal.

– Há quanto tempo Marissa trabalhava como dançarina burlesca? – perguntou Tania.

– Três ou quatro anos. Ela estava se virando bem, com a agenda cheia. Só que isso não dá dinheiro... não dava. Ela me pagava pela faxina e três dias depois pedia emprestado de novo.

– Os acessórios e as roupas que ela usava pra dançar custam uma fortuna – disse Joan, pegando as xícaras no armário. – Leques de pena, adereços para a cabeça. Mandy até começou a usar o quarto dos fundos pra Marissa ter mais espaço, não é?

– O quarto dos fundos é mais perto do banheiro, e eu cuidava da faxina – esclareceu Mandy, como se não quisesse que aquilo parecesse um ato de gentileza. Erika não entendeu muito bem. Mandy parecia pragmática demais em relação à morte de Marissa. Joan se aproximou, segurando as xícaras de chá.

– Marissa tinha um namorado sério? – perguntou Erika.

Mandy soprou a fumaça do cigarro com uma longa e silenciosa risadinha.

– Nunca durava o suficiente pra ficar sério. Havia um monte de rapazes da região em cima dela, e ela tinha alguns admiradores que compravam presentes... – Erika e Tania trocaram um olhar. – Não quero falar mal dos mortos, mas minha filha era uma piranha. Dormiu com dois caras da nossa rua, ambos casados. Rapazes de todos os tipos iam e vinham, mas os que eu sei mesmo são esses dois.

– Quem eram os casados? – perguntou Erika.

– Don Walpole, que mora no número 46 com a esposa. Marissa transava com ele alguns anos atrás, quando ela tinha 16...

– Dizem que ela já dormia com ele antes de completar 16 – interrompeu Joan, balançando a cabeça como se soubesse do que estava falando.

– Don Walpole não é nenhum molestador de criancinhas, Joan. Ele só fez o que qualquer um faria quando recebe algo de bandeja. Marissa se desenvolveu cedo, aos 14 já parecia ter 20 – disse Mandy, acendendo um cigarro no outro.

– E o outro homem casado?

– Ivan... Como é mesmo?

– Stowalski – emendou Joan.

– Isso. Ele é polonês. Tem uma graninha no banco, acho que foi por isso que ela gostou dele. Porque bonito ele certamente não é. Pálido e abatido de dar dó, aquele lá. Ficaram juntos por alguns meses.

– Você sabe quando eles se viram pela última vez?

– Não. Ele apareceu em casa algumas semanas atrás, mas não entrou.

– Marissa trabalhava como dançarina em tempo integral?

– Não – respondeu Mandy, negando com a cabeça. – Ela também trabalhava algumas horas por semana como cuidadora de uma senhora idosa em Hilly Fields, do outro lado da rua.

– Qual é o nome dela?

– Elsa Fryatt – respondeu Joan. – Ela tem 97 anos. Muito elegante, apesar do nome Elsa. Mora em uma das casonas com vista para o campo.

– Marissa tirou a sorte grande trabalhando lá – disse Mandy. – Tudo o que ela fazia era levar a mulher para fazer compras, e foi até colocada como beneficiária do seguro do carro. Não era exatamente um trabalho de cuidadora. Acho que Elsa gostava de ter Marissa por perto, igual àquelas mulheres que apreciam certa grosseria nos homens. Imagino que ela goste de se entreter com gente comum.

– E quanto aos amigos? – perguntou Erika.

– Acho que a maioria já deve ter morrido. Você não ouviu? Ela tem 97 anos.

– Não... estou falando de Marissa – disse Erika.

Mandy soprou a fumaça e tomou um grande gole de chá.

– As meninas com quem ela trabalhava nas boates são um bando de piranhas, era o que Marissa costumava dizer. Mas ela tinha uma amiga desde a época da escola, Sharon-Louise Braithwaite. Trabalha lá no salão.

– No Goldilocks Hair Studio?

– É, esse mesmo.

– Você poderia fazer uma lista das boates onde Marissa trabalhava?

O lábio inferior de Mandy tremeu, e ela enxugou os olhos.

– Mas que inferno! Não consigo pensar direito pra fazer listas, sem contar esse falatório todo no passado: trabalhava, morava...

– Podemos fazer isso mais tarde – interveio Tania, encostando no braço de Mandy.

– Quando vou poder voltar pra minha casa? – perguntou ela, esquivando-se do toque da policial.

– Os peritos estão verificando se há mais alguma prova que possa ajudar na investigação. Vamos avisá-la assim que terminarmos – respondeu Erika. – Você quer que Tania procure um lugar pra você ficar?

– Não, vou ficar aqui com Joan – recusou Mandy.

Joan assentiu com a cabeça, mas não se mostrou muito animada.

CAPÍTULO 7

— O que você achou? – perguntou Erika, puxando a gola do casaco, ao saírem da casa de Joan.

– O luto se manifesta de diferentes maneiras – respondeu Tania.

Erika franziu a testa.

– Não me venha com essa, deixa de enrolação. Você lida com muitos parentes de luto. Havia uma hostilidade real ali.

– Por parte das duas, apesar de eu achar que Joan estava sendo influenciada por Mandy. Ela é quem dita as regras e sente mais desgosto pela filha.

– Nem todas as vítimas de assassinato são amadas pelos parentes.

– Você acha que a mãe é suspeita?

– Todo mundo é suspeito. Quero que a perícia dê uma olhada nas roupas e colha o material embaixo das unhas de Mandy... – Erika acenou para uma jovem policial, que pareceu preocupada ao vê-la atravessando a rua em direção ao portão. – Qual é o seu nome?

– Kay Hornby. Agente Kay Hornby, senhora – informou a jovem.

– Preciso que chame um dos peritos para recolher as roupas da mãe da vítima, Mandy Trent, além do material embaixo das unhas dela.

– Sim, senhora... Eu tenho um par de tênis sobrando no carro – disse ela, vendo os sapatos de salto de Erika, ensopados e prestes a se desintegrar. Erika olhou os pés da jovem, que usava sapatos pretos.

– Quanto você calça?

– 36. Não são tênis fedorentos de academia, eu uso pra dirigir. Mas foi só uma ideia, senhora. – Ela parecia tensa, como se tivesse passado dos limites.

– Obrigada. Vou aceitar, sim – respondeu Erika.

– Ótimo, senhora. Vou lá correndo buscar.

O telefone de Erika vibrou no bolso, e ela se afastou para atender.

– Onde você está? – perguntou Marsh. – São quase 16h!

– Desculpe, me chamaram para a cena de um crime. Uma jovem foi morta na porta de casa, na Coniston Road, perto da Crofton Park.

– Você não estava de plantão hoje.

– Estou ajudando. Muitos policiais estão de folga hoje por causa do Natal...

– Eu sei disso!

– Só estou explicando por que estou aqui.

– Eu estava esperando você para o almoço.

– Eu sei, desculpe. Não consigo chegar a tempo. Comprei presentes pras meninas, vou dar um jeito de deixar aí mais tarde...

– Vou repetir: eu estava esperando você para o almoço.

– Isso é uma ordem?

– Não. Eu só queria ver você. Marcie e as meninas também... – Marsh parou de falar. O silêncio se prolongou, e Erika percebeu que ele havia desligado. Ela pôs o telefone de volta no bolso, sentindo-se culpada. Atravessou a rua e foi até a van de apoio, onde Kay a esperava com um par de tênis rosa e branco.

– Obrigada – disse Erika.

– Tem meias também, dentro dos tênis.

Erika tirou os saltos destruídos e se apoiou no braço de Kay para calçar os tênis.

– Ah, muito melhor! Obrigada.

McGorry saiu da van. Ao ver Kay, sorriu e arqueou uma sobrancelha.

– Mais tarde eu devolvo – disse Erika.

– Tudo bem, fique com eles o tempo que for preciso – disse Kay, cumprimentando McGorry com a cabeça e voltando para a van.

– Você não tem namorada? – perguntou Erika, vendo o detetive acompanhar a jovem com o olhar.

– Tenho – disse ele, um pouco incomodado.

– Você sabe que nem toda policial nova vai ficar caidinha pelo seu charme, né?

– Não faço ideia do que você tá falando.

Erika revirou os olhos.

– Anda, vamos trabalhar.

Havia um policial parado na porta da frente. O corpo de Marissa Lewis tinha sido removido do jardim, deixando para trás uma enorme poça de sangue congelado. A neve que cobria o caminho foi limpa, e os espirros de sangue, marcados com pequenos números amarelos.

A casa estava uma bagunça por dentro, cheia de móveis antigos e fedendo a umidade e fritura. Havia uma árvore de Natal minúscula, e a cozinha, completamente engordurada, estava abarrotada de pratos. As escadas levavam a um segundo andar encardido, cujo teto estava afundado, com um banheiro e dois quartos. Erika e McGorry colocaram luvas de látex. A janela do quarto da frente dava para a rua – cheia de policiais naquele momento. O cômodo parecia ter sido pintado recentemente e estava impecável, com móveis novos e uma bonita colcha florida. Em uma das paredes havia três manequins de alfaiate enfileirados, dois vestidos com plumas e com um espartilho preto. As prateleiras na parede oposta acomodavam sete perucas vestidas em cabeças de poliestireno, e havia uma penteadeira coberta de maquiagem sob a janela. Em frente ao guarda-roupa embutido, vários sapatos de salto, de cores diferentes, enfileirados e organizados.

– Ela tostava *marshmallows* na lareira a gás? – perguntou McGorry, aproximando-se de uma pequena lareira e pegando um dos vários espetos de metal encostados na grade. Havia algo na ponta que parecia um *marshmallow* queimado.

– Acho que eram usados pra engolir fogo – disse Erika, examinando o objeto. Havia algumas fotos emolduradas na parede. Na primeira, Marissa posava deitada numa enorme taça de champanhe, vestindo apenas uma *lingerie* transparente cor-de-rosa. Em outra, usava meia-calça preta, espartilho e borlas presas no mamilo, e segurava um dos espetos em chamas perto da boca. A última foto era um cartaz que mostrava Marissa deitada numa carruagem, de corpete prateado, rodeada por rapazes de cueca. Um enorme título dizia:

UMA NOITE COM MISS HONEY DIAMOND
14 DE JULHO DE 2017
BETHNAL GREEN WORKING MEN'S CLUB

– Deve ser o nome artístico dela, Miss Honey Diamond – disse McGorry.

Erika notou um losango dourado bordado no espartilho do terceiro manequim.

– Esse símbolo em forma de diamante é o mesmo do cartaz. Também está bordado nos outros dois figurinos – disse ela, conferindo as roupas.

– Diamantes para Miss Honey Diamond – disse McGorry, aproximando-se e passando o dedo na costura.

– Precisamos conferir se isso é uma marca de roupas ou se foi costurado depois. Vamos começar investigando as redes sociais e o registro telefônico da vítima.

– A perícia não encontrou computador algum na casa – disse McGorry. – Também não havia telefone, e nenhum celular foi achado junto ao corpo.

– Então o celular dela desapareceu.

Erika abriu o guarda-roupa e encontrou mais figurinos. Havia outros dois sutiãs bordados com o losango. Tinha também algumas roupas comuns: jeans, blusas, vestidos "comportados" e sapatos. Em uma das portas, várias fotografias de Dita Von Teese em apresentações burlescas, e, em uma delas, Dita aparecia deitada em uma enorme taça de martini.

Os detetives voltaram ao corredor, passaram por um banheirinho imundo e chegaram a um pequeno quarto nos fundos. Era quase um caixote, mobiliado com nada além de uma cama e um guarda-roupa. A cama estava coberta por sacos de lixo cheios de roupas e toalhas. No peitoril, uma escova de cabelo e cremes para o rosto. No radiador, uma enorme calcinha acinzentada.

– Nossa! – exclamou McGorry, levantando-a. Erika olhou séria para ele, mas não disse nada. – Ela abriu mão do melhor quarto para deixar Marissa guardar as coisas lá?

– Segundo ela, Marissa pagava pela faxina.

– Não parece que ela dorme aqui.

Erika viu que os sacos plásticos estavam cobertos por uma camada de poeira.

– Ela disse que foi pra cama por volta das 10h da noite.

– Estaria querendo dizer que dorme no sofá? – questionou McGorry. Os dois voltaram ao andar de baixo e foram para a sala. O sofá próximo à janela estava coberto por um edredom amarrotado e um travesseiro. No chão, havia uma garrafa de vodca barata e duas latas de Pringles vazias.

– Ela não falou isso – respondeu Erika, indo até a janela. Estava encardida de sujeira e condensação, o sangue de Marissa respingado do lado de fora. Havia somente uma vidraça, e uma corrente de vento gelada entrava pela estrutura apodrecida. Eles perceberam que dava para escutar muito bem o barulho da rua lá fora.

– Talvez ela estivesse bêbada demais pra se lembrar – comentou McGorry, apontando para a garrafa de vodca vazia.

Erika escutou a porta da van de apoio bater e os passos de alguém andando na neve lá fora, atrás da cerca-viva. Ela se perguntou se o assassino teria ficado à espreita bem ali.

– Será que Marissa teve chance de gritar? – questionou Erika, mais para si do que para McGorry.

CAPÍTULO 8

Erika e McGorry voltaram à van de apoio, onde um grupo de seis policiais fazia um intervalo. Estavam batendo papo, mas ficaram em silêncio quando viram Erika se aproximar.

– Fiquem à vontade – disse ela.

– O lanche chegou, senhora – comentou um dos policiais, apontando para uma mesa onde havia uma garrafa térmica enorme e uma pilha de sanduíches embalados.

– Obrigada. Qual é o seu nome? – perguntou ela.

– Agente Rich Skevington, senhora.

Erika e McGorry pegaram sanduíches e serviram café em copinhos descartáveis. O silêncio foi quebrado pelo som do café sendo despejado no copo. Erika olhou em volta. Não reconheceu quase ninguém – todos pareciam tão jovens!

– Quem pode me atualizar sobre o roteiro de investigações? – perguntou ela, rasgando o plástico do sanduíche e dando uma mordida.

– Ninguém atendeu na casa de Don Walpole, nem na de Ivan Stowalski. Estamos aguardando o número do celular deles – respondeu Kay, a jovem policial que havia emprestado os tênis.

– E o resto da rua? As pessoas estão cooperando? – Erika tomou um gole de café por cima do sanduíche.

– Metade das casas está vazia, mas quem conhecia Marissa Lewis sabia que ela teve um caso com Don Walpole, e que estava dormindo com Ivan Stowalski escondido da mulher.

– Ainda não sabemos se a esposa de Ivan Stowalski o deixou – acrescentou Rich. – A vizinha de porta deles, uma senhora bastante hostil, disse que os dois foram para o norte visitar a família no Natal. Também estamos verificando os jardins e as lixeiras para tentar encontrar o celular da vítima, caso tenha sido jogado fora, mas até agora nada.

– Como a equipe está se saindo no conjunto habitacional?

– Acabei de voltar de lá – respondeu outro policial jovem. – Falamos com os suspeitos de sempre. Uns rapazes disseram já ter ouvido falar de Marissa.

– O que quer dizer com "ouvido falar"? – perguntou Erika.

– Disseram que ela tinha fama de rodada, se é que me entende... Palavras deles, não minhas. Os dois têm ficha na polícia, um cumpriu três anos por estupro, e o outro tem passagem por agressão. Ambos dizem ter um álibi para a noite do assassinato: ficaram até 6h da manhã em uma boate em New Cross Gate, a H20. Falaram pra gente conferir as câmeras de segurança.

Erika revirou os olhos.

– *Haitch 20*. Conheço o lugar. Já perdi a conta de quantas vezes pedimos vídeos de segurança pra eles. Ok, coloque alguém encarregado disso... – Ela deu outra mordida. – Qual é o problema desses sanduíches? – perguntou, com a boca cheia.

– São "Sanduíches Festivos de Natal". Era a única coisa no posto de gasolina – explicou Rich.

Erika cuspiu a comida de volta na embalagem.

– Consigo entender a lógica de misturar peru com molho agridoce, mas quem põe batata assada num sanduíche?

Erika jogou o resto no lixo e olhou para a equipe. Todos haviam desviado o olhar, evitando tornarem-se alvo de sua raiva. Os policiais veteranos haviam tirado folga para ficar com a família ou com seus cônjuges. Ela sentia falta da conexão com a equipe com a qual costumava trabalhar. Os detetives inspetores Moss e Peterson, e o sargento Crane. Pensou brevemente se estariam tendo um bom Natal. Estava feliz pela companhia de McGorry, mas ele ainda era relativamente novato e havia se voluntariado para ficar, correndo o risco de enfrentar a fúria da namorada que o esperava em casa.

O telefone de Erika tocou. Era um número desconhecido, e ela saiu da van para atender. Já estava escuro, e o ar gelado bateu bem no fundo de sua garganta.

– Ei, Erika, é Lee Graham.

– Oi, feliz Natal – disse ela.

– Feliz Natal pra você também. Não tive sorte hoje, fui escalado pra ficar no laboratório.

Erika gostava de Lee. Ele era especialista em computação na Polícia Metropolitana, e os dois já tinham trabalhado juntos em outros casos. Rolou um flerte no passado, mas não passou disso. Ela se perguntou se ele estava solteiro e se for por esse motivo que havia decidido trabalhar no Natal.

– A que devo o prazer? – perguntou ela.

– Infelizmente, não é uma ligação pessoal. Vi seu nome numa solicitação urgente pra revelar um filme.

– Isso mesmo. Você pode me dar um prazo?

– Já está pronto. Digitalizei tudo e estou mandando as fotos pro seu e-mail. As cópias impressas irão pelo correio.

– Obrigada. Vou ter que pagar um drink a você por isso.

– Aí, sim!

Erika ouviu um *bip* no telefone.

– Acho que o seu e-mail chegou.

– Ok, vou liberar você então. Feliz Natal – disse ele antes de desligar.

Ela abriu o e-mail e examinou as fotos. A maioria havia sido tirada da árvore em frente ao quarto de Marissa. Várias foram feitas à noite e mostravam a vítima em seu quarto após o banho, só de toalha, depois nua e vestindo roupa íntima. Também havia três fotos, tiradas de cima, do corpo de Marissa deitado na neve, e mais três de um ângulo mais baixo, que pareciam ter sido tiradas do nível do chão, perto ou dentro do jardim.

– Joseph Pitkin, seu mentiroso de uma figa – disse Erika. Ela caminhou até o portão da casa de Marissa, onde o sangue congelado estava sendo coberto pela neve fresca. Era possível ver o alto da árvore, com seus grossos galhos desfolhados. – Era dali que costumava espioná-la, Joseph? – Erika olhou as fotos novamente e viu que Lee tinha incluído uma mensagem no e-mail.

O proprietário dessa câmera usa filme profissional de 35mm ILFORD DELTA 100. Talvez use uma sala escura para revelar as fotos.

Lee.

Estava prestes a retornar para a van quando sentiu um cheiro forte de plástico queimado. Olhou ao redor e viu uma fumaça subindo no final do beco que dava para a casa de Joseph Pitkin.

Erika saiu em disparada pelo beco, sentindo o cheiro cada vez mais forte. Quando chegou ao muro dos Pitkin, uma densa fumaça preta se espalhava atrás das cercas-vivas. Ela subiu na lixeira, dessa vez com mais facilidade, graças aos tênis, e deu um impulso para cima. Através das árvores, viu Joseph com seu casaco comprido, agachado sobre um tambor de óleo em chamas. Ao lado dele, no chão coberto de neve, havia uma caixa cheia de papéis. Ele os pegou, jogou no latão, e uma chuvarada de faíscas e fuligem voou pelo céu escuro. As janelas da casa estavam escuras, e Joseph estava iluminado apenas pelas chamas.

Erika desceu devagar, pousou na faixa de terra entre o muro e a fileira de árvores e atravessou o jardim. Joseph ouviu seus passos sobre a neve, indo na direção dele.

– Pare o que está fazendo. Agora! – ordenou ela.

Ele pegou uma pá apoiada no tambor de óleo, mas ela foi mais rápida e a tomou. Erika achou que Joseph tentaria correr, mas ele se afundou na neve, segurando a cabeça, enquanto ela ligava para McGorry.

CAPÍTULO 9

— Várias dessas fotos são de Marissa – disse Erika, vasculhando a caixa ao lado do tambor de óleo. Ela levantou uma foto preta e branca de Marissa fazendo uma apresentação burlesca. McGorry começou a pegar várias que haviam caído na neve. O fogo do tambor tinha apagado, mas ainda emanava calor na noite fria.

– Isso, sim, é um momento Kodak! – disse McGorry, levantando uma foto de Marissa posando no palco apenas de calcinha e borlas no mamilo, tirando com os dentes uma luva preta comprida.

– Não quero ouvir comentários idiotas. Guarde-as no envelope! – ralhou Erika. Ela olhou de novo para a casa. Agora, as luzes estavam acesas na cozinha e havia dois guardas de pé ao lado de Joseph, que estava sentado numa cadeira. Um o interrogava, e o outro fazia anotações enquanto Joseph chorava. – Você acha que aquelas lágrimas são verdadeiras?

– Ele é um garotinho mimado – disse McGorry.

Foi então que Joseph perdeu as estribeiras. Ele se levantou e, puxando os cabelos, começou a gritar com os policiais. Um deles o empurrou de volta para a cadeira, que quase virou para trás, e gritou com o rapaz. Erika tirou as luvas de látex e acendeu um cigarro. Não conseguiram salvar nada do fogo, e dentro do tambor havia um monte de cinzas. Ela precisava agir depressa e decidir se queria ou não interrogar Joseph. Segundo ele, os pais tinham ido visitar um vizinho e beber alguma coisa. Ela olhou as horas: quase 8h da noite. Deu um longo trago no cigarro, e seu telefone tocou. Foi para o outro lado do quintal e viu que era Marsh. Quando silenciou o telefone e o pôs de volta no bolso, deixou o cigarro aceso cair sem querer. Ele rolou pela neve, por baixo da fileira de cercas-vivas. Ela pegou o celular novamente, ligou a lanterna e mirou debaixo das árvores. O cigarro, ainda aceso, estava preso em uma cerca-viva. Ela também viu que o solo tinha sido revirado ali perto.

Não estava daquele jeito mais cedo. Ela gritou e pediu para McGorry pegar a pá apoiada no tambor.

– Olhe – disse ela, quando o detetive chegou. – O chão não estava revirado quando pulamos o muro hoje de manhã. Vamos cavar aqui.

Erika apontou a luz para o chão, e McGorry começou a raspar o solo. Menos de um metro abaixo, havia algo pequeno e pegajoso enrolado em plástico. Erika vestiu um novo par de luvas de látex e se agachou ao lado do buraco. Retirando a terra, começou a desembalar cuidadosamente as várias camadas de sacolas plásticas, achando que encontraria um bloco de haxixe. A última camada de plástico envolvia um iPhone com a capa cravada de pedras cor-de-rosa. Havia um nome escrito com cristais transparentes na parte de trás: *Marissa*.

– Caramba – disse McGorry.

– Vamos levá-lo para interrogatório. – Erika conferiu se o iPhone estava desligado e o colocou em um envelope de provas transparente.

Quando os detetives retornaram à cozinha, David e Elspeth Pitkin tinham acabado de chegar.

– O que significa essa invasão? – questionou David, ainda de casaco grosso e gorro de pompom cinza. Elspeth se aproximou de Joseph e começou a examinar seu rosto ensopado de lágrimas.

– O que eles fizeram com você?

Ele a encarou, inexpressivo.

– Sr. e Sra. Pitkin, vocês tiveram uma boa noite? – perguntou Erika, com um sorriso doce.

David virou-se para ela.

– O que significa isso?

– Seu filho estava queimando fotos da vítima no quintal.

Elspeth disparou um olhar para o marido, que a ignorou.

– Não é ilegal tirar fotos. Já conversamos sobre isso, inspetora Foster.

– Mas é ilegal roubar o telefone de um cadáver e enterrá-lo no quintal. – Erika levantou o envelope de provas. – Chama-se omissão de prova.

– Como vamos saber que você não o plantou lá? – berrou Elspeth, a voz trêmula de emoção.

Erika acenou para os dois policiais.

– Joseph Pitkin, estou prendendo você por suspeita de omissão de provas...

– NÃO, O MEU MENINO, NÃO! – gritou Elspeth, tentando bloquear os policiais.

– ...omissão de provas pertencentes a uma investigação de assassinato. Você tem o direito de permanecer em silêncio, e tudo o que disser poderá ser usado como prova.

– Ele estava com a gente ontem à noite. Ele não saiu! – insistiu Elspeth, estendendo os braços para segurar Joseph. Um dos guardas a afastou e algemou Joseph com as mãos nas costas. – Não encoste em mim! Não me ataque! – gritou ela.

David só observava, pálido.

– Por favor, policiais, meu filho é muito vulnerável – disse ele.

– Pegue o telefone dele – disse Erika. O policial enfiou a mão no casaco de Joseph, tirou um smartphone e o entregou a Erika, que o desligou e guardou em um envelope de provas. – Quero que providenciem uma busca nesta casa, de ponta a ponta. E como bom conhecedor da lei, Sr. Pitkin, concordará que seu filho me deu razões suficientes para fazer uma busca sem mandado.

– Por favor, não o prendam. Por favor! – berrou Elspeth. David teve de segurá-la enquanto Joseph era levado.

CAPÍTULO 10

A sala de custódia da delegacia de Lewisham Row ficava no porão e era separada das outras por uma grossa porta de ferro. Erika era policial havia tempo suficiente para se lembrar de que o lugar costumava ser chamado de "gaiola". Entretanto, o termo não escondia o fato de que aquela era uma parte deprimente da delegacia: um corredor estreito, úmido, cheio de portas de ferro com trancas pintadas de verde-escuro.

Ray Newton era o sargento de custódia de plantão. Um homem baixinho, corpulento, que usava um bigode grosso e estava começando a ficar careca. Ray já os aguardava quando Joseph chegou ao balcão, escoltado por dois guardas.

– Ele passou por uma revista completa – informou Erika. – Estamos aguardando informações do advogado.

– Vamos lá, rapaz – disse Ray, pegando uma prancheta e entregando a Joseph uma caneta presa ao balcão por uma corrente grossa. – Temos que preencher uns documentos, então os policiais vão retirar suas algemas. Não quero nenhuma gracinha. Seja educado que farei o mesmo.

O humor de Joseph mudou, e ele começou a agitar os braços, ainda algemados.

– Vocês... vocês são uns babacas de merda! – gritou ele, tentando se virar para Erika e McGorry.

– Já chega! – disse Ray.

– Eles armaram pra mim! Eu não fiz nada! NADA!

– Vamos deixá-lo com vocês – disse Erika, acenando para McGorry acompanhá-la.

Os dois subiram a escada, atravessaram as portas grossas e chegaram à parte principal da delegacia, parando nas máquinas automáticas perto da escada.

– Esta é a primeira vez que sou xingado no Natal – comentou McGorry.

– Deixa a gente com espírito festivo, não é? Como se estivéssemos de frente pra lareira, segurando uma bebida quente.

– Você vai deixar o rapaz suar nas gaiolas a noite toda? – perguntou McGorry.

– Quero esperar até de manhã para interrogá-lo – corrigiu ela. – Kay está trabalhando no desbloqueio dos celulares lá em cima.

O telefone de Erika tocou, e ela conversou rapidamente com um dos policiais na casa dos Pitkin.

– Acharam uma câmara escura improvisada no andar de cima, no armário do quarto de Joseph, mas não havia fotos – disse ao desligar.

– Ele queimou tudo antes de chegarmos – concluiu McGorry.

– Kay é especialista forense em aparelhos eletrônicos. Quero saber o que tem nos celulares dele e de Marissa antes de interrogá-lo. Tomara que tenha alguma coisa.

– São uma família meio esquisita, não acha? Pessoas esnobes sempre são um pouco estranhas. Mas ele seria tão idiota a ponto de enterrar o telefone com a capa personalizada?

– Não subestime o quanto as pessoas podem ser idiotas. Também quero ver se as impressões digitais dele estão no tubo de filme que achamos no beco.

– E aquele monte de fotos de Marissa Lewis? Acha que ela sabia que estava sendo fotografada? – perguntou McGorry.

– Ele provavelmente comprou um ingresso para o show dela.

– Então por que queimá-las?

Erika balançou a cabeça, exausta.

– Precisamos confirmar se o telefone estava registrado no nome de Marissa e ver se conseguimos mais informações sobre Joseph. Ele tem passagem na polícia? – Ela escolheu um café na máquina, e os dois ficaram em silêncio enquanto o copo enchia até fumegar. – Mandy Trent foi bem aberta em relação aos envolvimentos de Marissa. Ela não mencionou Joseph. Vou pedir a Tania, a responsável pelo acompanhamento dos familiares, para perguntar de novo – completou ela, pegando o copo na máquina.

– Não temos o suficiente para acusá-lo de assassinato. E ele tem um álibi – disse McGorry.

– Da mãe dele.

– Não temos nada que o coloque na cena do crime ontem à noite.

– Ainda. Nada *ainda*. Autópsia, perícia, tudo está sendo conduzido.

McGorry bocejou, colocou dinheiro na máquina e escolheu o café. Erika analisou o rosto cansado do detetive enquanto o copo enchia.

– Você devia ir pra casa descansar um pouco. Quero você aqui quando for interrogá-lo de manhã.

Os dois provaram as bebidas, depois cuspiram de volta no copo.

– Mas que droga é essa?

– Sopa sabor carne – disse ele, fazendo careta.

– Você apertou o botão do café?

– Apertei.

Eles descartaram os copos na lixeira, e Erika colocou mais moedas na máquina, escolhendo café com leite desta vez. Quando ficou pronto, levou o copo ao nariz.

– É a mesma porcaria. Fecharam a cantina e não deixaram nada pra gente além de sopa artificial de carne!

– Devem ter errado ao abastecer a máquina – disse McGorry.

– Qual é o problema desse país? Sanduíche de batata e sopa sabor carne! Não conheço ninguém que tome isso. Mesmo no mundo das máquinas de quinta categoria, essa seria a terceira opção depois de chá e café!

– Dá pra comprar enlatado...

– O quê?

– Sopa sabor carne. Minha avó tem um armário cheio deles, ela adora.

Erika olhou para ele e sorriu.

– Vá pra casa e prepare um jantar de Natal. Vejo você amanhã.

Erika foi até o quarto andar e entrou em sua sala. Era minúscula, mal tinha espaço para uma mesa pequena, uma cadeira e uma estante de livros. O celular de Joseph estava plugado no notebook em que Kay trabalhava.

– Desculpe, a máquina de café está com defeito e não tem nada na cozinha dos funcionários – disse Erika. – Como está indo aí?

– O iPhone de Marissa está protegido por senha. Teremos que mandá-lo para a Unidade de Crimes Cibernéticos, e talvez nem eles tenham muita sorte. É praticamente impossível hackear um iPhone. Pelo número IMEI, vi que é pré-pago.

– O que vai deixar o rastreamento dos registros ainda mais difícil... Que droga!

– A boa notícia é que o celular de Joseph Pitkin não tem senha. – Kay apontou para uma janela na tela, com todos os arquivos baixados. – Acabei de transferir um monte de arquivos de vídeo.

Erika se animou e pegou uma cadeira. Kay começou a clicar nos vídeos e nas fotos. Alguns eram bem curtos: um deles mostrava um gato malhado se espreguiçando ao sol no peitoral da janela do quarto de Joseph; outro mostrava Elspeth, com o rosto vermelho, tirando do forno uma assadeira com uma rosca enorme; em outro, o mesmo gato perseguia uma borboleta no quintal, em meio aos vasos de flores, daquele jeito brincalhão e letal típico dos gatos.

– Que gracinha – comentou Erika.

Quando Kay clicou no vídeo seguinte, um estrondo assustou as duas. A música estava distorcida, e a imagem era um borrão que aos poucos foi ganhando foco. Marissa Lewis estava em um pequeno palco de uma boate lotada. Atrás dela, havia uma cortina vermelha de veludo. O vídeo foi feito um pouco mais ao fundo da plateia, e dava para ver a cabeça de algumas pessoas. O cabelo escuro de Marissa estava enrolado em cachos e preso em papelotes, e ela usava batom vermelho e cílios enormes. Desabotoava lentamente o casaco preto comprido. Em seguida, deixava-o cair no chão. Por baixo, usava um corpete rosa de seda estilo anos cinquenta, meia-calça, cinta-liga e salto alto. O vídeo tremia enquanto ela se apresentava, despindo-se até ficar de roupa íntima e borlas nos mamilos. Ao final, Marissa curvou-se para ser aplaudida e saiu do palco com uma corridinha.

– Caramba, ela era boa – comentou Kay.

– Achei que a apresentação seria vulgar, mas nossa... isso foi profissional – comentou Erika. Quando clicaram nas fotos da mesma noite, viram Joseph e Marissa de pé entre as mesas da boate. Estavam posando para a câmera, e outra pessoa tirava as fotos.

– Você acha que Marissa o conhecia? – perguntou Erika enquanto Kay abria mais seis fotos praticamente idênticas: Joseph atracado na cintura de Marissa.

– Ele parece aquele tipo de fã bizarro do qual as pessoas querem se livrar. Por que tirar seis fotos? Na sexta, parece que ela quer sair dali – disse Kay.

– Qual é a data dessas fotos?

– Quase um ano atrás. Janeiro passado.

Kay clicou em mais registros da mesma noite, de Marissa conversando com outros espectadores e posando para fotos, depois mais duas desfocadas de quando estava indo ao bar. Então, o ambiente mudou. As fotos seguintes eram escuras, iluminadas por flash.

– De quando são essas? – perguntou Erika.

– A marcação mostra o mesmo dia, mesmo horário.

– Parece que é nos bastidores.

Havia fotos do que parecia ser um camarim. Estava vazio, com um espelho grande rodeado de lâmpadas. Havia *close-ups* de araras com roupas burlescas. Uma calcinha preta largada no chão. Uma mão levantando-a para a câmera. No tecido, o símbolo de um diamante bordado.

– Honey Diamond – disse Erika. – Esse símbolo estava bordado nos trajes burlescos da Marissa.

De repente, as fotos mudaram para um vídeo da casa de Marissa Lewis. Foi gravado durante a noite, num ângulo de cima para baixo, e mostrava o quarto de Marissa pela janela. A imagem estava tremida, e dava para ouvir o vento interferindo no microfone do celular. Marissa apareceu caminhando de toalha pelo quarto. Foi até a penteadeira, pegou uma escova e começou a passá-la no cabelo molhado. Depois soltou a toalha e ficou nua. O vídeo deu um zoom e perdeu o foco. Marissa estava olhando pela janela bem na direção da câmera.

"Droga", xingou a voz de Joseph, mais alta que o vento. Ele continuou filmando, e ela continuou imóvel, observando. Depois, segurou os seios e desceu as mãos pelo corpo. Parou acima do pelos pubianos, balançou um dedo e fechou as cortinas. A câmera focou as cortinas iluminadas por um momento, então o vídeo acabou.

– Ela sabia que Joseph a observava? – perguntou Kay.

– Ela sabia que alguém a observava – corrigiu Erika. Kay clicou em outro vídeo que mostrava o mesmo cenário, à noite. Dessa vez, o quarto estava bem iluminado, e Marissa entrou com um homem alto, mais velho. Ela fez questão de levá-lo até a janela, e a câmera capturou seu rosto. Kay acelerou o vídeo enquanto os dois caminhavam até a cama, começando a se beijar e a se despir. O vídeo tinha dez minutos, era o mais longo de todos, e foi gravado em zoom enquanto o casal transava na cama. – Precisamos de uma imagem nítida do rosto desse homem para descobrir quem é. Quando isso foi filmado?

– Catorze de dezembro deste ano. Você acha que eles sabiam que estavam sendo filmados?

– Talvez ela tenha pedido para Joseph filmar – disse Erika, esfregando os olhos cansados e recostando-se na cadeira. – O que você achou dele?

– No curto período em que fiquei lá? Me pareceu assustado e bem apegado à mãe.

– Ele está se enquadrando em todas as categorias até agora. É obcecado por Marissa, a perseguia e a espionava. Roubou o celular dela e fotografou o cadáver. Mas preciso dos resultados da perícia. Se quiser realmente prendê-lo, vou precisar do DNA.

Na sala de custódia no porão da Lewisham Row, silêncio absoluto. As portas da comprida fileira de celas estavam abertas, preparadas para receber qualquer criminoso que a noite de Natal tivesse a oferecer. Apenas a porta da cela mais ao fundo estava fechada. Ray, o sargento de plantão, levantou-se da mesa e deu início à ronda usual de quinze minutos. Seus sapatos engraxados rangiam no chão. Ele abriu o trinco de metal e apontou a lanterna para dentro da sala. Joseph Pitkin estava deitado na cama.

– Você está bem, rapaz? – perguntou ele.

– Sim, ótimo – murmurou Joseph. O barulho alto da tranca sendo fechada o fez estremecer. Ajeitou-se no colchão descoberto no escuro, tentando ficar confortável enquanto lágrimas rolavam silenciosamente pelo seu rosto.

CAPÍTULO 11

Pouco mais de seis quilômetros dali, um vento gelado uivava pela Walpole Road com lufadas de neve que batiam nas paredes das casas geminadas. Diana Crow saiu da casa de sua amiga Fiona logo depois das 11h da noite, tremendo de frio. A visita tinha durado mais do que o planejado, porém Fiona havia insistido para que assistissem ao final do filme de Natal.

Diana abaixou a cabeça e saiu apressada pela rua principal, escura e coberta de neve. Apesar do frio, sentia o rosto quente devido aos quatro coquetéis de cereja que havia tomado. Esperou um pequeno Fiat passar antes de atravessar. Tinha nevado forte o dia todo, e a calçada e a rua se tornaram uma coisa só. Ela escolheu o caminho com cuidado, diminuindo o ritmo e pisando devagar na neve, procurando o meio-fio do outro lado. Subiu na calçada e sentiu um calafrio. Estava tão silencioso! Todas as janelas encontravam-se iluminadas, mas as cortinas, fechadas. Sua casa ficava a apenas alguns minutos de caminhada... Fiona havia lhe dito para pedir um táxi, mas Diana achou que seria uma extravagância ridícula pagar caro por uma corrida de táxi que duraria trinta segundos.

Passou pela estação de trem, com o poste da frente apagado e a pequena estação amortalhada na escuridão. Não havia mais carros na rua, e ela apertou o passo ao se aproximar do viaduto férreo. O ar estava úmido, com um cheiro asqueroso de urina. Ela suspendeu as lapelas do casaco e cobriu a boca. O chão do pequeno túnel que passava por baixo do viaduto estava seco, ecoando suas pegadas. O final da passagem subterrânea, iluminado pela luz alaranjada do poste, parecia bem distante. Ela se apressou, e, quando já estava quase do outro lado, uma das paredes escuras pareceu se abaular. Uma figura alta saiu das sombras e bloqueou o caminho.

Ela parou e não conseguiu se mover. Mais tarde, ela se perguntaria por que não se virou e correu, pois estava a menos de sessenta segundos da porta de casa, e por que não reagiu ou gritou por ajuda? Em vez disso, ficou imóvel, paralisada de medo, enquanto a figura alta se aproximava. Agigantava-se diante dela. Ele rangia de leve, e, quando os olhos de Diana se acostumaram com a escuridão, viu que ele usava uma máscara de gás. Duas grandes órbitas inexpressivas e um tecido emborrachado sobre a cabeça como uma touca. O filtro da máscara soltava o vapor da respiração. Havia quadrados brancos pintados na válvula de exalação, dando a impressão de uma boca sorridente e grotesca. Quando a respiração dele acelerou, ela sentiu o cheiro leve de produto químico. Ele havia aberto o sobretudo e estava se expondo para ela, masturbando-se com a mão enluvada.

Diana abriu a boca para gritar, mas foi interrompida quando ele a agarrou pela garganta e a prensou fortemente contra os tijolos com a mão enluvada, apertando-lhe o pescoço. Foi tudo silencioso demais, e ela engasgou e sufocou, desejando desmaiar. Quando começou a perder a visão, ele afrouxou a mão o suficiente para ela respirar uma vez, depois apertou novamente.

Do lado de fora do túnel, a rua permanecia vazia. A neve caía. Estava tudo silencioso e sossegado.

CAPÍTULO 12

Erika chegou tarde a seu apartamento gelado. Morava ali há dois anos, mas ainda não havia descoberto como o sistema automático do aquecedor funcionava. A primeira coisa que fez quando entrou foi ligar o aparelho e continuar de casaco até começar a esquentar.

Tomou um banho com a água pelando, quase queimando a pele. A água escaldante a ajudou a deixar os problemas lá fora e se esquecer do trabalho, mas, apesar da água quente, ela não conseguia se livrar da imagem do corpo de Marissa Lewis caído na neve. A cena do crime sempre conta uma história, e o jardinzinho na Coniston Road narrava uma briga violenta. A quantidade enorme de sangue solidificado envolvendo o corpo de Marissa e a neve ao redor. O sapato dela, caído ao lado da frasqueira, quebrada e revirada, com os objetos esparramados na neve. As chaves ainda penduradas na porta. Se Marissa tivesse alcançado a porta poucos segundos antes, será que teria conseguido virar a chave e entrar na segurança de sua casa?

Era difícil para Erika encontrar um meio-termo entre sentir pena da vítima e se esquivar desse sentimento. Para manter sua sanidade, era mais fácil desumanizar o cadáver e pensar na pessoa como um objeto: uma coisa, ou evidência. No entanto, Erika só conseguia fazer isso à mesma medida que conseguia voltar para casa do trabalho e viver uma vida normal. Não tinha ninguém com quem compartilhar. Desde a morte de Mark, ela se envolveu com o colega detetive inspetor James Peterson, e durante um tempo pôde voltar para casa e ter alguém com quem dividir, ou, mais precisamente, ela ia para a casa dele, e os dois assistiam à televisão, pediam comida e riam. Até que Peterson foi gravemente ferido em serviço: levou um tiro na barriga, durante uma operação comandada por Erika, no desfecho de um caso de sequestro e assassinato. A batalha de Peterson para se recuperar e retornar ao trabalho culminou na separação dos dois, um desfecho terrível para um relacionamento promissor. Agora estava sozinha e passava noites intermináveis somente com seus pensamentos.

A imagem do dente de Marissa Lewis preso no pilar do portão tomou conta da sua mente. Fechou os olhos, mas a imagem permaneceu: o dente quebrado na linha da gengiva, com uma mancha de batom vermelho. Erika abriu os olhos e colocou mais água quente na banheira. Suas pernas naturalmente pálidas se avermelharam devido ao calor. Imaginou as pernas respingadas de sangue de Marissa na foto tirada do alto da árvore. As dobras do comprido casaco de inverno abertas na neve. Depois visualizou a cena do crime e Isaac agachado ao lado do corpo. O fino tecido do vestido levantado, deixando a calcinha de Marissa à mostra. A peça íntima não tinha uma mancha sequer. Não havia sangue, e o tecido transparente revelava uma tira perfeita de pelos pubianos.

Erika puxou a tampa do ralo, saiu da banheira e se enrolou numa toalha. Foi depressa até a sala, onde, na mesinha de centro, estavam seu notebook e os arquivos do caso. A luz acesa, e as cortinas ainda abertas. A neve caída de novo, batendo no vidro e se arrastando com um barulho seco. Ela ligou o computador e clicou nas fotos tiradas por Joseph. Primeiro, as do alto da árvore, depois as feitas em *close-up*.

– Seu doente de merda – murmurou ela, olhando para uma e outra perspectiva, ampliando as imagens. – Você levantou a saia dela quando desceu da árvore...

O telefone de Erika tocou, fazendo-a dar um salto. Ela conferiu o horário e viu que já passava das 11h da noite. Era Edward perguntando se ela tinha gostado do almoço.

– Acabei não indo. Fui convocada para a cena de um crime – respondeu. – Muito triste. Uma garota morta na porta de casa.

– Oh. Quer conversar sobre isso?

– Na verdade, não. É sombrio e macabro demais para o Natal. O seu dia foi bom?

– Acabei fazendo uma festinha. – Ele riu. – A Kelly, vizinha lá do fim da rua, apareceu aqui com a mãe, Shirley. Elas trouxeram uma lasanha enorme e Banco Imobiliário. Era de Manchester. Adivinha qual é a rua mais cara?

– Coronation Street?

– Não. Pensei a mesma coisa. É a Lowry, em Salford Quays. É o mesmo preço de Park Lane na versão de Londres. Acho que só dá pra ganhar esse jogo quando compramos os imóveis mais caros.

– Olha só você, dizendo "imóveis mais caros".

– Foi por isso que ganhei. Fui o típico magnatazinho!

Ele parecia normal, diferente do velhinho confuso da manhã. Erika escutou a televisão ao fundo.

– Fico feliz que seu dia tenha sido bom – disse ela.

– Acabei de voltar do cemitério. Estava nevando, mas o alto das colinas estava limpo, a Lua apareceu. Tem algum problema eu ver beleza nisso?

– Não tem, não.

– Não queria que Mark ficasse sozinho no Natal... – A voz dele fraquejou e ficou trêmula. – É tão difícil não tê-lo aqui.

– Eu sei – falou ela, enxugando os olhos.

– Não tem nada que a gente possa fazer sobre isso, tem?

– Não.

Houve um longo silêncio, interrompido por uma risada estridente ao fundo, na televisão de Edward.

– Bom, eu só queria ver como você estava, minha querida, e desejar boa noite.

– Obrigada.

– Feliz Natal. Eu te ligo depois.

– Feliz Natal – disse ela. A risada na televisão desapareceu, e Erika voltou ao silêncio do apartamento, com a neve batendo nas janelas. Ela fechou as cortinas e apagou a luz. Seu telefone tocou novamente. Desta vez era Kay.

– Desculpe ligar tão tarde, senhora, mas achei uma coisa no telefone de Joseph, no meio dos arquivos.

– Tudo bem. Ainda está trabalhando? – perguntou Erika, impressionada.

– Eu estava dando uma olhada nos arquivos baixados e achei alguns na lixeira do disco rígido. Consegui recuperar alguns. São perturbadores.

– Pornografia?

– Não. Fotos e vídeos de Joseph. Vou mandá-los agora.

Erika desligou o telefone e abriu o e-mail. Havia seis fotos. Joseph estava nu e amarrado com tiras de couro a uma mesa de madeira, pelo pescoço, pelos braços e pelas coxas. Estava com os olhos injetados e arregalados de medo. A mão de um desconhecido agarrou-lhe pela garganta, fazendo os tendões do pescoço tencionarem. Erika clicou no arquivo de vídeo. Era o mesmo cenário das fotos e parecia ter sido gravado com um celular.

– Por favor, por favor! Me deixa ir. Não vou contar nada. Não vou contar! – implorava ele, estremecendo à luz forte da câmera do telefone.

– Você não vai contar. Quer que este vídeo seja enviado a todo mundo que conhece? – disse uma voz distorcida eletronicamente. A mão apareceu e agarrou os genitais de Joseph, e ele berrou quando ela os torceu. – Tenho o seu endereço – disse a voz. – Estou com o seu telefone. Se contar alguma coisa, mando isto para todos os seus contatos... Amigos. Família. Todo mundo.

A câmera inclinou a angulação e se moveu, mostrando uma mesa com uma série de brinquedos eróticos. A mão anônima pegou o maior e retornou a Joseph, que tentou fechar as pernas, mas elas estavam abertas e amarradas com tiras na mesa.

– NÃO! – berrou ele. – NÃO!

Erika tirou o som e se obrigou a assistir ao resto do vídeo.

CAPÍTULO 13

Erika chegou à delegacia pouco depois das 8h da manhã. Os prédios no centro de Lewisham, iniciados quando Erika assumiu o posto na região Sul de Londres, estavam quase prontos. Arranha-céus de apartamentos luxuosos agora apequenavam o edifício de oito andares da delegacia. Os guindastes estavam em pleno funcionamento naquela manhã nevosa, um deles decorado com uma árvore de Natal acesa.

Erika passou a noite em claro. As imagens de Joseph assombraram seus sonhos. Nas fotos, ele parecia ser vítima, mas ela precisava interrogá-lo sobre o papel dele no assassinato de Marissa Lewis, e ainda faltava um monte de informações: os resultados da autópsia, o DNA, a arma do crime. As fotos de Joseph a deixavam desconfortável, mas poderiam influenciá-lo a dizer alguma coisa.

Às 9h da manhã, Joseph foi levado à Sala de Interrogatório 1 por dois guardas. Sem algemas. Estava pálido e com olheiras. Um advogado de olhos cansados, usando terno risca de giz, entrou com Joseph. Ele não parecia feliz por ter sido chamado para trabalhar no dia seguinte ao Natal. Apresentou-se como Henry Chevalier e sentou-se ao lado do garoto.

Erika se sentou ao lado oposto da mesa com McGorry, que também tinha a expressão cansada e quem Joseph encarou com fúria.

– São 9h04 da manhã do dia 26 de dezembro de 2017 – começou Erika. – Estão presentes no interrogatório a detetive inspetora-chefe Erika Foster, o detetive John McGorry, o réu Joseph Pitkin e seu representante legal, Henry Chevalier.

Henry inclinou-se e sussurrou algo no ouvido de Joseph. Ele não reagiu, mas concordou com a cabeça. Erika abriu uma das pastas cinza que havia empilhado na mesa e pegou as fotos reveladas do rolo de filme.

– Joseph, pode me dizer se tirou estas fotos? – perguntou ela, espalhando-as pela mesa. Por uma fração de segundo, os olhos de Joseph ficaram surpresos, e logo em seguida ele se recostou e cruzou os braços.

– Meu cliente prefere não responder – disse Henry.

Erika prosseguiu:

– Isto é de um filme não revelado que estava em um tubinho de plástico que achamos no beco atrás do quintal dos seus pais. Acredito que caiu do seu bolso quando você pulou o muro. – Joseph fechou tanto a cara que fez careta. – Recolhemos duas digitais, de um polegar e um indicador, ambas compatíveis com as suas. Vou perguntar mais uma vez. Você tirou estas fotos?

Joseph olhou para Henry, que concordou com a cabeça.

– Tirei, sim.

– Fotos de um cadáver – disse Erika.

– Dá pra ver do que se tratam – falou Henry.

Erika pegou uma delas, um *close-up* do rosto respingado de sangue de Marissa com os olhos arregalados, paralisados de medo.

– Esta foto foi tirada bem do alto, da árvore em frente à casa de Marissa. – Erika a suspendeu para Joseph, que virou o rosto. – Veja que a saia dela está sobre as coxas. – Ela pegou outra. – Mas, nesta foto, tirada de perto, o vestido tinha sido levantado para expor a calcinha. Você encostou no corpo, Joseph? – Ele negou com a cabeça. – Também recuperamos vídeos do seu celular, os quais mostram que você tinha uma obsessão bem doentia por Marissa Lewis. Você a filmava escondido quando ela estava no quarto, e até numa ocasião em que ela fazia sexo com outro homem.

Joseph começou a tremer, e o sangue desapareceu de seu rosto.

– Eu não matei Marissa.

– O que você fez, então? – perguntou McGorry, recostando-se e cruzando os braços. – Deu uma aproveitadinha do cadáver? Usou a oportunidade para enfiar os dedos na calcinha quando ela não era mais capaz de recusar?

– Detetives, eu gostaria que adotassem uma linha de interrogatório mais respeitosa – interveio Henry.

Erika juntou as fotos e as guardou. Abriu outra pasta.

– Baixei sua ficha nos arquivos. Você cumpriu seis meses em um centro de detenção para menores quando tinha 14 anos. Agrediu um menino na escola com uma garrafa quebrada. O cirurgião conseguiu salvar o olho dele.

Erika tirou a foto de um garoto de cabelo escuro da pasta. Uma horrível fileira roxa de pontos estendia-se pela sobrancelha e pela pálpebra esquerdas.

– Eu estava me defendendo. Ele me bateu – disse Joseph.

– Então por que não bater nele de volta? Em vez disso, você quebrou uma garrafa de vidro e a enterrou na cara dele. Isso é coisa de psicopata – disse McGorry.

– Posso perguntar se estão planejando acusar o meu cliente? – questionou Henry. – E, caso estejam, planejam acusá-lo de quê? Ele cumpriu pena pelo que fez. E também tem um álibi para o horário em que Marissa Lewis foi morta.

– Da mamãe e do papai – disse Erika.

– O pai do meu cliente foi um advogado reconhecido pelo governo e de reputação impecável. Ele afirma que Joseph ficou em casa a noite toda e que só saiu na manhã seguinte.

– Eles dormem todos no mesmo quarto?

– Que pergunta ridícula!

– Será mesmo? A cena do crime fica a menos de dois minutos da casa de Joseph. Ele já demonstrou que gosta de pular o muro dos fundos. Então poderia ter ido lá e voltado em um período muito curto de tempo.

– *Poderia* é a palavra-chave. Detetives, vocês têm alguma prova concreta?

– Recolhemos amostras de DNA do corpo da vítima. Também mandei policiais revistarem a casa dos Pitkin. É só uma questão de tempo – respondeu Erika.

– Exatamente, portanto inocente até que se prove o contrário.

– Tenho o direito de estender a custódia por mais dois dias.

– Eu aconselharia a não fazer isso – disse Henry baixinho, com um duríssimo tom de que deviam parar por ali. E cravou os olhos em Erika do outro lado da mesa.

– Isso é uma ameaça?

– É claro que não – respondeu ele com um sorriso falso. – Você acha que eu ameaçaria você numa sala cheia de câmeras, em que nossa conversa está sendo gravada? Você, detetive inspetora Erika, está ficando paranoica?

– Não, provavelmente é só falta de cafeína – ela sorriu.

– Nossa máquina de café estragou – explicou McGorry. – Em todo botão que apertamos sai sopa sabor carne.

Henry revirou os olhos.

– Que relevância isso tem?

Eles o ignoraram. McGorry olhou para Erika. Ela pegou a terceira e última pasta e tirou as fotos de Joseph nu e amarrado na mesa, e uma captura de tela do vídeo. Ela as colocou na mesa, e os dois policiais se recostaram.

Não estavam preparados para a reação. A pouca cor que havia sobrado em Joseph desapareceu, e suas mãos começaram a tremer descontroladamente.

– Espere aí. Por que estas fotos não foram disponibilizadas para mim? – questionou Henry.

– Recuperamos as fotos e um arquivo de vídeo explícito do seu celular, Joseph – informou Erika. – Quem fez isso com você? Essa pessoa lhe enviou os arquivos?

Joseph negou com a cabeça, levantou e deixou a cadeira cair para trás. Em seguida, vomitou sobre toda a mesa. Erika conseguiu puxar apenas duas pastas da frente, e todos deram um pulo para trás.

– Jesus Cristo! – berrou Henry, encolhendo o corpo em reação aos papéis encharcados que segurava antes de jogá-los no chão.

Joseph permaneceu no mesmo lugar e se curvou para a frente, deixando à mostra uma comprida linha de saliva dependurada na boca. Todos ficaram em silêncio, chocados. De repente, ele avançou gritando para cima de Erika, com os dentes para fora.

– Sua vadia do inferno! – ele cuspiu enquanto McGorry o segurava, prendendo os braços ao lado do corpo. – Onde conseguiu isso? Como? Como conseguiu isso? Ele não tem nada a ver com isso! NADA! Ele vai me matar!

– Quem? Quem vai matar você? – perguntou Erika, saindo do caminho enquanto ele tentava chutá-la. – Precisamos de ajuda aqui! – gritou ela, olhando para a câmera instalada no canto da sala de interrogatório. Segundos depois, dois policiais fardados entraram correndo e ajudaram a levar Joseph para fora. – Me diga o nome dele, eu posso proteger você! – Joseph foi arrastado sala afora, esperneando e gritando. – Me fale o nome dele, eu posso proteger você! – A porta bateu.

– Chefe – disse McGorry, pondo a mão no braço dela. – O interrogatório acabou.

Erika olhou para McGorry, para o advogado, depois para a sujeira na mesa, e voltou a si.

– Sim.

– Jesus Cristo – disse Henry, pegando a pasta no canto da sala e olhando para a manga do blazer em que o vômito tinha acertado. – Que droga! – E saiu.

Erika e McGorry ficaram parados em choque.

– Temos certeza de uma coisa: o almoço de Natal dele foi caprichado – comentou McGorry, franzindo o nariz.

CAPÍTULO 14

Erika e McGorry estavam reunidos no corredor do lado de fora da sala de interrogatório com Kay, que ficara assistindo da sala de observação ao lado. Ela segurava um monte de toalhas de papel.

– O que acabou de acontecer? – perguntou McGorry, pegando uma toalha e esfregando a manga o terno. – Eca, era só o que me faltava. – Ele tirou o blazer cautelosamente.

– Eu peguei Joseph. Cutuquei num ponto sensível – disse Erika. Ela aceitou distraidamente as toalhas de papel, mas logo viu que tinha conseguido sair ilesa.

– Não sabemos se aquelas fotos e aquele vídeo têm alguma coisa a ver com o caso Marissa Lewis. Parece vingança pornô – disse Kay.

– Tenho que me livrar deste paletó. Só um segundo, chefe – disse McGorry, saindo apressado com o blazer entre o polegar e o indicador.

– Vingança pornô envolve amantes desprezados e exposição. Não... A pessoa que está fazendo aquilo chantageia Joseph para que ele não conte alguma coisa – disse Erika.

– Não podemos usar um trauma passado como vantagem.

– Eu estava tão perto, caramba!

– Como? Como podemos estar perto de algo tão obscuro pra nós, senhora?

Erika virou-se para ela.

– Você precisa deixar aquela sala de interrogatório adequadamente limpa – disse ela, devolvendo a toalha de papel. – E não me chame de senhora.

Erika retornou para sua sala. Telefonou para Isaac e para a perícia, mas ambos lhe disseram que não conseguiriam entregar nada antes do dia seguinte. Então ligou para o policial responsável pelo roteiro de investigações na Coniston Road, e ele disse que os dois homens que tinham se envolvido com Marissa, Don Walpole e Ivan Stowalski, ainda não haviam retornado. Contudo, tinha conseguido o contato da amiga de Marissa, Sharon-Louise Braithwaite, que trabalhava no salão de beleza. Erika agradeceu e anotou o número. Estava prestes a ligar quando escutou baterem na porta.

– Que é?

A porta foi aberta, e McGorry enfiou a cabeça na fresta.

– Tudo certo, chefe. O doutor examinou o Pitkin. Não há nada de errado com ele psicologicamente. Pressão arterial normal, sem infecção, mas ele recomendou ao sargento de custódia que déssemos algumas horas para ele descansar e se acalmar antes de interrogá-lo novamente. Ainda está bem desnorteado.

Erika olhou o relógio. Era quase meio-dia.

– Tenho cinco horas para decidir se o mantemos ou não em custódia por mais dois dias. Não estou nem perto de poder acusá-lo... Você sabe que pode entrar na minha sala; não precisa ficar parado na porta! – ralhou ela. McGorry entrou e a fechou. – Muito bem, pergunta direta: você acha que foi ele?

McGorry deu de ombros e falou:

– Não sei se ele tem essa tendência. A pessoa que fez aquilo ficou totalmente fora de si. Entalhou a garota com uma faca. Ele teria ficado coberto de sangue. E o rastro de sangue na cena do crime? Ele não tem carro. Não achamos nem a arma.

– Quem você acha que o está chantageando com as fotos?

– Pode ser homem ou mulher. A julgar pela reação dele, acho que é homem. Dá pra ver nas fotos que ele não está participando por vontade própria, ou, se estava no começo, perdeu o interesse quando foi amarrado. Estava dominado fisicamente. Aterrorizado. E, é claro, vomitou a sala inteira quando viu que estávamos com as fotos e o vídeo.

– Ele podia estar trabalhando como garoto de programa – disse Erika.

– Não... A família é bem de vida.

– Ele tinha registro em um site de vagas de emprego.

– Há perguntas demais envolvendo esse rapaz, e você está certo: ele estava aterrorizado no vídeo. Devemos tomar cuidado. Quem quer que seja essa pessoa, tem o poder de apavorá-lo.

CAPÍTULO 15

Quatro andares abaixo, na sala de custódia, Joseph estava deitado no único beliche da cela, olhando fixamente pela janela. Tinha o rosto pálido e estava quase catatônico de medo. Havia sido examinado pelo médico e pôde se limpar antes de ser levado de volta para a cela. Usava uma calça jeans escura rasgada nos dois joelhos e um suéter grosso escuro. Tinham tirado seu cinto e seus sapatos.

Ele podia ouvir as vozes ecoando no corredor. Alguns rapazes haviam sido presos e faziam barulho, gritando e xingando o sargento.

Como eles conseguiram aquelas fotos?, pensou ele. *Eu tinha deletado. Ele me disse que, se eu ficasse de boca fechada, ninguém as veria.*

Joseph lembrou-se da feição do homem que conhecia como "T": um rosto largo e bonito, testa grande e olhos penetrantes. Ele achava que eram amigos e que T tinha confiado o suficiente nele para mostrar o que tinha no porão.

– É aqui que eu brinco – ele havia dito.

O porão era escuro, de teto baixo e piso de concreto manchado. O ar quente e fedido de suor. Havia estacas de madeira, uma gaiola e algemas de couro. Pregados nas paredes, recortes de revistas pornográficas. Joseph não ficou chocado com a nudez nem com o sexo. O que o fez gelar foi o rosto dos homens e das mulheres dominados nas fotos. Havia um medo genuíno em seus olhos, e alguns deles sangravam.

– São reais? – perguntou ele.

T confirmou com a cabeça, esfregando a mão na virilha e caminhando na direção de Joseph.

– Tenho que ir – disse Joseph, disparando na direção da porta.

– Fica pra tomar mais uma – disse T. Ele estendeu a mão e agarrou com força a parte de trás da camisa de Joseph, que, ansioso para não apa- rentar medo e aliviar a tensão, aceitou. Mas a bebida tinha sido batizada, e, quando acordou, estava nu e amarrado. Incapaz de se mover.

Ele não sabia quanto tempo havia se passado. O medo de morrer era aterrorizante, mas nada comparado à sensação de olhar nos olhos de alguém que ignora seus gritos e se excita com a sua dor. A última imagem gravada em sua memória era da máscara de gás. Ele ainda sentia aquele cheiro, o suor imundo misturado com borracha e nitrito de amila.

Joseph foi estrangulado a ponto de quase desmaiar por várias vezes, e acordava quando T o trazia de volta com respiração boca a boca. Ele não se lembrava das fotos sendo tiradas, mas sim do vídeo... e da luz forte do celular. Ele os recebeu por e-mail um dia depois, com uma mensagem:

Estas fotos e o arquivo de vídeo estão guardados em um local seguro. Se ficar de boca fechada, continuarão no mesmo lugar.
T.

Mas agora a polícia sabia, e, se sabia, investigaria. Eles também teriam a mensagem? Contariam para seus pais? Quem mais descobriria? Joseph abraçou os joelhos e começou a chorar, balançando-se para a frente e para trás. Um terror descomunal percorreu seu corpo, e ele vomitou novamente, mas não havia nada em seu estômago além de bile. Suspendeu a mão para limpar a boca, prendendo os dedos no rasgo da calça.

Ele pulou para trás quando o postigo da porta foi aberto, deixando mais nítido o barulho no final do corredor. Os rapazes ainda gritavam, agora de dentro das celas.

– Você está bem, rapaz? – perguntou o sargento de custódia. Joseph virou-se na cama, levantou a cabeça e se esforçou para responder com um gesto positivo. A tranca sendo fechada fez barulho novamente, e os gritos foram abafados. Joseph começou a mexer os dedos e a aumentar o rasgo da calça, arrancando uma comprida tira de tecido.

A confusão havia diminuído, e todos os presos sob custódia estavam trancafiados quando o sargento foi dar uma olhada em Joseph Pitkin quinze minutos depois. Ao abrir o postigo, não conseguiu ver para onde ele tinha ido, já que a cama estava vazia.

– Tudo bem aí, garoto? – perguntou ele, apontando a lanterna para a privada e a pia de aço no canto da cela. O postigo ficava bem alto, e, quando o sargento viu o pedaço de tecido preso na pequena junta da dobradiça, entrou em pânico. Passando a mão pela abertura, sentiu uma fina tira de tecido tensionada, seguida do topo da cabeça de Joseph Pitkin.

– Droga! – gritou ele, saindo em disparada pelo corredor e acionando o alarme de emergência.

O som ecoava pelo corredor quando o sargento pegou as chaves e correu de volta à porta. Após destrancar, precisou fazer força para abri-la, empurrando o corpo. Sua colega, uma policial de 50 e poucos anos, correu para ajudá-lo quando a cela foi aberta. Joseph estava dependurado atrás da porta, a alguns centímetros do chão, suspenso pelo pescoço por uma tira de jeans. Seu rosto estava roxo-claro, e os olhos, arregalados e raiados de sangue.

– Abaixe ele! Rápido, abaixe ele! – gritou o sargento. A policial havia pegado uma tesoura e cortou o nó improvisado. O sargento deitou Joseph no chão e afrouxou a tira de tecido. Sua colega ficou em silêncio quando ele começou a reanimação cardiorrespiratória, que durou vários minutos, bombeando o peito de Joseph e soprando-lhe a boca nos intervalos.

Ela sabia que o rapaz estava morto. Já tinha visto aquilo muitas vezes.

CAPÍTULO 16

A superintendente Melanie Hudson tinha pouco mais de 1,50m de altura, cabelo louro e olhos de um verde suave. Sua fisionomia delicada, no entanto, não correspondia à sua determinação de aço.

Melanie estava se preparando para uma tarde de televisão na companhia do marido, do filho e de uma caixa de chocolates quando recebeu a ligação informando que um jovem sob custódia havia morrido na delegacia que comandava.

Ela pegou o carro e foi direto para Lewisham Row, chegando ao local quando o corpo de Joseph Pitkin estava sendo retirado. Ouviu o depoimento dos dois policiais da custódia, depois subiu para sua sala. Quando alcançou o corredor, viu Erika sentada numa cadeira, esperando por ela.

– Você ficou sentada aí no escuro? – perguntou a superintendente, levantando o cotovelo para acender a luz.

– Me ajuda a pensar.

Melanie soltou a bolsa e destrancou a porta. Erika entrou atrás.

– Comece do início e me conte tudo – pediu ela, apontando para a cadeira em frente à sua mesa.

Erika resumiu o que tinha acontecido com Joseph, desde o episódio na Coniston Road, quando o flagrou observando a cena do crime, até a subsequente prisão, quando encontraram as fotos e o vídeo.

– Vou ter que assistir a todos os vídeos dos interrogatórios oficiais. Também quero um relatório completo, escrito por você e por McGorry. Há alguma coisa que vocês queiram me contar?

Erika baixou os olhos.

– O pai dele é advogado... Quando perseguimos Joseph, ele e McGorry se envolveram numa briga. McGorry estava tentando impedi-lo de fugir e o segurou pela alça da câmera pendurada no pescoço.

– Defina "segurou" – disse Melanie.

– O pai, David Pitkin, alegou que o filho tinha sido estrangulado.

– Foi estrangulamento?

Erika coçou a cabeça.

– Foi. Porcaria, foi sim.

– Por quanto tempo?

– Não sei. Alguns segundos. Dez segundos.

– Você sabe que haverá uma investigação completa do que levou Joseph Pitkin a se enforcar, certo? Ele estava sob vigilância contra suicídio.

– Por que a vigilância contra suicídio é feita a cada quinze minutos? Muita coisa pode acontecer em quinze minutos. Ele fez uma corda com tiras da calça jeans, pelo amor de Deus! – Erika enxugou as lágrimas do rosto, endireitou o corpo e pegou um lenço. – Eu quero contar aos pais.

– Não. Não é uma boa ideia.

– Ele estava sob custódia por minha causa.

– Ele estava sob custódia porque você tinha indícios convincentes para prendê-lo e interrogá-lo. Você também se envolveu em um conflito com a família. Eles precisam de alguém imparcial. Irei informá-los e levarei um oficial de acompanhamento familiar.

– Eu não sabia que ele tinha problemas de saúde mental. Não tenho a ficha médica, mas ele foi examinado após a confusão do nosso primeiro interrogatório. O médico atestou que ele podia ser interrogado novamente depois de um intervalo. Não deu tempo. Ele era parte fundamental da investigação...

– Ok. Quero que tire o resto do dia de folga – disse Melanie.

– Estou fora do caso?

– Não. Preciso assistir à filmagem do interrogatório e dos policiais da detenção. Também preciso de uma declaração sua com todos os detalhes. E quero falar com McGorry.

– Ok – respondeu Erika, levantando-se.

– Espere, sente-se aí.

Ela se sentou na cadeira novamente.

– O quê?

– Você não vai gostar do que vou dizer, mas preciso que me ouça.

– Diga.

– Você passou por muita coisa esse ano, Erika. Não tem nem uma semana que você saiu de um caso de sequestro e assassinato.

– Dez dias... – Erika fechou os olhos. Tinha sido um caso angustiante. Um jovem casal, Nina Hargreaves e Max Kirkham, cometeu uma série de assassinatos e roubos pelo país. A imprensa, é claro, os pintou como Bonnie e Clyde, e, em seguida, o comandante Marsh foi a público para uma declaração fatídica, condenando os dois assassinos.

Marsh achou que tinha sido esperto dando-lhes um ultimato, mas o que fez, na verdade, foi dar a eles um rosto e um nome. Nina e Max não precisaram de muito tempo para investigar a vida pessoal do comandante, descobrindo que sua esposa vinha de família rica e que tinham duas filhas pequenas.

Max agrediu Marcie quando ela estava sozinha em casa, e Nina convenceu a escolinha de que era a nova babá das meninas. Foi aí que o caso se transformou em um sequestro. Contra todos os conselhos, Marsh e Marcie pagaram um resgate de duzentas mil libras. No entanto, a busca só terminou quando Erika conseguiu descobrir onde Nina e Max estavam mantendo as gêmeas, num local remoto em Dartmoor, no sul da Inglaterra.

O banho de sangue subsequente, quando Max e Nina voltaram-se um contra o outro, continuava impresso na mente de Erika. Ela resgatou as gêmeas, que estavam fisicamente ilesas, mas as feridas emocionais levariam muito tempo para cicatrizar.

– Erika! Erika!

Ela abriu os olhos. Melanie a olhava, preocupada.

– O que aconteceu?

– Desculpe, estou cansada e um pouco abalada ainda. Não é apenas trágico quando alguém tão jovem tira a própria vida... Ele era uma testemunha-chave.

Melanie abriu a carteira, retirou um cartão e o entregou a Erika.

– Dr. G. Priestley, psicólogo clínico – leu ela, levantando o rosto para Melanie. – É pra mim?

– É.

– Você acha que estou doida? Desequilibrada?

Melanie levantou a mão.

– Não, não acho. E, antes que diga mais alguma coisa, quero esclarecer que o Dr. Priestley é meu psicólogo. Me consulto com ele uma vez por semana.

– Terapia?

– Sim.

Erika não soube o que dizer. Olhou novamente para o cartão.

– Você está me encaminhando para um psicólogo? Saí de um caso bem-sucedido, peguei dois assassinos em série, resgatei as filhas do comandante e, em vez de me parabenizar, você me manda fazer terapia?

– Não, Erika. Estou aconselhando você como amiga, ou como colega, em particular. Não tem nada a ver com a Polícia Metropolitana nem com caso algum, incluindo o suicídio de Joseph Pitkin. Você é uma das minhas melhores policiais e estou confiante de que retornará, em breve, para continuar trabalhando neste caso de assassinato, mas isso é o que eu quero. É meu dever informar quando meus policiais sofrem pressão no trabalho.

– Você vai me reportar?

– Não! Escute o que estou lhe dizendo, sua idiota!

Erika levantou a cabeça e sorriu.

– Desculpe... – falou Melanie.

– Tudo bem. Prefiro ser chamada de idiota do que de alguma bobagem em linguagem corporativa. – Ela suspendeu o cartão. – Este é o seu terapeuta, então?

– Sim.

– Você se importa se eu perguntar por que...

Melanie respirou fundo e recostou-se.

– Minha primeira gravidez foi de gêmeos. Tudo ocorreu normalmente, fiz o chá de bebê, minha família e meu marido estavam empolgados, esperando na sala de parto para segurar os nenéns... Mas os dois nasceram mortos. – Ela respirou fundo e enxugou uma lágrima. – Os médicos não souberam explicar. Não tenho histórico de natimortos na família. Foi uma gravidez impecável. A falta de justificativa foi devastadora. Perdi minha fé, e por pouco não perco todo o resto. Isso quase me destruiu.

– Sinto muito mesmo... Quando aconteceu?

– Dez anos atrás, mas a jornada de volta à normalidade foi longa. É provável que eu nunca mais volte a ser completamente quem era, mas a vida está boa agora. Então, estou falando isso pra você como amiga, sem julgamento. Não entre em colapso, Erika. O trabalho não vale tanto assim. Não quero dizer como deve viver sua vida, mas não estou contra você. Como falei, você é uma das minhas melhores policiais, e quero que continue assim. Quero que siga em frente e continue fazendo o que está fazendo, mas preciso garantir que sua cabeça esteja nos eixos.

Erika olhou o cartão mais uma vez.

– Posso pensar sobre isso?

– É claro, só não pense demais. Enquanto isso, vá pra casa e durma um pouco. Eu ligo pra você depois. E mande McGorry entrar.

Erika saiu da sala e fechou a porta. McGorry e o sargento de custódia aguardavam no corredor. Ambos pareciam chocados.

– Como foi? – perguntou o detetive, estufando as bochechas.

– Tudo certo. É só falar a verdade, do jeito que aconteceu. Tive que mencionar o estrangulamento, falei que foi em legítima defesa. Vou colocar tudo isso no relatório.

– A calça... A calça jeans dele – murmurou o sargento, parecendo incrédulo.

– Você fez o seu trabalho – disse Erika.

– Mas não foi o suficiente – respondeu ele.

Ela pousou a mão brevemente sobre o braço dele e, despedindo-se com um gesto, saiu da delegacia. Quando entrou no carro, viu que os presentes de Natal das gêmeas ainda estavam no banco de trás. Ela deu a partida e seguiu para a casa do comandante Marsh.

CAPÍTULO 17

Marsh morava em uma elegante rua de casas independentes, em terrenos individuais, perto de Hilly Fields, que tinha uma vista deslumbrante do horizonte londrino. O céu se abriu assim que Erika encontrou um lugar para estacionar, dando às ruas cobertas de neve uma tonalidade dourada. Ela desejou que os Marsh tivessem saído para que pudesse deixar os presentes na varanda, mas respirou fundo e agarrou o grande batente de ferro. Fez um barulhão ao bater na madeira.

Um minuto depois, Marsh abriu a porta. Era um homem bonito, na faixa dos 40 anos, o cabelo louro aparado estilo militar. Parecia pálido e cansado, e havia emagrecido muito.

– Erika! – exclamou ele, surpreso. Ela levantou os presentes.

– Sei que estou um dia atrasada, mas queria dar isto às meninas e pedir desculpas por não ter vindo antes.

Marsh ia dizer algo, mas Marcie apareceu atrás dele.

– Você veio! Feliz Natal – disse ela, dando um abraço em Erika. – Como você está?

Marcie era uma mulher bonita, e também havia perdido muito peso. Seu cabelo preto, geralmente brilhante, estava comprido e escorrido, e ela usava uma maquiagem carregada que quase não conseguia disfarçar os dois olhos escuros e inchados por causa do nariz quebrado, ainda se recuperando da agressão.

– Estou bem – respondeu Erika, sentindo-se constrangida. Ela e Marcie se conheciam havia muito tempo. Nunca tiveram uma relação próxima, até Erika resgatar suas filhas.

– Ande, entre, saia desse frio – disse Marcie, esfregando os ombros de Erika. – Esse casaco não é muito grosso. Não dá pra usar só um agasalho de couro nesse tempo!

Marcie conduziu Erika pela sala quente e abafada. A lareira estava acesa, e, ao lado dela, havia uma enorme árvore de Natal. O pai de Marcie, Leonard, cochilava em uma poltrona no canto, e o pai de Marsh, Alan, dormia em outra poltrona ao lado da árvore.

– Sente-se – disse Marcie. – Estou acabando de colocar o almoço na mesa. Carne, queijos e sopa de queijo *stilton* com brócolis.

– Que delícia – comentou Erika.

– Quer beber alguma coisa? Champanhe? – ofereceu Marsh.

– Paul, fale baixo. Eles estão dormindo! – repreendeu Marcie, tentando sussurrar.

– Minha voz está no mesmo volume da sua – ele respondeu entredentes.

– Não, está alta pra caramba... Venha me ajudar com a comida. Com licença, Erika.

Eles saíram da sala. Erika olhou para os dois senhores de rostos corados, cochilando. O pai de Marcie, Leonard, estava bem-vestido, com uma calça azul larga, camisa xadrez e gravata. Alan estava mais largado, de calça jeans velha e blusa de lã amarela. Leonard se remexeu na poltrona, tossiu, endireitou o corpo e levou uns instantes para voltar a si. Notou Erika depois de dar duas olhadelas rápidas e quase cômicas para ela.

– Oi.

– Oi.

– Eu conheço você. É a policial – disse ele. Tinha a voz elegante e aveludada. – Ulrika, certo?

– Erika Foster, detetive inspetora-chefe.

Ele levantou desajeitado, aproximou-se, estendeu a mão e sorriu. Sua dentadura era de um branco nada natural em contraste com a pele bronzeada. Depois de se cumprimentarem com um aperto de mão, ele se inclinou e deu dois beijos no rosto de Erika.

– Somos muito gratos pelo que você fez por Paul, Marcie e as gêmeas. Obrigado – disse ele, ainda segurando a mão dela.

– Só estava fazendo o meu trabalho.

– Negócio difícil pra caramba. Vi as notícias na TV. Tiveram que embaçar as fotos do corpo de Max Kirkham.

– É...

Leonard continuava segurando a mão dela.

– Paul me disse que a garota disparou um foguete de sinalização no parceiro... Estourou a cabeça dele inteira, tinha cérebro pra todo lado. Você acha que as gêmeas viram isso?

– Acho que viram, sim.

– Meu avô sobreviveu às trincheiras da Primeira Guerra Mundial. Sofreu com estresse pós-traumático, é claro. Ele se lembrava da cabeça dos rapazes explodindo com os estilhaços das bombas... Hoje, naturalmente, somos todos encorajados a fazer terapia. Mas, naquela época, eles sofriam em silêncio...

Alan acordou. Levou um longo momento para despertar, estalou os lábios e esfregou os olhos. Era uma versão mais velha de Marsh, com o rosto áspero e o cabelo grisalho bem curto.

– Alan, esta é Ulrika, a policial que pegou aqueles assassinos filhos da mãe!

– Oi, é Erika – corrigiu ela, soltando a mão de Leonard.

– Ulrika... É um nome sueco. Você já foi garota do tempo? – perguntou Alan, com uma seriedade impassível.

– Garota do tempo?

– O pobre coitado desse velhinho está caducando – murmurou Leonard, dando um tapa na lateral da cabeça.

– Eu escutei isso! – protestou Alan. – Ela é a enfermeira do bairro?

Felizmente, Marsh retornou à sala com uma bandeja de champanhe.

– Pai, esta é Erika. Erika Foster. Nós fizemos o treinamento juntos, em Manchester – disse ele. Alan concordou com um aceno de cabeça, mas não pareceu entender muita coisa.

– Você estava aqui no almoço? Ela estava no almoço, Paul?

– Não, pai. Erika acabou de chegar – respondeu Marsh, falando alto e devagar. Houve um silêncio constrangedor. Leonard pegou o controle remoto e ligou a TV. A *noviça rebelde* apareceu na tela, fazendo uma barulheira. As crianças Von Trapp estavam marchando escada abaixo. – Vamos lá pra cozinha – acrescentou Marsh em voz baixa. Erika sorriu para os dois velhotes, agora absortos no filme.

– Desculpe por aquilo. Papai está ficando um pouco confuso. Tem sido um Natal bem frustrante. Preciso ficar repetindo tudo – comentou Marsh a caminho da cozinha. – Leonard está bem, ele só não escuta. Vive no mundo da lua.

– Quem não escuta? – perguntou Marcie quando entraram na cozinha. Estava organizando um belo bufê na comprida mesa.

– Seu pai.

– Pelo menos ele sabe que dia é hoje.

– Precisa dessa grosseria? – perguntou Marsh, ríspido.

– É só uma observação. Ele devia estar num lar de idosos. Tem sido bem estressante ficar com ele aqui. Não há nada de errado com o meu pai. Não sei se você lembra, mas ele ganhou a partida de Master ontem.

Erika baixou o rosto e ficou encarando a taça de champanhe, tentando ficar fora da discussão.

– Não estou dizendo que ele está indo pelo mesmo caminho que o meu. Estou dizendo que ele é cabeça-dura, e o jeito que fala com a sua mãe...

– Minha mãe consegue ser tão má quanto ele.

– Por que você acha que ela saiu hoje? Eu devia ter saído também!

Marcie olhou para ele com lágrimas nos olhos.

– Talvez seja melhor eu ir – disse Erika.

– Não, por favor, fique – disse Marcie, secando de leve os olhos com um lenço. Marsh estava de pé ao lado dela tentando controlar a raiva. Sophie e Mia entraram na cozinha, quebrando o clima. Eram duas garotinhas pequeninas e idênticas de 4 anos, com vestidos de veludo roxo iguais, meias-calças creme e tiaras cor-de-rosa no comprido cabelo escuro. Quando viram Erika, aproximaram-se e a abraçaram imediatamente. Erika pôs o copo na mesa e se agachou para abraçá-las de volta, sentindo o cheiro dos cabelos delas encostados em sua bochecha. Na cozinha quente e iluminada, tudo o que tinha acontecido parecia surreal e distante.

– Estamos tão felizes em ver você – disse Sophie, adiantando-se.

– Estou feliz em ver vocês também – afirmou Erika. As duas se entreolharam. Mia fez que sim com a cabeça, solenemente. Seus grandes olhos castanhos eram tão expressivos... Erika sentiu-se péssima por não ter aparecido para o almoço no dia anterior.

– Trouxe presentes pra vocês duas. Chegaram um pouquinho atrasados, mas feliz Natal. – Ela entregou os pacotes às meninas, que os abriram entusiasmadas para ver o presente. O primeiro era um kit para fazer adesivos da Blingles, e o segundo, um kit para fazer tiaras da Fashion Headbands, com a opção de decorá-las com várias cores, flores e *glitters*. – São diferentes, mas me lembro do quanto vocês duas adoram dividir – disse Erika.

As gêmeas pareciam genuinamente admiradas e empolgadas.

– Uau. Meninas, como é que se diz pra Erika? – falou Marcie.

– Obrigada, Erika! – disseram as duas.

– Vocês ainda não tinham ganhado isso, não é? Meus sobrinhos têm mais ou menos a idade de vocês e me contaram que são presentes muito divertidos.

– Não ganhamos, e são os melhores presentes de TODOS! – exclamou Mia, dando-lhe outro abraço. As meninas levantaram o rosto para Marcie.

– Mãe, pode pegar aquilo? – pediu Sophie. Marcie foi ao balcão da cozinha e pegou um pequeno embrulho. Ela entregou a Sophie, que estendeu a outra ponta a Mia, e as duas o entregaram juntas a Erika.

– Compramos isso pra você – disse Mia.

Dentro do embrulho havia uma caixinha de joias. Quando Erika a abriu, viu um colar com o pingente de uma pequena cruz de prata.

Marcie pegou a caixa e soltou o colar, e Mia levantou o cabelo curto na nuca de Erika para poderem colocá-lo.

– Que presente bonito – elogiou Erika, levantando o rosto para Marcie e Marsh. Eles sorriram. As gêmeas pegaram dois iPhones novos no bolso do vestido e, com as mãozinhas minúsculas e ágeis, deslizaram o dedo na tela.

– Esses celulares são presentes da mamãe e do papai – disse Sophie. – Querem que a gente esteja sempre em contato com eles, por causa do que aconteceu.

As duas suspenderam os aparelhos para Erika e mostraram a foto que tiraram dela com o colar. Sua aparência era esquelética e quase transparente, muito pálida se contrastada com a geladeira branca.

– Ficou bonita – comentou Sophie.

– Mas parece que você está precisando comer alguma coisinha – completou Mia. Felizmente, o comentário quebrou o clima, e todos riram.

– Meninas, vão lavar as mãos – ordenou Marcie.

Erika aguardou até as garotas saírem da cozinha.

– Como elas estão? – perguntou ela.

Marcie e Marsh entreolharam-se.

– Surpreendentemente bem, levando em consideração tudo o que aconteceu – disse Marcie. – Sophie é muito mais forte. Ela é quem está cuidando de Mia.

– Elas ficam desaparecendo pelos cantos pra conversar na língua que inventaram – disse Marsh.

– Não existe um manual que possamos seguir. Depois do Ano-novo, vou levá-las a um psicólogo – disse Marcie.

– E como vocês dois estão? – perguntou Erika. Eles se entreolharam novamente, como se estivessem se reconhecendo como casal pela primeira vez. Hesitaram.

– Vivendo um dia de cada vez – respondeu Marsh, dando tapinhas de leve na perna de Marcie. Ela se contorceu, afastando-se dele.

– Anda, vamos comer – disse ela.

Naquela noite, Erika voltou de carro para casa. Estava muito satisfeita com o presente das meninas e não parava de levar a mão ao pescoço. Dessa vez, sentia-se aliviada de voltar para seu apartamento vazio.

Ela se servia de uma dose de vodca com gelo quando ouviu o telefone tocar. Era Melanie.

– Analisei tudo relacionado a Joseph Pitkin. A essa altura, só posso dizer que foi um acidente trágico.

– Você contou aos pais dele?

– Sim. Como esperado, ficaram arrasados.

– Eles me culparam?

Melanie respirou fundo.

– Não vou responder a isso, mas eles obviamente enxergam essa situação de modo muito diferente.

– Você os questionou sobre as fotos e a mensagem?

– Não, Erika. Eu não... – Melanie ficou em silêncio por um momento. – Preciso que você volte ao trabalho amanhã. Vou lhe dar uma equipe maior para trabalhar no assassinato de Marissa Lewis. Tenha uma boa noite de sono.

Quando Melanie desligou, Erika foi à janela da sala. As luzes estavam apagadas, e ela ficou observando a rua escura, coberta de neve. Uma raposa parou sob a luz alaranjada do poste, com as patas na neve. Seu pelo lustroso brilhava em ondas. O bicho aguardou por um momento, conferindo o prédio de Erika, sentindo se podia revirar as latas de lixo. Erika observava das sombras.

– Anda. É seguro, manda ver – disse ela. A raposa avançou lentamente pelo estacionamento, passou pelos carros cobertos de neve e foi até as latas de lixo, certamente abarrotadas de restos de comida. – Isso!

Houve um barulho no andar de cima, seguido de uma luz que iluminou o grande quadrado escuro que era o estacionamento. A raposa se virou e saiu correndo, desaparecendo nas sombras.

CAPÍTULO 18

As noites escuras de inverno nos arredores de Londres eram sempre empolgantes para o homem que gostava de ser chamado de T. Ele saía de casa acobertado pela escuridão, vestido de preto, com a máscara de gás de couro guardada em um dos grandes bolsos do casaco.

O perímetro urbano da região Sul de Londres se estendia por muitos quilômetros, e todas as vezes ele se sentia agraciado por encontrar um espaço que nunca tinha visto em meio às fileiras de casas geminadas, becos escuros, estacionamentos afastados e terrenos cobertos de vegetação rasteira. As áreas residenciais da região praticamente não tinham câmeras de segurança. Nas estações de trem, só os pontos iluminados eram vigiados.

T acreditava que seu rosto era sua verdadeira máscara. Tinha uma aparência comum, não exatamente desinteressante, mas aceitável. Desde que começara suas atividades, há alguns meses, a única foto que a polícia possuía era da máscara.

Ele sempre se surpreendia com a falta de atenção das pessoas para o que as cerca. No dia a dia, elas parecem treinadas para não ver. Só se importam em chegar ao trabalho, depois ficam loucas para voltar para casa. Raramente se envolvem. Enxergam muito pouco. Ficam quase aterrorizadas com a possibilidade de lidar com o mundo ao redor. Mas era preciso tomar cuidado com desempregados, bêbados e sem-teto. Diferentemente dos outros, estes estão em sintonia com o que os cerca, e não apenas se deslocando de um ponto a outro. Vivem presos à vista de todos, obrigados a evocar ferramentas de sobrevivência a partir do espaço urbano. São especialistas em observação, sabem instantaneamente de quem conseguem arrancar um trocado ou cigarro, e quem está procurando drogas.

A boa notícia para T era que ninguém reparava nos sem-teto. Ninguém se importava. Seria muito mais fácil pegar essas pessoas, oferecer a elas uma esmola qualquer para que o acompanhassem a um canto escuro.

Cinco dólares bastariam para fazer quase tudo que quisesse, dependendo do quanto estivessem desesperadas.

Mas isso não teria graça. Era do medo que ele gostava, de encontrar alguém limpo e em ascensão social. Encontrar um cidadão exemplar, bem-vestido, que paga seus impostos, que é simpático, e arrancá-lo à força de sua bolha. Havia sempre uma expressão em seus rostos quando eram encurralados, como se dissessem: "Esse tipo de coisa não acontece comigo, só com os outros. Com pessoas más. Eu sou bom".

A máscara de gás não tinha apenas uma função prática, mas também sensorial. A sensação do capuz de couro apertado, o fedor azedo de seu próprio suor misturado ao cheiro do couro. A forma como o vidro grosso dos olhos distorcia sua visão, ampliando ligeiramente os rostos das vítimas.

Naquela noite, ele seria apenas um espectador. A neve acrescentava uma camada extra de proteção. Abafava os sons. Ele observaria e aguardaria. Nunca sabia o nome das vítimas, mas gostava de quebrar a rotina delas. Essa era outra emoção: descobrir quando saíam da casa. A que horas iam e voltavam do trabalho. As pessoas podem ser criaturas extremamente rotineiras. Inclusive no Natal.

Identifique a rotina delas, e o resto fica fácil.

CAPÍTULO 19

Na manhã seguinte, Erika chegou cedo à Lewisham Row. Desceu à cozinha minúscula no térreo, ao lado do vestiário usado pelos guardas. Fitava um armário cheio de canecas quando dois jovens policiais entraram, um homem e uma mulher, ainda de coletes à prova de facadas.

– Bom dia, senhora – cumprimentaram em uníssono. Pareciam surpresos em vê-la.

– Bom dia. Qual é o esquema das canecas? Elas têm dono?

O jovem, que era mais baixo do que Erika, estendeu o braço, pegou duas canecas e entregou uma à colega, que parecia constrangida em fazer contato visual.

– Ninguém usa as floridas, senhora – respondeu ele. Erika tirou uma do armário e houve um silêncio constrangedor quando a chaleira ferveu, desligando em seguida. Ninguém se moveu.

– Pode ir, sirva-se primeiro. Você fez por merecer – disse ela. O jovem pegou uma lata de café instantâneo e colocou duas colheradas nas canecas. – Noite difícil?

Ele confirmou com a cabeça.

– O pesadelo de sempre naquele horário em que os pubs começam a expulsar os fregueses. Parece que os adolescentes ficam mais bêbados e violentos nos feriados.

– E fomos chamados três vezes por pessoas que achavam ter visto o agressor da máscara de gás – completou a mulher.

– Agressor da máscara de gás? – indagou Erika.

– Sim, os jornais falaram dele sem parar nas últimas semanas. Você não viu?

– Não. Eu estava preocupada com outro caso.

– Um cara usando máscara de gás está atacando mulheres e homens. Ele gosta de agir em estações de metrô, no início da manhã, ou bem tarde, depois do último trem.

– Quantas vítimas?

– Cinco, desde meados de novembro.

– Ele as estupra?

– Nem todas. As duas primeiras vítimas foram estranguladas até apagarem, e, quando acordaram, ele tinha ido embora. O noticiário local fez um apelo ontem de manhã para que as pessoas dessem informação. Isso aconteceu depois que uma mulher foi atacada na noite de Natal, perto da estação Sydenham.

– Ela estava a menos de um minuto de casa – disse o homem.

– Depois disso, recebemos ligações a noite toda de pessoas que acreditavam ter visto ou ouvido alguma coisa. Foram todos alarmes falsos – acrescentou a mulher.

Os dois pegaram o café e saíram da cozinha bem na hora em que a detetive inspetora Moss entrou, vestindo um enorme casaco de inverno. Era uma mulher baixa e robusta. Seu cabelo vermelho-fogo estava salpicado de neve derretida, e seu rosto, pálido, coberto por um mar de sardas.

– Bom dia, chefe. Como foi seu Natal? – Moss desabotoou o casaco e pegou uma caneca.

– Foi...

– Você trabalhou, né?

Erika confirmou com a cabeça.

– No caso de assassinato que vou explicar a vocês daqui a pouco.

– O jantar foi legal?

Ela negou.

– Jantei meu primeiro e último "sanduíche de Natal".

Moss fez uma careta.

– Bem, eu comi meu primeiro e último *smoothie* de pudim de Natal. Meu irmão Gary e a esposa foram lá pra casa com as crianças.

– Quantas?

– Esposas? Só uma.

– Muito engraçado.

– São três crianças.

– Elas se deram bem com Jacob?

Moss esfregou os olhos e encheu a caneca com água quente.

– Sim, elas só não se dão bem entre si. Estão naquela idade: sete, oito e nove. Foi uma loucura. Nossa casa é pequena demais. E, durante o almoço de Natal, as crianças perguntaram sobre a palavra com "L".

– Lapônia? – perguntou Erika.

A detetive sorriu e misturou leite no café.

– Ha, ha. Lésbicas. Isto é, eu e Celia. Queriam saber por que somos casadas e como conseguimos dar à luz o Jacob. Celia lidou bem com tudo, claro, mas foram um milhão de perguntas. Não chegamos nem a ler as piadas dos biscoitos de Natal. Correu tudo bem, só não era uma conversa que eu esperava ter.

Erika já ia responder quando um policial entrou na cozinha. Era alto, de pele negra e muito bonito. Ele parou ao ver Erika e Moss.

– E aí? Bom dia – cumprimentou ele, recuperando-se da surpresa. Era o detetive inspetor Peterson.

Moss olhou de Erika para Peterson, tentando decifrar o que dizer.

– Caramba! Ele finalmente voltou ao trabalho!

Peterson concordou, mostrando o distintivo e abrindo um sorriso tão grande que o deixou com cara de bobo.

– Você parece bem melhor – comentou Erika. Era uma surpresa vê-lo. *Uma ótima surpresa,* ela pensou. – O feriado foi bom?

– Não foi um feriado, na verdade... Foi mais uma contagem regressiva pra voltar ao trabalho. Acabou sendo... Bem, foi um dos melhores Natais que já tive.

– Poderia explicar melhor? – perguntou Erika, imaginando se ele havia conhecido alguém e imediatamente desejando não ter perguntado.

– Este é oficialmente meu primeiro dia de volta ao trabalho – disse ele, mudando de assunto. Houve um silêncio constrangedor.

– Você escolheu um bom dia. Vou fazer uma reunião em cinco minutos na sala de investigação. Não se atrase. – Erika pegou a caneca e saiu.

Na cozinha, Moss e Peterson permaneceram em silêncio. Um momento depois, Moss foi até a porta e conferiu se Erika já havia se afastado o suficiente para não ouvi-la.

– Você a viu no Natal? – perguntou ela.

– Não.

– As coisas vão ficar bem entre vocês? Não posso ficar entre duas das minhas pessoas favoritas na equipe.

– Sou uma das suas pessoas favoritas? – sorriu ele.

– Às vezes. Depende. Você deveria ter ligado pra ela no Natal. Sei que vocês terminaram, mas ela acabou trabalhando. Era pra ter tirado o dia de folga... Você sabe que ela é um lobo solitário, e digo isso no melhor dos sentidos. Eu a convidei pra ir lá em casa, mas ela não quis incomodar.

– Íamos nos encontrar, mas então aconteceu... uma coisa. Ainda estou tentando processar. – Peterson sorriu e balançou a cabeça.

– Pela sua cara, já vi que foi coisa boa, não é? – disse Moss.

Ele fechou a porta.

– Faça um café pra mim que eu lhe conto.

CAPÍTULO 20

A reunião aconteceu na maior sala de investigação no térreo da delegacia. Erika estava de pé diante de um enorme mapa de Londres, de três metros quadrados, com o labirinto de ruas misturando-se sob a North e a South Circular e a M25, formando uma quantidade cada vez maior de círculos ao redor do centro da cidade, além das grossas linhas azuis do Rio Tâmisa serpenteando a área central. Vinte policiais e funcionários civis de apoio tinham sido convocados para trabalhar no caso Marissa Lewis, e era a primeira vez desde o Natal que todos eram chamados para se reunir no mesmo lugar.

A equipe incluía policiais com quem Erika já havia trabalhado: sargento Crane, um policial simpático de cabelo louro ralo; Moss e Peterson, que, só então ela percebeu, ainda estavam tomando café; McGorry e Kay, que estavam organizando suas mesas – ambos a cumprimentaram com um aceno e um sorriso. Os detetives Knight e Temple estavam trabalhando com a agente Singh, uma mulher baixinha e de inteligência feroz, na organização das informações sobre o caso no quadro-branco.

A superintendente Hudson entrou de fininho na reunião, fechou a porta e sentou-se no fundo. Cumprimentou Erika com um aceno e um sorriso.

– Bom dia a todos – começou Erika. – Espero que o Natal tenha sido ótimo pra todo mundo, mas infelizmente acabou muito rápido... – Ela apontou para uma foto de Marissa, tirada do passaporte. – Marissa Lewis, 22 anos, foi assassinada na porta de casa, na Coniston Road, na região Sul de Londres. Ainda estou aguardando os detalhes da autópsia, mas estima-se que ela morreu na madrugada da véspera de Natal... – A porta abriu, e Moss e Peterson entraram com suas canecas de café. Eles mexeram os lábios, pedindo desculpas sem emitir som, e sentaram-se ao lado de uma fotocopiadora, embaixo da comprida fileira de janelas que dava para o corredor. – Obrigada por se juntarem a nós, detetives. Não sabia que demorava tanto assim pra preparar um café instantâneo.

– Desculpe, chefe – disse Moss, constrangida. Peterson ficou encarando a caneca, sentindo-se culpado.

Erika prosseguiu.

– Marissa Lewis foi esfaqueada várias vezes com uma lâmina serrilhada. – Erika apontou as fotos no quadro-branco, *close-ups* dos ferimentos do cadáver. – Ainda não temos a arma do crime, mas sabemos, pelos relatórios da análise forense no interior da casa da vítima, que a cena do crime está restrita à área do pequeno jardim. Não há rastros de sangue, nem de Marissa, nem de terceiros, dentro da residência. Também estamos aguardando resultados mais detalhados da perícia e da autópsia...

– Essas evidências descartam o envolvimento da mãe de Marissa? – perguntou McGorry.

– Não. Só revelam que, se ela matou Marissa, limpou e se livrou do que estava usando antes de entrar novamente em casa. Ninguém está sendo descartado nesse início de investigação. Todos são suspeitos.

Erika prosseguiu e explicou o que havia acontecido com Joseph Pitkin, incluindo o suicídio no dia anterior. Houve um momento de silêncio. Suicídios em custódia eram um lembrete terrível do quanto os prisioneiros podiam ficar vulneráveis.

– Nesse estágio, ainda estamos tratando Joseph Pitkin como uma peça importante no caso, mas precisamos nos munir de mais provas antes de pedir informações à família dele. Temos vídeos e fotos, feitos com o celular do suspeito, que comprovam haver algum tipo de relação entre ele e Marissa. Em várias ocasiões, principalmente à noite, Joseph a filmava escondido quando ela estava em casa, no quarto. Acredito que, em algum momento, ela o descobriu. Precisamos apurar se isso era algo que ela encorajava, ou se ela o deixava filmá-la por algum motivo. Há um vídeo de Marissa tendo relações sexuais com um homem que se assemelha à descrição de um vizinho chamado Don Walpole.

Erika apontou para algumas imagens tiradas do vídeo, que estavam sendo afixadas no quadro.

– Don Walpole é casado, tem 50 e poucos anos, e acredita-se que teve um relacionamento extraconjugal com Marissa quando ela era adolescente. Ele também mora na Coniston Road. Outro vizinho da mesma rua, Ivan Stowalski, também tinha um envolvimento sexual com Marissa. Ele tem 30 e poucos anos, é polonês, mas mora no Reino Unido com a esposa. Marissa era dançarina burlesca, apresentava-se em boates por Londres, além de também trabalhar como cuidadora de uma senhora idosa que mora em Hilly Fields, bem na esquina...

Enquanto Erika falava, a agente Singh e os detetives Knight e Temple organizavam as fotos do caso.

– Por fim, gostaria que observássemos atentamente a mãe de Marissa, Mandy Trent. Ela vive no quarto dos fundos e disse que dormiu lá na véspera de Natal, mas, quando revistamos a casa, vimos que o quarto não era ocupado havia algum tempo. A cama estava cheia de roupas velhas, cobertas por uma camada de poeira. Achamos roupa de cama no sofá da sala, que fica ao lado de uma janela simples, com isolamento térmico precário, em frente ao jardim onde Marissa foi atacada.

Erika fez uma pausa e deixou que digerissem as informações.

– O dia do Natal e o dia seguinte diminuíram o ritmo das buscas, dificultando o roteiro de investigações. Agradeço a todos aqui que conversaram com os vizinhos, mas teremos que voltar lá e fazer tudo de novo. Quero mais informações sobre a vida de Marissa Lewis, dos vizinhos que mencionei, e de qualquer pessoa que tenha feito parte da vida dela. Amigos, familiares, colegas de trabalho e funcionários de boates. Ainda estamos tentando acessar o iPhone dela para checar e-mails e redes sociais, e já solicitamos os registros telefônicos. Também pedimos, ontem, as filmagens das câmeras de segurança que cobrem a estação Brockley e os arredores da Coniston Road. Marissa usava o trem, e precisamos saber se ela o pegou depois de se apresentar na véspera de Natal. Agora, o sargento Crane delegará as tarefas a cada um. Temos que voltar ao início e recuperar o tempo perdido por causa do feriado.

A sala se agitou, e Erika se aproximou de Moss e Peterson.

– Desculpe de novo, chefe.

– Bem-vindo de volta, James – disse Erika. Aparentemente ela o pegara desprevenido.

– Obrigado – respondeu ele, levantando-se.

Outros policiais e funcionários de apoio se aproximaram, dando-lhe tapinhas nas costas e boas-vindas pelo retorno antes de desaparecerem pela sala de investigação.

– Você está ótimo. Quer dizer, recuperou muito peso – disse Erika, corrigindo-se. – Parece o antigo Peterson de novo.

– Ainda preciso ganhar alguns quilos – ele respondeu, abrindo a jaqueta e puxando a calça para cima. – Mas estou voltando ao normal – afirmou, dando um tapinha na barriga reta.

– Pare com isso. Está deixando todo mundo constrangido! – brincou Crane, abrindo um sorriso e batendo na barriga de cerveja.

– Fale por você! – disse Moss, apertando a pança. – Eu tenho ossos grandes, só isso.

– Ok, pessoal, vamos nos concentrar. Peterson, imagino que, como acabou de voltar, vai preferir se dedicar ao trabalho burocrático primeiro e ir pegando o ritmo aos poucos.

Ele concordou com a cabeça.

– Vou precisar de um *login* para o sistema Holmes. Me disseram que a minha conta não está mais ativa porque fiquei fora por muito tempo.

– Ok, peça ao Crane para providenciar. – Erika sorriu, e ele sorriu de volta, o olhar um pouco perdido. Então, desviou a atenção. – Moss, quero você comigo. Peterson, quero que você trabalhe na criação do perfil de Marissa Lewis e que desvende a vida dela.

Ele concordou e saiu, deixando Erika com Moss, que a encarava.

– O que foi?

– Nada. As coisas parecem bem entre vocês, o que é... bom. Aonde vamos?

– Quero falar com a melhor amiga de Marissa.

CAPÍTULO 21

Erika marcou de se encontrar com Sharon-Louise no pub Brockley Jack, próximo ao salão de beleza onde ela trabalhava – e que ainda estava fechado no dia 27 de dezembro. Começou a nevar quando dirigiram pela Crofton Park Road, mas a temperatura havia aumentado levemente, derretendo um pouco a neve que já estava na rua. Passaram pela estação de trem e por algumas lojas antes de avistarem a placa do Goldilocks Hair Studio.

– Por que os salões sempre escolhem nomes com trocadilhos? – perguntou Moss, espiando a extravagante decoração branca e dourada do lugar. – Na minha adolescência, costumava ir ao Herr Kutz, e a dona nem era alemã. Durante o treinamento em Hendon, tinha o Curl up and Dye.

– Isso é comum?

– Não tem isso na Eslováquia? Nomes de salão de beleza com trocadilhos?

– Não.

– A clientela geralmente é da classe trabalhadora. Não há problema algum nisso, é claro, mas são mulheres que gostam de se arrumar com frequência. Aposto que várias delas gostam de fofocar, diferentemente do que acontece nos salões esnobes da região central de Londres.

– Você acha que Sharon-Louise gosta de fofoca?

– As cabeleireiras escutam tudo – disse Moss. – Você não fala demais quando está cortando o cabelo? Eu me sinto obrigada a bater papo.

– Quando corto o cabelo, o que não acontece com frequência, peço pra não falarem comigo – disse Erika.

– Aposto que sim – murmurou Moss com um sorriso.

Erika só percebeu uma senhora idosa descendo o meio-fio no último segundo, e teve que enfiar o pé no freio. Ela e Moss foram lançadas para a frente. O carro derrapou e parou, cantando pneu, a menos de meio metro da mulher, que, impassível, continuou puxando sua surrada sacola de compras pela rua. Tinha o cabelo comprido e grisalho, e Erika sentiu o coração acelerar por um instante, achando que era Elspeth Pitkin. Ela mudou de ideia quando a senhora se virou. Era muito mais velha e tinha a boca franzida, típica de quem perdeu os dentes.

– Nossa, essa foi por pouco – disse Moss.

A idosa terminou de atravessar e subiu na calçada. Por um momento, Erika imaginou Joseph enforcado na cela, o nó apertado ao redor do pescoço, o rosto pálido e inchado. Um veículo buzinou atrás dela.

– Você está bem?

Erika fez que sim com a cabeça. Elas entraram no estacionamento do Brockley Jack. Passava das 10h da manhã, e o lugar estava praticamente vazio, com apenas alguns carros.

Dentro do pub estava sossegado e quente. Havia apenas um idoso sentado ao balcão, assistindo à TV e tomando um caneco de cerveja. Uma jovem corpulenta estava sentada numa mesa no canto. Ela acenou, e as detetives se aproximaram.

– Oi, sou Sharon-Louise, mas podem me chamar de Sharon – apresentou-se, levantando e estendendo a mão. Ela tinha o cabelo liso e comprido, com mechas cor-de-rosa adornando o louro mel, e usava um vestido transpassado com estampa florida. Seu rosto era oval e largo, e ela usava óculos de aro redondo. Sobre a mesa, um suco de laranja.

– Querem tomar alguma coisa? – perguntou Moss.

– Claro. Eu podia matar um pacote de batata... Quero dizer, matar não... Ai, droga...

– Está tudo bem – disse Moss. – Qual sabor?

– Cebola e salsa, ou churrasco – respondeu ela. Erika pediu um suco, e Moss saiu.

– Não dormi direito ontem à noite, depois que soube de Marissa – Sharon suspendeu os óculos, pegou um lenço e o pressionou delicadamente sobre os olhos.

Erika sentou-se na cadeira em frente à garota. Moss retornou alguns minutos depois com os sucos de laranja e os pacotes de batata e sentou-se ao lado de Sharon.

– Quem lhe contou sobre o que aconteceu com Marissa? – perguntou Erika.

– Minha mãe recebeu uma ligação de um conhecido da Coniston Road... Ter que me despedir dela já tinha sido ruim o bastante, mas achei que um dia a veria de novo...

Ela desabou a chorar. Pegou um lenço embolado, suspendeu os óculos e pressionou novamente os olhos.

– Desculpe, mas é muito difícil acreditar... E olhe só, está tudo correndo normalmente. As decorações de Natal ainda estão aí, as músicas festivas continuam tocando. Faz a gente achar que ninguém se importa... Mas é a vida.

– Por que você teve que dar adeus a Marissa?

Sharon abriu um pacote de batatas e as espalhou para que compartilhassem.

– Ela estava indo embora para os Estados Unidos.

Erika e Moss se entreolharam.

– Quando?

– Amanhã, a princípio. – Seus olhos marejaram novamente, e ela pegou outro lenço.

– Para onde nos Estados Unidos? – perguntou Moss.

– Nova York.

– Por quê?

– Estava cansada disso aqui. Do clima. Do jeito que as coisas funcionam. "Nunca serei ninguém aqui", ela costumava dizer. Achava que tudo estava contra ela, que não tinha ido para a escola certa, que não conseguia dinheiro. Sonhava em ser a próxima Dita Von Teese, e a cena burlesca em Nova York é enorme. Há mais oportunidades nos Estados Unidos. O trabalho árduo pode realmente levar você a ser alguém lá. Ela queria um recomeço.

– Ela tinha visto de trabalho? – perguntou Erika.

– Não, só um visto de turista de seis meses. É óbvio que ela planejava trabalhar lá, mas shows geralmente são pagos em dinheiro. E ela tinha o Ivan.

– Ivan Stowalski?

Sharon confirmou com a cabeça.

– O que ele ia fazer?

– Ia com ela. Ele trabalha na indústria farmacêutica, tinha conseguido um emprego lá.

– Estamos falando do Ivan Stowalski que é casado e mora na Coniston Road? – perguntou Moss.

– O casamento dele acabou há anos. A Ezra tinha uma vida separada da dele.

– A esposa sabia?

– Ele conseguia esconder muita coisa dela, segundo Marissa. Ele é meio sem sal. Meio covarde. Não sei como consegue ganhar tão bem gerenciando pessoas, porque, na vida pessoal, ele é um inútil. Ivan e Ezra foram de carro para o norte na véspera de Natal, para ver os pais dela, que agora moram no Reino Unido. De acordo com Marissa, ele ia contar a Ezra quando estivessem lá e voltar no dia... Bem, hoje.

Erika franziu o cenho.

– Eu sei. Uma confusão, não é?

– Há quanto tempo Marissa estava envolvida com Ivan?

– Um ano. Ele estava pagando um monte de coisas pra ela: figurinos, objetos de palco. Custa muito caro. Ele ficou bem obcecado por ela, e era carente.

– O que quer dizer com "obcecado e carente"? – Erika quis saber.

– Ele tinha muito ciúme do que ela fazia. Queria sempre saber se algum cara havia falado com ela depois dos shows, e ia com frequência às apresentações. Sentava na primeira fila e ficava policiando o show... Marissa queria terminar, mas ele falou sobre irem a Nova York, e ela viu uma oportunidade aí. Ele pagou tudo.

– O que a mãe dela achava desse relacionamento? – perguntou Erika.

– Mandy? Não sei nem se Marissa contou a ela. Elas não se dão nada bem. Não se davam. Mandy está acabada. Nunca teve um trabalho decente, e, quando Marissa era pequena, ela estava cada dia com um cara diferente, bebia e usava drogas. Marissa teve uma infância horrível. Foi para o orfanato duas vezes, primeiro aos 10 anos e depois aos 12.

– Por que Marissa continuou morando com ela depois de adulta?

Sharon deu de ombros.

– É complicado. Elas tinham um vínculo, e as duas solicitavam todos os benefícios que podiam. Mandy alega aposentadoria por invalidez. Marissa recebia uma grana como cuidadora dela e tinha se inscrito para receber auxílio-moradia... – Sharon franziu a testa. – Droga. Acabei de entregar a Mandy.

Erika gesticulou para que ela deixasse pra lá.

– Não estamos investigando fraude de benefício. Mas como elas faziam pra consegui-los, vivendo debaixo do mesmo teto e sendo mãe e filha?

– Marissa tinha o sobrenome do pai, Lewis. A mãe é Mandy Trent.

– E onde está o pai dela?

– Foi embora há muito tempo, quando ela era pequena. Ele era empreiteiro, trabalhava na região. – Os olhos de Sharon começaram a marejar, e ela pegou o lenço novamente. – Vou sentir tanto a falta dela.

Ela tinha comido todas as batatas, e agora catava os farelos. Moss foi buscar mais, e Erika esperou até que Sharon se acalmasse.

– O que você sabe sobre Joseph Pitkin? – perguntou Erika.

Sharon balançou a cabeça com desdém.

– Esse aí ganhou a vida de bandeja e não soube aproveitar. Não passa de um desperdício de tempo.

– Por quê?

– Os pais dele são cheios da grana. Mandaram Joseph para as melhores escolas, mas ele sempre era expulso. Podia ser o que quisesse e escolheu ser um fracassado. Era obcecado por Marissa, sempre aparecia nos shows dela. – Sharon sacudiu a cabeça novamente. – Um magricelo nanico com complexos maternos. A mãe dele cortava o cabelo no salão de vez em quando. Estava sempre imundo, e ela fedia. Não é o tipo de cliente que gostamos de atender, mas dava boas gorjetas.

– Marissa alguma vez pediu a Joseph para tirar fotos dela?

– Que tipo de foto?

– Ele era fotógrafo amador.

– Ele faz isso agora? Se o conheço bem, provavelmente os pais só compraram todo o equipamento. Ela nunca me falou que ele fazia isso.... Mas espere aí, como assim "era"?

Erika contou sem entrar em detalhes.

– Caramba! – exclamou Sharon, enfiando mais batatas na boca. – Não estou surpresa. Aquela família é esquisita, e Joseph sempre pareceu meio ruim da cabeça. Existe um boato de que Elspeth o amamentou até os 9 anos. Marissa costumava brincar que era a única com quem a mãe dele queria que ele perdesse a virgindade.

Moss franziu a testa.

– O rapaz se matou.

– Eu sei. Muito triste, mas e daí? Quer que eu minta e finja que me importo? Eu não gostava dele.

– O que ele lhe fez?

– Nada, mas ele não deixava Marissa em paz. Ele era estranho, dava medo. Ela me contou que, às vezes, chegava tarde dos shows e o encontrava sentado na porta de sua casa, esperando pra conversar com ela.

– Alguma vez ela prestou queixa?

– Não. Eu não acho que ela se sentia... ameaçada. Ele devia pesar menos do que ela, que já era magra.

Erika recostou-se e passou a mão pelo cabelo.

– Ok. O que você sabe sobre Don Walpole?

Sharon respirou fundo.

– É só disso que vocês querem falar? Dos homens que passaram pela vida dela? Isso foi em 2017. As pessoas erram. Ela gostava dele, tinha uma queda por caras mais velhos. Não parava de falar sobre o pau grande dele, sobre como ele sabia usá-lo... – Ela retorceu o rosto de desdém.

– Marissa dormia com outros homens mais velhos? Desconhecidos?

– Sim. Ela não tinha a menor vergonha de entrar em detalhes. Caras que ela conhecia no trem de volta pra casa. Homens ricos. Don, Ivan. Sempre era só sexo. Ela usava os homens apenas pra isso. Suas amizades eram muito mais profundas. Eu era sua única amiga de verdade. Eu conhecia a verdadeira Marissa.

– E quem era a verdadeira Marissa?

– Debaixo de toda aquela armadura, ela era gentil. A gente se conheceu na escola. Eu sofria *bullying,* e ela era a única que conversava comigo.

– Ela defendia você?

– Sim. Me dava dicas de dieta, se ofereceu pra me pagar um tratamento de beleza, tudo pra que eu não sofresse mais *bullying*. Ela me encorajou a fazer o curso de cabeleireira. Também disse que me acompanharia se eu fizesse cirurgia a laser nos olhos. Que seguraria a minha mão e me levaria de carro pra casa.

– Você estava planejando fazer isso?

– Sim, em algum momento... Mas quem vai segurar minha mão agora?

As detetives lhe deram um momento para se recompor.

– Ivan era o único homem que ela levava a sério?

– Já disse que ela não o amava! Ele tinha dinheiro. Ele a levava a lugares.

– E a idosa de quem Marissa cuidava? – perguntou Erika.

– Elsa Fryatt? Outra situação em que Marissa se deu bem. O filho se preocupava com a mãe morando sozinha, parece que ela levou um tombo ou algo assim. Queria mandá-la para um asilo, mas acabou concordando em contratar uma cuidadora. A Sra. Fryatt dispensou todos os cuidadores profissionais, que tinham curso e treinamento, e colocou um aviso naquele café artístico na Brockley Road. Ela pagava quinze pratas a hora! Imagino que achou Marissa interessante, então minha amiga ia sugar tudo o que podia dali. Elas almoçavam e iam às floriculturas. A Sra. Fryatt chegou a incluí-la na apólice de seguro do Porsche. Marissa ia pegá-lo emprestado quando eu fizesse a cirurgia no olho.

– Quantas horas ela trabalhava para a Sra. Fryatt?

– Dez, quinze. Era um trabalho ótimo. Logo na esquina. A velhota pagava em dinheiro.

– Parece que Marissa era uma pessoa bem complexa – comentou Erika. Sharon a encarou. – Desculpe, devia ter formulado isso mais como uma pergunta do que como uma observação.

– Está tudo bem, só estou pensando em como responder. Não acho que ela era complexa. Ela exercia um efeito nas pessoas ao seu redor. Não era do tipo acadêmica, mas era inteligente e muito linda.

Sharon desabou a chorar outra vez, pegando um lenço e pressionando-o contra o rosto para abafar os soluços.

– Marissa... irritava as pessoas – disse ela, entre lágrimas. – Mas quem poderia querer matá-la? Ela sempre foi uma garota honesta. É por isso que eu... gostava muito dela. Posso ver o corpo? Vou pedir a Mandy pra eu arrumar o cabelo dela. Não quero que a façam parecer uma velha no velório...

– Caramba! O que você concluiu disso tudo? – perguntou Moss quando ela e Erika voltaram para o carro. Estavam observando Sharon caminhar pela Crofton Park Road a passos lentos, ainda levando o lenço ao rosto.

– Ela contou muita coisa – disse Erika. – Acha que contou tudo?

– Não sei. Não parecia estar escondendo nada. Mas se Marissa usava as pessoas, para que estava usando a Sharon?

– Pra cortar o cabelo de graça?

Moss fez uma careta.

– Sério? Londres está cheia de ótimos cabeleireiros, e é muito fácil conseguir um inexperiente pra praticar na gente. Acho que tem mais alguma coisa aí.

O telefone de Erika tocou.

– McGorry – revelou ela antes de atender. – Alô? – Ela ouviu em silêncio por um momento, agradeceu e desligou. – Ivan Stowalski voltou de carro pra Londres ontem. Sozinho. É hora de ouvir o lado dele da história.

CAPÍTULO 22

A casa de Ivan Stowalski ficava no alto da Coniston Road, próxima à Crofton Park Road. Era uma construção prensada entre duas casas, a da esquerda, revestida com lona devido a uma reforma, e a da direita, desmoronando, precisando de reparações.

Ninguém atendeu a porta, mas as cortinas estavam todas fechadas. Erika tocou novamente, e uma campainha ecoou pela casa.

– As cortinas não estavam fechadas no Natal. O relatório do roteiro de investigações diz que havia uma árvore na sala da frente – disse Erika. Moss espiou pela fresta por onde passavam as correspondências.

– Jesus – tossiu ela. – Cheire isso.

Erika se aproximou da caixa, pôs o nariz na fresta e recuou, tossindo.

– É gás.

Elas retornaram ao portão e olharam para a casa a distância. Todas as janelas e cortinas estavam fechadas. Parecia que a beirada das janelas de um dos quartos estava tampada com cobertores. Ela pegou o rádio, pediu apoio e informou o endereço. Depois voltou à porta da frente, inclinou o corpo e gritou dentro da fresta de correspondência.

– Aqui é a polícia. Tem alguém aí? – Ela tossiu. – O cheiro está forte demais.

– Se a concentração de gás está tão intensa aí dentro, todas as casas geminadas podem explodir juntas. E muita gente está em casa – afirmou Moss, apontando para as luzes acessas em várias das janelas vizinhas.

Erika concordou e se jogou contra a porta, sentindo dor no primeiro impacto. Na segunda tentativa, a porta caiu e bateu no chão, e Erika caiu no tapetinho do corredor de entrada. O forte cheiro de gás inundou todo ar, e ela cobriu o nariz com a manga do casaco.

– Precisamos dar um jeito de abrir as janelas e portas, e achar a fonte do vazamento – disse ela, retornando à porta para tomar ar fresco.

Moss respirou fundo, cobriu a boca e o nariz, e as duas correram para dentro da casa. A mobília era elegante, mas estava escuro. Erika abriu as cortinas da sala com um puxão e viu que as janelas duplas pareciam resistentes: eram de madeira maciça e estavam todas vedadas com fita. Na parte inferior, ao lado do peitoril, a vedação havia sido feita com cobertores. Erika sinalizou para Moss, sentindo os pulmões começarem a queimar, e as duas correram de volta para fora. Seus olhos lacrimejavam muito, e elas engasgavam e tossiam.

– Precisamos... abrir as janelas e portas lá dentro – disse Erika. Moss concordou. Elas respiraram fundo, dispararam para dentro mais uma vez e chegaram à sala.

Erika pegou uma cadeira pesada, deixada ao lado de uma prateleira de livros, e Moss vasculhou o cômodo, encontrando uma tesoura na mesa abaixo da janela. Seus olhos lacrimejavam, e ela os limpou com a manga da jaqueta. Segurando a tesoura como uma adaga, começou a forçar o canto de um dos painéis da janela. Foram necessárias algumas tentativas até ela conseguir perfurar o vidro. Depois, repetiu o processo nas duas outras vidraças. Ela deu um passo para atrás e acenou para Erika, que avançou contra a janela com as pernas da cadeira. A pancada fez as três janelas abrirem. Os vidros explodiram para fora, e o ar fresco começou a invadir a casa.

Elas saíram novamente para recuperar o fôlego.

– Ei, vocês! O que estão fazendo? – gritou um senhor do outro lado da rua. Seus óculos estavam pendurados no pescoço por uma corrente, e ele segurava um jornal.

– Volte pra dentro! – gritou Moss.

– Não até me contarem o que estão fazendo!

– Polícia! Volte pra dentro! – as duas berraram.

– Cozinha, nos fundos – Erika orientou Moss. Elas respiraram fundo e correram para dentro novamente, passando pelo corredor de entrada e pela escada, onde o cheiro de gás se intensificou. A cozinha, elegante e moderna, dava para um quintal. A porta do forno estava aberta, e as trempes do fogão chiavam. Moss desligou tudo. Havia uma enorme porta de correr de vidro, mas estava trancada. Erika não encontrou uma tesoura, apenas um grande peso de porta feito de pedra. Ela o pegou e o arremessou contra o vidro. O peso quicou de volta, fazendo-a pular para trás.

Ambas estavam tossindo e sufocando. Erika pegou o peso mais uma vez e o lançou sem jeito contra o vidro, que rachou inteiro, mas sem quebrar. Seus pulmões queimavam, e Moss tinha caído de joelhos. Na terceira tentativa, o peso estourou o enorme painel de vidro. Elas saíram cambaleando pelo quintal coberto de neve e respiraram fundo, apreciando o ar frio e limpo.

– Andar de cima. Precisamos conferir o andar de cima – tossiu Erika. Elas tomaram fôlego e mergulharam na casa novamente, dessa vez pela cozinha, sentindo o gás se dispersar.

A sirene do carro de bombeiros soava lá fora. O andar de cima tinha a mesma disposição da casa de Marissa, com um quarto no início do corredor, outro nos fundos e um banheiro em frente à escada. As portas do quartinho dos fundos e do banheiro estavam abertas. Elas abriram as janelas e correram à porta do quarto principal, que estava trancada. Conseguiam sentir a brisa fresca que vinha do andar de baixo, limpando o ar tóxico. Elas escutaram passos na escada, seguidos de vozes.

– Aqui em cima! – gritou Erika. Três bombeiros apareceram no patamar da escada. – Precisamos abrir essa porta.

Os bombeiros deram uma machadada na porta, que rachou. O gás inundou o corredor, e os homens entraram apressados para abrir as cortinas e janelas.

Na cama desarrumada estava deitado um homem alto e magro. Era pálido e tinha o cabelo louro. Erika reconheceu Ivan pelas fotos que tinham dele na sala de investigação. Dois paramédicos entraram no quarto com equipamentos de primeiros socorros. Erika e Moss observaram de perto enquanto examinavam Ivan.

– O pulso dele está fraco – disse a paramédica, que, com a ajuda do paramédico, colocou o homem na maca e o levou para o corredor.

– O nome dele é Ivan Stowalski – informou Erika.

– Ivan, consegue me ouvir? – perguntou a mulher. Ela lhe deu um tapinha no rosto, e ele soltou um leve gemido, começando a mexer as pálpebras.

– O sangue dele está cheio de monóxido de carbono. Vamos pegar um acesso venoso e ventilá-lo com uma máscara. – Ela abriu a caixa de primeiros socorros. Foi só então que Erika viu o que havia na cama. Ela tinha achado, a princípio, que era uma colcha com estampa brilhante, mas agora via que a cama estava coberta por fotografias de Marissa Lewis, todas impressas em papel. Havia fotos das apresentações burlescas, várias da jovem nua na cama e molhada no banho. Havia muitas fotos instantâneas de Marissa e Ivan em parques e pontos turísticos famosos de Londres, sorrindo para a câmera. Havia, também, alguns adereços de Marissa, um espartilho preto e um sutiã vermelho de seda.

Erika olhou novamente para os paramédicos, que já tinham inserido o acesso venoso no braço de Ivan e bombeavam oxigênio através de uma máscara.

– O que é isso na mão dele? – perguntou um dos bombeiros. Erika estendeu a mão e pegou o objeto com delicadeza.

– Roupa íntima – disse ao ver uma pequena calcinha vermelha com um diamante dourado bordado na lateral. – Pertence a Marissa. Essa é a marca dela.

CAPÍTULO 23

Ivan Stowalski foi estabilizado pelos paramédicos. Estava respirando, mas não havia recuperado a consciência.

Erika e Moss ficaram observando a ambulância se afastar a caminho do hospital.

– E lá se vai outro suspeito morrendo nas nossas mãos – comentou Moss.

– Ele ainda não está morto – retrucou Erika.

Os bombeiros começaram a percorrer a casa, conferindo as conexões de gás e revistando o sótão. Quando confirmaram que estava seguro, uma equipe forense entrou para fazer a perícia.

As detetives passaram por baixo da fita de isolamento e foram até o carro, onde cada uma pegou uma garrafa d'água.

– Você está bem? – perguntou Erika.

– Estou, mas minha garganta está doendo um pouco.

– A minha também, e olha que fumo vinte cigarros por dia.

– Levaram Ivan Stowalski para o hospital. Eu disse que queremos interrogá-lo assim que ele recobrar a consciência. Sabemos que o carro dele saiu do centro da cidade e foi em direção ao norte às 11h30 da noite, na véspera de Natal.

– É tarde para procurarmos relações?

– Eles teriam chegado muito tarde à casa dos familiares da mulher se estivessem indo para o norte.

– Por volta das 4 ou 5h da manhã. Por que sair tão tarde? Temos que descobrir que horas Marissa voltou do show. Se foi mais cedo, ele pode ter tido tempo. – Erika tossiu, ainda com um pouco do resíduo da fumaça nos pulmões, e ergueu o rosto para uma clara nuvem cinza no céu, semicerrando os olhos. Vários vizinhos olhavam da janela ou da porta de casa, incluindo o homem de óculos, que continuava segurando o jornal com força. Erika olhou para trás e viu os cacos de vidro no jardim da casa de Ivan. Em seguida, olhou para Moss, que bebia mais água. – Você está bem pra continuar?

– Lógico.

– Quero falar com Don Walpole e com a mãe de Marissa.

Moss saiu do carros e elas começaram a caminhar pela rua. Duas casas depois, um senhor forte, de pele negra e cabelos grisalhos apareceu fumando um cigarro.

– Ivan tentou se matar? – perguntou ele, com um simpático sotaque jamaicano. Usava uma calça larga cinza e uma blusa de lã salpicada de queimaduras de cigarro. Ele inclinou a cabeça para trás e semicerrou os olhos para Erika e Moss, como se elas estivessem prestes a fazer algo inesperado. As duas pararam no portão dele.

– Não podemos comentar o caso – disse Erika.

– Foi péssimo aquela garota ter sido assassinada. Vejo Ivan se fazendo de bobo por ela há muito tempo. Ela sempre seria muita areia pro caminhãozinho dele. Vi que o tiraram de lá numa maca. Tentou se matar, não foi? – Ele se aproximou e pôs a mão no ombro de Erika. A ponta do cigarro brilhava. – Está vendo aquele carro lá na frente? – perguntou, apontando para um Alfa Romeo com um amassado enorme no para-choque. A luz de ré no lado direito estava quebrada, e o vidro, espalhado na neve imunda logo abaixo. Erika sentiu a mão do homem lhe apertar o ombro. Seu hálito era uma mistura de pastilha para tosse e cigarro. Ela tirou o ombro delicadamente e se afastou.

– Estou.

– É o carro dele. Chegou hoje bem cedo, bateu direto no veículo da frente e arrebentou os faróis. Nem se preocupou em avisar o vizinho pra falar do seguro. – Ele pôs o cigarro de volta na boca e cruzou os braços no peito.

– A que horas foi isso? – perguntou Moss.

– Às 7h da manhã, mais ou menos.

– Por que você estava acordado?

– Sou velho – disse ele, dando uma risadinha e soprando a fumaça. – E minha esposa não me deixa fumar em casa.

– E você tem certeza de que era Ivan Stowalski?

– Não sei o sobrenome dele, mas não sou cego! Era o polonês. – Erika e Moss refletiram por um momento. O homem prosseguiu. – Deve ter ficado sabendo que ela morreu, a garota com quem ele tinha um caso.

– Como você sabe que ele estava tendo um caso com ela? – perguntou Erika.

– E você se intitula detetive? Eu sei porque fico aqui fora boa parte do dia. Vejo muita coisa, apesar de as pessoas não notarem um velho sentado na calçada... Ela costumava ir muito à casa dele depois que a esposa saía pra trabalhar.

– Quando?

– Durante o verão. Depois que esfriou, ela passou a não vir tanto. A última vez que a vi foi na véspera de Natal...

Ele correu, de repente, até a porta de casa e a abriu.

– Ei! – exclamou Erika, mas o homem só havia ido buscar um cinzeiro.

– Minha esposa. Ela nunca o põe de volta aqui fora depois de esvaziá-lo – comentou ele, equilibrando o cinzeiro na mureta do portão. Ele apagou o cigarro e acendeu outro.

– A que horas você viu Marissa?

– Eu a vi duas vezes na véspera de Natal. Primeiro, à tarde. Estava começando a escurecer, então foi um pouco antes das 16h. Ela saiu irada da casa de Ivan, e ele correu atrás dela, implorando pra voltar... Meu Deus, ele estava ridículo, só de calça jeans e camisa de malha, sem sapatos. Ajoelhou, ficou chorando e implorando, o chão coberto de neve. Isso deixou claro o quanto ela era atraente. Vocês sabiam que ela era *stripper*? Uma *stripper* esperta e inteligente – disse ele, dando um tapinha na cabeça. – A combinação perfeita.

– Você sabe sobre o que eles estavam discutindo? – perguntou Moss.

– Não. Ela berrava com ele, xingava, mandava ele ir embora e deixá-la em paz. Ele a seguiu pela rua como um cachorro, mas ela o mandou ficar longe, ou chamaria a polícia.

– Ela falou isso, "chamar a polícia"? – questionou Erika.

– Não sou surdo, mulher. Foi o que ouvi.

– E ele voltou pra casa?

– Sim, um pouco depois, com o rabo entre as pernas.

– Quando você a viu pela segunda vez?

– Lá pelas 10h da noite. Ela só passou a caminho de casa.

– Estava sozinha?

– Sim.

– Você sabe se Ivan estava em casa?

O homem pensou por um momento.

– As luzes estavam acesas, eu acho.

Erika e Moss refletiam sobre o acontecido.

– Alguém veio falar com você? – perguntou Erika.

– Quem, por exemplo?

– A polícia. Bateram de porta em porta aqui no Natal. Imagino que você teria contado isso a um dos meus policiais.

O homem levantou a mão e balançou o dedo para Erika.

– Segure a onda, Sherlock. Eu não estava aqui no Natal, fui visitar minha filha e meus netos... Ela mora em Brent Cross. Saímos cedinho de carro na manhã de Natal.

– A que horas?

– Por volta das 7h. O trânsito estava terrível.

– Você viu mais alguma coisa na manhã de Natal?

Ele negou com a cabeça.

– Ok, obrigada. Posso chamar um policial aqui para recolher seu depoimento oficialmente?

– Se eu estiver aqui, ficarei feliz em ajudar. – Ele abriu um grande sorriso de dentes amarelos.

Erika e Moss continuaram a caminhar pela rua.

– Então ela discutiu com Ivan no dia em que foi assassinada – disse Moss. – Ele estava em casa quando ela voltou do show, às 10h da noite.

– A história só complica – comentou Erika.

CAPÍTULO 24

A residência de Don Walpole ficava seis casas após a de Marissa. Era moderna, mas comum. Erika se deu conta da quantidade de casas geminadas que havia em na região Sul de Londres e de como todas elas fundiam-se em uma só. Em sua terra natal, a Eslováquia, havia poucas construções daquele tipo, se é que tinha alguma. Por outro lado, havia milhares de prédios pré-fabricados de tijolos, igualmente claustrofóbicos.

O jardim dos Walpole era aberto e sem cerca-viva, rodeado apenas por uma mureta. Os chapéus vermelhos de dois gnomos de jardim destacavam-se na neve, e a casa não tinha número. Ao lado da porta, na alvenaria, uma placa de letras pretas em ferro, com a palavra "*Summerdown*". Uma televisão estava ligada na sala.

Erika tocou a campainha. A porta foi aberta por uma mulher corpulenta, vestindo uma blusa de lã encardida. Seus olhos estavam vermelhos.

– Pois não? – disse ela, apoiando uma mão no batente da porta para equilibrar-se.

– Você é Jeanette Walpole?

– Quem é você? – ela questionou, dando uma pequena cambaleada. Erika percebeu que estava bêbada.

As detetives se apresentaram e mostraram os distintivos.

– Seu marido está em casa?

Jeanette jogou a cabeça para trás.

– Don! A polícia que falar sobre a sua piranha! – gritou ela.

A escada rangeu, e Don apareceu de calça jeans e blusa polo. Parecia muito mais jovem do que a esposa. Era bonito, de um jeito meio nerd.

A esposa se deliciou com seu constrangimento.

– Está se borrando, estão vendo? – Ela o olhou de cima a baixo com escárnio. – Não tem culhões pra ter matado aquela vadia... Culhão é o que falta nele.

Ela estendeu o braço para agarrar a virilha do marido, mas ele a segurou.

– Já chega, Jeanette – disse ele.

– Ai! Ele está me machucando – choramingou ela. Don a soltou instantaneamente.

– Eu não estava machucando ninguém – disse ele, sentindo-se culpado.

– Gostaríamos de conversar com você, Sr. Walpole – disse Erika. – Talvez seja melhor em algum lugar fora da casa.

– Está tudo bem, podem esperar na cozinha. Me deem só um segundo.

Elas atravessaram o corredor de entrada, imaculado, e passaram pela escada para chegar à cozinha, nos fundos. Era confortável, com móveis planejados um pouco antigos. Na televisão, ligada em volume baixo, passava um filme antigo em preto e branco. Havia uma caneca de café em cima da mesa, além de uma edição de *The Guardian* aberta na seção de esportes.

Na geladeira não havia fotos, apenas um pequeno imã de Barcelona. Numa mesinha de canto, um computador com tela plana. Erika foi até ele e mexeu o mouse. A proteção de tela mostrava Don e Jeanette nos jardins de alguma mansão. Ele a abraçava sem jeito pelos ombros, mas ela não o tocava. Nenhum dos dois sorria.

Empilhadas ao lado da geladeira, havia várias caixas de Pinot Grigio. Moss foi até a janela com vista para o quintal.

– Minha nossa, olhe só quanta garrafa vazia! – exclamou ela. Erika se aproximou e viu a pequena lixeira de recicláveis transbordando.

– Você acha que isso foi consumido em uma semana? – perguntou Erika.

– Pouco mais de uma semana – respondeu uma voz. Era Don. Ele fechou a porta cuidadosamente. – Consegui colocá-la pra dormir um pouco – disse ele, como quem acabou de pôr um bebê para tirar a soneca da tarde. – Minha mulher tem problemas com álcool há muitos anos... Mas imagino que o assunto não seja esse.

– Estamos aqui por causa do seu relacionamento com Marissa Lewis – disse Erika.

Don assentiu. Era um homem grande e em ótima forma física, os braços largos e musculosos.

– Aceitam um café?

– Não, obrigada.

Elas sentaram-se à mesa, e ele retirou o jornal.

– Soubemos que você e Marissa tiveram um envolvimento amoroso – comentou Erika.

– Muita gente sabe disso. Aconteceu mais ou menos seis anos atrás. Ela bateu na nossa porta perguntando se precisávamos de faxineira. Estava tentando achar trabalho aqui na rua. A mãe dela tinha acabado de perder o benefício, e elas estavam com problemas financeiros. Eu a contratei porque sabia que a mãe era alcoólatra. O problema de Jeanette com álcool estava piorando, e pensei que pelo menos eu tinha a sorte de ser um adulto empregado, que poderia lidar melhor com isso. Ela tinha apenas 16 anos.

– Como começou? – perguntou Moss.

– Não sei, acho que bastou tê-la por perto. Ela começou a me dar umas olhadas, até que um dia, enquanto Jeanette dormia, acabamos indo pra cama.

– Quanto tempo durou?

– Uns dois anos. Uma vez, Jeanette encontrou cabelo de Marissa na escova dela. Ela tinha tomado banho aqui.

– E o que aconteceu depois?

– Ela ficou louca, ameaçou pedir o divórcio. Estapeou Marissa, fez o nariz dela sangrar. Marissa foi pra casa, depois Mandy apareceu aqui, e ela e Jeanette tiveram uma grande briga. Lá fora, no meio da rua, berrando e gritando. Perdi um dente e quebrei o nariz tentando separar as duas...

– E acabou aí, você e Marissa?

– Sim – respondeu ele, recostando-se e cruzando os braços.

– Você não a viu de novo?

– Não. Quer dizer, eu via porque ela morava a algumas casas daqui, mas não tivemos mais nada.

– Não se encontrou nem fez sexo com ela novamente? – perguntou Moss.

– Eu já disse que não.

Erika fez sinal para que aguardassem um momento. Pegou o celular, selecionou um arquivo e o colocou sobre a mesa. Na tela, o vídeo de Joseph Pitkin começou a rodar. Marissa em seu quarto, o homem que parecia Don entrando em seguida, olhando ao redor meio desconfiado. Os dois se beijaram na janela. Marissa começou a abrir o cinto dele.

– Pare, não preciso ver mais – disse Don. Ele se levantou, foi até a janela e ficou encarando o quintal. Erika pausou o vídeo e colocou o celular de volta no bolso. – Minha nossa. Vocês já se perguntaram como foi que chegaram até aqui?

Erika e Moss permaneceram em silêncio.

– Eu queria fazer tanta coisa... Treinei na liga sub-14 do Millwall. Disseram que eu poderia ser profissional. E achei que seria, mas quebrei a perna em um acidente de carro.

– O que isso tem a ver com você mentir pra nós sobre ter se encontrado com Marissa? – questionou Erika.

– Ela era atraente. Era... sexy. Fazia com que eu me sentisse vivo.

– Ela elogiava você?

Don ficou em silêncio por um momento, então confirmou com a cabeça.

– Ela quis ficar comigo de novo alguns meses atrás.

– Esse vídeo é de catorze de dezembro. Dias atrás.

Ele assentiu novamente.

– Fizemos sexo, como vocês provavelmente já viram. Foi ótimo.

– Ela o procurou, ou foi você?

– Foi ela. Me mandou uma mensagem de texto do nada, numa noite. Jeanette estava fora de si. Cada vez pior, bebendo o dia todo, ficando agressiva... Depois vomitava a casa inteira. A saúde dela também estava piorando. É como ter uma criança. Eu entendi, há alguns meses, que sou o cuidador dela. Quando não estou no trabalho, é isso que faço. Tolero muita coisa, cozinho, faço faxina, dou comida, limpo o vômito. Então, quando recebi aquela mensagem de uma mulher jovem e bonita, que queria transar comigo pra valer, eu fui. Não tenho vergonha disso.

– Por que foi só essa vez? – perguntou Erika.

– Ela me revelou depois que tinha 15 anos quando fizemos sexo pela primeira vez... – Ele pôs o rosto nas mãos.

– Me deixe adivinhar: ela ia denunciar você?

Ele fez que sim.

– Ela disse que abusos sexuais chamam a atenção da imprensa, e que acreditariam nela.

– Você abusou dela?

– NÃO! Foi consensual! Vocês têm que acreditar em mim! E eu achava que ela tinha 16 anos. Ela era uma mulher, tinha o corpo de mulher. Eu não sou de... Eu jamais... – Ele começou a soluçar, e lágrimas rolaram pelas bochechas. Erika entregou um pacote de lenços a ele, que enxugou o rosto, constrangido. – Ela falou que queria cinco mil libras, ou iria à polícia prestar queixa.

– Você acreditou nela? – perguntou Moss.

– Sim.

– E como reagiu?

– Ela foi esperta, planejou tudo. Pediu pra nos encontrarmos no centro de Londres, em um café movimentado. Eu fui, e ela me explicou como seria.

– Você deu o dinheiro? – perguntou Erika.

Ele confirmou, esfregando o rosto.

– Achei que seria só dessa vez, mas ela me chantageou de novo. Pediu mais cinco mil.

– Como você a pagou?

– Por transferência bancária.

– Marissa tinha 15 anos na primeira vez que fez sexo com ela?

– Isso está sendo gravado...?

– Ela tinha 15 anos? – repetiu Erika, levantando a voz.

– Tinha, ok? TINHA! O aniversário de 16 anos foi dois dias depois. Eu não sabia na época, ela só me contou em setembro, mas faltavam apenas dois dias! – disse ele, suspendendo dois dedos. – Se tivesse acontecido depois do fim de semana, não teria sido ilegal. Como isso funciona? Na sexta-feira, sou pedófilo, mas, na segunda-feira, não sou? Se eu for condenado como agressor sexual, sabe o que vai acontecer? Vou perder meu emprego. Estamos financiando a casa. Minha esposa não pode ficar sozinha. Vocês sabem como são as coisas hoje em dia. Isso vai virar manchete.

Erika esfregou o rosto, e Moss sacudiu a cabeça.

– Qual foi a última vez em que viu Marissa, Don? – perguntou Erika.

– Na véspera de Natal. Na estação de trem.

– A que horas?

– Por volta das 21h45. Jeanette a viu perto das máquinas de bilhetes e soltou o verbo pra cima dela.

– O que ela disse?

– Nada que já não tivesse dito das outras vezes: "Sua piranha, sua vadia".

– Jeanette sabia da chantagem?

– Não.

– E onde você passou o restante da véspera de Natal? – perguntou Erika.

– Aqui – respondeu ele, levantando o rosto e encarando-a nos olhos. – Trabalhando.

– O que você faz?

– Sou *designer* gráfico. Trabalho de *home office*.

– Tem um escritório em casa? – perguntou Moss.

– Uso a mesa da cozinha.

– Por que não usa seu quarto vago?

Ele respirou fundo.

– Porque é lá que eu durmo.

– E Jeanette?

– Fica no quarto da frente. Essas perguntas são mesmo necessárias? O que isso tem a ver com o caso?

– Sua esposa é seu álibi pra véspera de Natal, mas vocês dormem em quartos separados, e ela está sempre bêbada à noite – disse Erika.

– Eu não matei Marissa – afirmou ele, as mãos começando a tremer.

– Onde você estava quando passamos aqui, de porta em porta, fazendo perguntas no dia do Natal?

– Fomos pra casa da irmã de Jeanette, em Greenwich. Almoçamos lá. Ela pode confirmar isso.

– A que horas vocês saíram?

– Por volta das 8h. Queríamos chegar antes de abrirem os presentes. Ela tem filhos e netos.

– E vocês têm filhos?

– Não. Até tentamos, mas Jeanette não conseguiu. Chegou ao final da gravidez duas vezes, mas os bebês não sobreviveram... Eu queria que as pessoas soubessem disso quando a veem. Existe um motivo pra ela beber. Imagino que vão me prender, não é?

– Não. Quero chamar um policial aqui pra recolher um depoimento oficial, e quero que nos forneça uma amostra de DNA. Você não é obrigado, é claro, mas será levado em consideração se negar.

– Posso pensar nisso?

Erika e Moss entreolharam-se.

– Você tem vinte e quatro horas. Também quero revistar sua casa. Vou pedir um mandado, se necessário.

– Pode revistar, já não me resta muita dignidade. Sou um homem honesto. Não tenho nada a esconder.

CAPÍTULO 25

— Jesus, Marissa teve coragem de explorá-lo daquele jeito por dinheiro – disse Moss ao saírem da casa dos Walpole.

– A polícia teria levado a acusação a sério – disse Erika. – Estou preocupada com o fato de ele não querer fornecer a amostra de DNA.

– O que vai fazer em relação a isso?

– Precisamos investigar um pouco mais. Agora que Marissa está morta, não vejo como processá-lo por pedofilia poderia ajudar alguém. Mas podemos usar isso como argumento caso ele não concorde em nos dar o DNA. Também quero perguntar à mãe de Marissa se ela sabia alguma coisa sobre a viagem para os Estados Unidos.

Erika telefonou para Tania, a oficial de acompanhamento familiar.

– Mandy ainda está na vizinha – informou à detetive Moss ao desligar.

As duas atravessaram a rua diagonalmente e foram à casa de Joan. Ela apareceu à porta vestindo outro conjunto de moletom, desta vez azul-marinho. Parecia cansada e atormentada.

– Viemos falar com Mandy – disse Erika.

Joan as fez tirar os sapatos e as levou à sala. Mandy estava em uma das poltronas ao lado de Tania, que havia sentado no sofá. A oficial abaixou o volume da televisão, que estava transmitindo *This Morning*. Havia xícaras espalhadas na mesa de centro e uma caixa de bombons pela metade. Mandy levantou o rosto e as lançou um olhar penetrante, sobre olheiras profundas.

– Alguma novidade? – perguntou, esperançosa.

– Ainda estamos investigando algumas coisas – disse Erika. – Podemos nos sentar com vocês?

– Sim – respondeu ela.

– Mandy me pediu pra perguntar quando ela vai poder organizar o funeral – disse Tania.

– Terei essa informação amanhã ou depois – respondeu Erika, sentando-se perto da janela. Moss se acomodou no sofá ao lado de Tania. – Ainda temos que fazer algumas coisas por Marissa.

– Que coisas?

– Precisamos ter certeza de que temos todas as informações sobre a causa da morte... Questões periciais. Os restos mortais da sua filha estão sendo bem cuidados.

Houve um longo silêncio. Joan esperava na porta, ansiosa.

– Já terminaram o chá? – perguntou ela.

– Sim, obrigada – respondeu Tania.

Joan começou a empilhar a louça na bandeja e notou uma marca na mesa polida.

– O que é isso? – questionou, em tom acusador. Todas olharam para uma minúscula gota de chá sobre a mesa. Ela a esfregou com o dedo, depois com um lenço, a desaprovação estampada no olhar. – É uma mancha de chá! Acabei de mandar laquear esta mesa!

Mandy olhou para Joan.

– Não fui eu. Usei o porta-copos.

– Desculpe, deve ter sido eu – disse Tania. Joan pegou a bandeja e saiu pisando duro até a cozinha. Houve um estrondo quando a louça foi colocada na lavadora.

– Acho que ela está cansada de mim aqui – Mandy comentou em voz baixa. – Mas não consigo nem pensar em voltar pra minha casa agora. Continuo vendo Marissa caída de costas no jardim. Os olhos arregalados.

– Tania, você poderia ajudar Joan na cozinha? – perguntou Erika, acenando com a cabeça.

– É claro – disse ela, olhando agradecida. Tania saiu e fechou a porta.

Mandy pareceu relaxar sem o barulho de Joan mexendo na louça.

– Ela é legal, a Tania – comentou Mandy, tirando o celular do bolso do casaco. – Não paro de olhar as fotos da Marissa. Tenho medo de esquecer como ela era. – Mandy foi passando as fotos até chegar em uma de Marissa com trajes burlescos na cozinha, posando na frente de uma lixeira e de um armário onde havia uma vassoura apoiada.

– Ela era muito bonita – disse Moss.

– Sim. Não sei de onde ela tirou essa beleza. Olhe pra mim. Não sou nenhuma beldade, e o pai... Bem, ele parecia um ratinho, com os dentes pra fora. – Ela riu, mas a gargalhada foi se transformando em lágrimas.

– Nunca mais seremos uma família. Não éramos exatamente uma família, pra início de conversa.

– Mandy, há uma questão crucial para a nossa investigação, que é o horário em que Marissa foi agredida no jardim. A que horas você foi pra cama?

– Sei lá, eu já não respondi isso? Acho que foi logo após as 22h.

– Ok. Temos duas testemunhas que viram Marissa sair do trem, na estação Brockley, por volta de 21h45, e outra que a viu passar pela rua de casa por volta das 22h.

– Quem?

– Don Walpole e a esposa, Jeanette, estavam na estação. Eles a viram perto da máquina de bilhetes por volta das 21h45, e o vizinho da casa 37 estava fumava um cigarro na porta quando ela passou por volta das 22h.

Mandy a encarou.

– Ele não enxerga muito bem.

– O horário informado por ele bate com a hora em que Marissa desceu do trem. A estação fica a menos de dez minutos a pé. Se você ainda estava acordada por volta das 22h, ou se preparando pra ir pra cama, pode ter escutado alguma coisa.

Mandy ia dizer alguma coisa, mas foi interrompida por Joan, que entrou como um furacão segurando um pano e uma cera de polir, seguida por Tania.

– Por favor, estou tentando conversar com Mandy! – ralhou Erika.

– Se não agir depressa em marcas de água, elas viram um inferno pra tirar!

– Joan, por favor, pode fazer isso mais tarde? – pediu Tania.

– Mas que inferno, a casa é minha! Faço o que eu quiser aqui! – berrou Joan. Ela franziu os lábios, nervosa, o que fez Erika se lembrar de um cachorro raivoso.

– Desculpe, Joan – disse Mandy. – Acho que vou tentar passar a noite lá em casa. As detetives só precisam de um minuto. Você pode me ajudar depois?

O humor de Joan mudou, e ela ficou exageradamente simpática.

– Tem certeza, querida? Pode ficar aqui quanto tempo quiser, não tem problema...

– Não. É melhor eu ir pra casa.

– Talvez seja melhor mesmo. Vou guardar suas coisas na bolsa – disse Joan, já na metade da escada. Tania saiu com ela e fechou a porta.

– Mandy, estávamos falando sobre a véspera de Natal. Você escutou alguma coisa quando Marissa chegou em casa?

– Detetives, vocês já devem saber que tenho um problema com álcool – disse Mandy, esfregando as mãos sobre o colo. – Estava com vergonha de admitir antes, mas eu apaguei. Bebo mais do que o normal na véspera de Natal. É uma época fria, escura, e... Me lembro de ter comido uma torrada com queijo no início da noite. Depois disso, só me recordo da manhã seguinte.

– A que horas acordou?

– Cedo. Tive que ir ao banheiro.

– E você dormiu lá embaixo, no sofá?

– Sim.

– Você disse antes que não...

– Me deu amnésia, acho que foi no andar de baixo. Só me lembro de estar de pé no banheiro, depois escutei o gato.

– Você tem um gato?

– Sim, Beaker. Na verdade é um gato de rua que vai lá em casa comer, às vezes. Quando estava no banheiro, eu o ouvi arranhando a porta da frente, então desci pra abrir. Foi nessa hora que encontrei Marissa. – Mandy pôs a mão rechonchuda no rosto e começou a chorar. – Desculpe, detetives, não consigo me lembrar de nada. Não consigo mesmo.

– Você sabia que Marissa estava planejando se mudar para Nova York?

– Sozinha?

– Não, com Ivan. Ele foi transferido pra lá e ia levar Marissa.

– Em vez da esposa? – perguntou Mandy.

– Sim.

Erika e Moss perceberam que Mandy franzia o rosto, confusa.

– Marissa sabia que eu precisava do dinheiro da faxina... – Ela esfregava a mesa com o dedo grosso, os olhos se enchendo de lágrimas. – Isso não me surpreende. Ela ia cair fora sem me contar! – Enxugou o rosto com a mão. – Sei que não se deve falar mal dos mortos, mas aquela ali era uma vadiazinha egoísta.

– Sinto muito por você descobrir dessa forma, mas queremos mantê-la informada sobre tudo que estamos investigando – disse Erika.

– Escutem bem, ainda quero pegar quem fez aquilo. Marissa pode ter sido uma vadia, mas era carne da minha carne, sangue do meu sangue – disse Mandy, encarando Erika com uma expressão sombria.

CAPÍTULO 26

Erika e Moss andaram até a casa da Sra. Fryatt.

– Mas que droga! Falamos com três pessoas que tiveram experiências completamente diferentes com Marissa – disse Erika. – Ela era uma pessoa pra cada um na vida dela? Era legal ou uma vadia? Honesta ou mentirosa? Ela deu motivos pra que muitos a quisessem morta.

– Você acha que foi Mandy?

– Acho que todos são suspeitos, apesar de não termos provas que sustentem isso. Não encontramos sangue de Marissa dentro da casa. Mandy teria que ter voltado pra dentro, coberta de sangue, e se limpado sem deixar vestígios. E a casa está uma zona, ela não fez nenhuma faxina apressada. Parece que o lugar não é limpo há semanas.

– E qual seria a motivação? O dinheiro semanal que Marissa a pagava pela faxina era precioso pra ela. Com a filha morta, ele acaba – argumentou Moss.

A Sra. Fryatt morava do outro lado do grande cemitério Crofton Park, na Newton Avenue, em Hilly Fields – perto de onde Marsh vivia. As casas na vizinhança eram amplas e imponentes, afastadas da rua por jardins enormes. A avenida ficava perto da Coniston Road, mas parecia pertencer a outro mundo, longe das casas sujas coladas umas às outras.

– Ela deve ser bem rica. Tem um raspador de botas na entrada – comentou Moss quando chegaram à porta da frente, apontando para um elaborado objeto de ferro deixado no degrau de mármore. Erika puxou uma alavanca de ferro e ouviu a campainha tocar no interior da casa. Minutos depois, a porta foi aberta por um senhor alto e corpulento, de cabelo preto e ralo. Ele as encarou, curioso. Elas mostraram os distintivos e se apresentaram.

– Fomos informadas de que Elsa Fryatt, que vive aqui, tinha Marissa Lewis como cuidadora – disse Erika.

– A notícia chegou até nós – disse ele, correndo o olhar por Erika e Moss. O topo da testa brilhava de suor. – Sou Charles Fryatt, filho de Elsa.

– Como souberam? – perguntou Moss.

– A mãe dela ligou. Disse que a filha foi brutalmente assassinada e que por isso não viria mais trabalhar.

Charles parecia velho, em torno de 70 anos.

– Podemos falar com a sua mãe?

Ele se virou e as convidou para dentro. O corredor de entrada se abria para uma escada imponente e um pé-direito alto.

– Ela está na sala – disse ele. Passaram por um grande relógio de coluna à base da escada, sob um enorme lustre de cristal. Charles andava aos trotes e tinha o pescoço curvado. O primeiro quarto, repleto de prateleiras de livros, continha uma enorme árvore de Natal muito bem-decorada com luzes brancas. Nos fundos da casa, havia uma grande sala de estar com vista para o quintal, coberto de neve. Esse cômodo parecia ser ocupado com mais frequência, pois havia uma televisão grande, muitas poltronas e uma mesinha de centro abarrotada de revistas e livros. Sentada no maior sofá, uma idosa. Erika esperava uma mulher caquética e enrugada, mas deparou-se com uma senhorinha de maxilar marcado e olhar firmes, o corpo ereto na beirada do sofá. Usava uma saia de lã e um casaco de *tweed*, e sua única rendição ao frio era um grande par de chinelos felpudos. Seu cabelo, acinzentado, estava aparado num corte moderno. Mesmo assim, ainda era uma mulher de idade, o que ficava evidente pelas rugas profundas do rosto.

– Bom dia, policiais. Sou Elsa Fryatt – disse ela, levantando-se e dando-lhes um aperto de mão. – O aparelho para surdez capta tudo – acrescentou, apontando para as orelhas. Movia-se com uma fluidez maior que a do filho. Também tinha uma leve aspereza no sotaque, que Erika não conseguiu decifrar de onde era. Ela e Moss se apresentaram novamente e mostraram os distintivos.

– Gostariam de um café, uma tortinha de carne? – ofereceu ela. – Charles, você sabe usar a cafeteira?

– É claro.

– Esquente as tortinhas de carne da Marks & Spencer... E jogue fora as que compramos na feira de Natal.

Charles assentiu e saiu da sala. Erika se perguntou se ele teria alguma doença, pois suava em bicas.

– As industrializadas são muito mais gostosas do que as caseiras, concordam? – perguntou a Sra. Fryatt.

– Fico feliz com qualquer torta de carne, não importa a origem – respondeu Moss. O fogo crepitava na lareira. Elas sentaram-se no sofá em frente à idosa, que cruzou as mãos sobre o colo e as encarou com alarmados olhos azuis.

– Querem falar conosco a respeito de Marissa? – perguntou ela, balançando a cabeça. – Que coisa horrível. Quem faria uma coisa daquelas a alguém tão jovem? – A Sra. Fryatt levou a mão magra à boca para conter o choro.

– A senhora confirma que Marissa era sua cuidadora? – perguntou Erika.

A Sra. Fryatt dispensou a palavra com um gesto.

– Ela era mais uma companhia. Fazia as compras, organizava minha agenda. Eu confiava a ela coisas que não se confia a qualquer funcionário.

– Você tem muitos funcionários?

Ela riu.

– Não. Pareço mais glamorosa do que sou. Tenho uma faxineira que vem todos os dias, que também cozinha pra mim. Meu jardineiro é praticamente um faz-tudo, e Charles passa bastante tempo aqui. Marissa ficava responsável por lavar minhas roupas, me ajudar com as compras e com questões pessoais.

– Por quanto tempo ela trabalhou pra você?

– Pouco mais de um ano. Eu coloquei um anúncio numa cafeteria aqui perto, e na internet... Bem, Charles fez tudo isso. Queria alguém que morasse nas redondezas.

– Você sabia que Marissa também trabalhava como dançaria burlesca? – perguntou Erika.

– É claro. Fui a várias apresentações dela.

– Nas boates de *strip*? – perguntou Moss, surpresa.

A Sra. Fryatt virou-se para ela como se a estivesse vendo pela primeira vez.

– Boate de *strip*? Jamais fui a uma *boate de strip*! Vi Marissa se apresentar no Café de Paris, logo após a Leicester Square. Ela também tinha um show semanal no Soho. Esqueci o nome do clube, mas era menor e muito mais divertido... E definitivamente ela não estava fazendo *strip*. A dança burlesca é uma forma de arte, e Marissa era muito boa nisso... – A Sra. Fryatt mordeu o lábio, dando novamente a impressão de que ia desabar. – Me desculpem. Ela era tão cheia de vida! Deixava as coisas muito mais divertidas por aqui.

– Posso perguntar quanto a senhora pagava a Marissa?

– Não falo sobre dinheiro – respondeu ela, torcendo o nariz. – Eu a pagava muito bem, e ela trabalhava três ou quatro horas por dia durante a semana.

– Sra. Fryatt, estou tentando entender de onde é o seu sotaque – disse Erika.

– E agora? Continua sem saber? – a Sra. Fryatt perguntou, forçando o sotaque.

Erika a observou calada. Diante do silêncio da Sra. Fryatt, ela insistiu.

– Posso perguntar de onde a senhora é?

– Da Áustria. Mas que relevância isso tem?

Erika pareceu surpresa.

– Nenhuma, só detectei algo diferente. Sou da Eslováquia.

– Também me perguntei de onde você é, pois você achata as vogais, tornando-as mais curtas.

– Aprendi inglês em Manchester. Morei lá quando cheguei ao Reino Unido.

– Oh, querida – respondeu a Sra. Fryatt. Ela inclinou a cabeça para o lado e deu a Erika um sorriso apático.

– E você, onde desenvolveu seu... charme com a língua inglesa? – perguntou Erika, dessa vez mais friamente.

– Minha família veio para a Inglaterra quando a guerra começou. Meu pai era diplomata.

Charles voltou trotando à sala, segurando uma bandeja com um elegante jogo de porcelana: xícaras, pires, jarra, açucareiro e um prato com tortinhas de carne quentes. A Sra. Fryatt observou enquanto o filho se esforçava para abrir espaço na mesa. Ele equilibrou a bandeja no joelho, e ela o ajudou a remover as pilhas de livros e revistas, mas as xícaras e a jarra começaram a deslizar. Felizmente, Moss deu um salto e tirou a bandeja dele.

– Jesus! Solte a bandeja primeiro, depois afaste as coisas! – ralhou a Sra. Fryatt. – Os homens são incapazes de fazer mais de uma coisa ao mesmo tempo...

Ele olhou sério para ela e suspendeu uma pilha de livros e revistas, abrindo espaço para a louça.

– Charles é um joalheiro excepcional, com conhecimento enciclopédico sobre pedras preciosas, metais raros e joias antigas, mas é inútil nas tarefas do dia a dia.

Ele pegou a bandeja e a pôs na mesa.

– Pronto, mãe – disse, saindo imediatamente da sala. A Sra. Fryatt se inclinou para servir o café.

– Ele se sente perdido depois que a loja começou a ir mal.

– Loja? – indagou Erika.

– Ele tem uma joalheria na Hatton Garden – disse ela, orgulhosa. – Casou-se com uma adorável judia e herdou a loja. Ele, é claro, tornou-se o pilar do negócio. Seu conhecimento é muito vasto. Ficou conhecido no mercado, o que é algo difícil nessa área.

As detetives recostaram-se e beberam um gole de café.

– Vocês têm algum suspeito? – perguntou a Sra. Fryatt.

– Descobrimos que Marissa tinha uma rotina bem agitada. Ela falava muito sobre sua vida particular?

– Não muito. Eu tinha a impressão de que ela era muito profissional. Parecia estar ganhando reconhecimento no meio burlesco e queria se aventurar em novos lugares. Conheci algumas das garotas com quem ela dançou. Pareciam ser muito gentis umas com as outras. Só não gostei muito de uma tal de... Qual era o nome dela? Uma criatura horrível, lerda, de óculos de aro grosso. Tinha um desses nomes típicos de comédias românticas...

– Sharon – disse Moss.

– Isso. Marissa dizia que essa Sharon era um pouco chata, que vivia grudada nela. Não parava de importuná-la para ser garota-propaganda do salão onde trabalha, na rua principal... – A Sra. Fryatt fez uma careta.

– Pelo visto, a senhora não é cliente de lá – disse Erika.

– Não. Vou ao Charles & Charles, em Chelsea. Vale cada centavo, mesmo tendo que me deslocar até lá.

– Sua impressão, então, é a de que Marissa não tinha inimigos? – perguntou Moss.

– Não até onde eu sei. Não se esqueça, querida, de que ela era... Bem, sei que não é mais costume falar dessa maneira, mas ela era *auxiliar.* Eu a achava adorável, mas a diferença de idade e o abismo social entre nós não permitiam que fôssemos íntimas. Quer dizer, eu não dava tanta intimidade. Ela, contudo, não tinha vergonha nenhuma de me contar tudo sobre sua terrível mãe. Uma mulher alcoólatra, obesa e desagradável em todos os sentidos.

A Sra. Fryatt inclinou-se para a frente e se ofereceu para encher as xícaras mais uma vez, o que Erika aceitou. Ela continuou.

– Mas Marissa me contou uma coisa perturbadora... Aconteceu há algumas semanas. Ela estava voltando pra casa depois de um show e desceu na estação Crofton Park. Era tarde, e estava bem escuro. Quando passou pelo cemitério, foi abordada por um homem muito alto usando uma máscara de gás.

Erika baixou a xícara.

– O quê?

– Sim. Ela tinha saído tarde da estação e estava caminhando pra casa sozinha, o que pra mim é uma loucura. Ele a viu do cemitério e a empurrou para as sombras, ao lado dos enormes portões de ferro. Felizmente, ela reagiu e conseguiu se soltar.

Erika e Moss entreolharam-se.

– Ela contou à polícia?

– Não sei. Acho que ela não deu muita importância e retratou o sujeito apenas como mais um maluco asqueroso. Mas isso me pareceu muito mais sério. Assisti aos noticiários. Soube do homem com máscara de gás que ataca pessoas que saem tarde das estações. Ele agrediu uma mulher e um rapaz algumas semanas atrás, e houve aquela pobre mulher na noite de Natal. Vocês têm alguma ideia de quem possa ser?

Erika ignorou a pergunta. Pensava na conversa que havia tido naquela manhã, com os dois policiais na delegacia. De repente, o caso deixou de ser secundário e ganhou sua total atenção.

– Você sabe ao certo quando e onde isso aconteceu? – interrogou Erika.

– Não sei a data exata. Início de novembro, talvez. Ela contou que havia pegado o último trem pra casa, por isso a estação estava vazia. Já passava da meia noite. Ela desceu na estação Brockley e estava caminhando pela Crofton Park, a caminho de casa, quando uma figura alta e escura apareceu do nada, na entrada do cemitério. Estava todo vestido de preto, de sobretudo comprido, luvas pretas e uma máscara de gás. Ela disse que foi aterrorizante. Ele tentou puxá-la para dentro do cemitério.

– Ela foi agredida? – perguntou Moss.

– Ele tentou, mas ela conseguiu escapar. Um carro passou bem na hora, assustando-o com o farol. Ela disparou a correr e só parou em casa. Teve muita, muita sorte, mas era assim com Marissa. Sempre achei que ela tivesse um anjo da guarda – comentou a Sra. Fryatt, parecendo séria de repente. – Quer dizer, até agora.

CAPÍTULO 27

Erika e Moss pegaram algo para comer no caminho de volta à delegacia. Tinha sido uma manhã de revelações: Sharon dizendo que sua amiga queria sair do país, a tentativa de suicídio de Ivan, a chantagem de Marissa contra Don. E agora, para completar, a Sra. Fryatt havia dito que a garota fora atacada por um homem com máscara de gás.

Com todos esses pensamentos e questões na cabeça, Erika sentiu uma pontada de enxaqueca lá no fundo. De volta a Lewisham Row, desceram direto para a sala de investigação. Um pôster grande de Marissa Lewis com trajes burlescos havia sido adicionado ao quadro-branco, ao redor do qual estavam reunidos McGorry, Peterson e dois outros policiais homens.

– Comeria fácil – Peterson estava dizendo.

– O que está acontecendo? – ralhou Erika, sentindo a raiva crescer dentro de si. Peterson ia responder, mas ela o cortou. – Sei que Marissa era uma jovem atraente, mas ela foi vítima de assassinato. Vocês precisam mesmo ficar babando em cima das fotos dela vestida com roupas íntimas?

Houve um silêncio constrangedor.

– O pôster só está aqui por causa da marca registrada e do bordado na roupa – justificou Peterson. – Está vendo o corpete rosa com o diamante bordado?

– Sim, já sei disso. Seu nome artístico era Honey Diamond – respondeu Erika. A iluminação forte na sala de investigação aguçou a dor que latejava em sua nuca.

– Entramos em contato com a loja onde ela comprava as roupas. O nome é Stand Up and Tease, fica no Soho. Também descobrimos que eles oferecem serviços de costura e bordado. Nos deram o nome do funcionário que bordou as roupas dela.

– Ok. E por que vocês estão parados aqui, fazendo comentários?

– Estamos aqui porque o almoço acabou de chegar – respondeu McGorry, apontando para uma caixa de sanduíches sobre a mesa.

– E eu estava dizendo que comeria fácil esse sanduíche de queijo com picles – disse Peterson, olhando para Erika. Os outros policiais desviaram o olhar, e até Moss ficou sem graça.

– Ok, bom trabalho. Agora, quero uma lista com todos os shows que Marissa fez no mês passado. E me mandem o contato da pessoa que customiza os figurinos.

– É claro – disse Peterson.

– Moss, você pode informar a todos o que aconteceu hoje de manhã e atualizar o quadro?

– Deixe comigo, chefe.

Erika saiu da sala de investigação, e Moss se aproximou da mesa para pegar um sanduíche.

– O que está acontecendo com ela? – perguntou McGorry.

– Foi uma manhã agitada – respondeu ela.

– Não precisava descontar na gente – reclamou Peterson. Moss fechou a cara para ele e começou a contar o que havia ocorrido.

Erika estava se sentindo ridícula. Havia percebido a forma como os outros policiais a olharam quando chamou a atenção de Peterson. Eles sabiam que os dois costumavam sair juntos?

Ela parou em frente à máquina de café, viu que tinha sido consertada e pegou um expresso. Pensava no retorno de Peterson e em como trabalhariam juntos. Ele era um bom policial e membro valioso da equipe, mas, se as coisas continuassem daquele jeito, talvez fosse preciso realocá-lo.

– Onde se ganha o pão não se come a carne, sua idiota – murmurou ela enquanto a máquina enchia o copo. Ela pegou o café e subiu as escadas até sua sala. Sentada à mesa, ligou o computador e acessou o Holmes. Ao pesquisar "Ataque com máscara de gás", uma lista de resultados apareceu.

Nos últimos três meses, foram relatados quatro casos envolvendo duas mulheres e dois homens agredidos por um sujeito grande usando uma máscara de gás. Os ataques aconteceram perto de estações de trem, tarde da noite ou no início da madrugada. A primeira vítima foi uma idosa chamada Rachel Elder, enfermeira do Lewisham Hospital que tinha descido na estação Gipsy Hill a caminho do trabalho. Rachel foi puxada para um beco, onde um homem se expôs e, em seguida, agarrou-a pela garganta.

O ataque durou muito tempo, e ela foi asfixiada até perder a consciência, retomá-la e ser asfixiada de novo. Rachel declarou ter desmaiado diversas vezes, e, quando recuperou a consciência, o agressor havia ido embora.

O segundo incidente aconteceu perto da estação East Dulwich. Dessa vez, a vítima foi Kelvin Price, de 23 anos, ator que trabalhava em uma peça no West End. O rapaz havia saído para beber depois do trabalho e pegou o último trem para casa. Passava da meia-noite, e, ao sair da estação, foi puxado para um beco por um homem vestindo um sobretudo flutuante e uma máscara de gás com órbitas de vidro. Kelvin também foi asfixiado a ponto de perder a consciência várias vezes, e relatou que o homem havia se masturbado e se exposto.

– Meu Deus! – exclamava Erika à medida que lia os relatos na tela. O terceiro ataque foi contra uma mulher chamada Jenny Thorndike, e aconteceu próximo à estação Penge East. A jovem estava caminhando para pegar o trem bem cedo pela manhã quando alguém de preto, com uma máscara de gás, "apareceu do nada". Ela tentou reagir, mas ele deu um soco em seu rosto e a arrastou para um pequeno parque perto da estação, onde ela foi espancada e asfixiada.

A queixa mais recente se referia a um caso que havia acontecido no dia do Natal, em Sydenham. Diana Crow, uma mulher beirando os 60 anos, havia ido visitar uma amiga e voltava para casa quando foi atacada embaixo do viaduto de trem, ao lado da estação. Diana também foi asfixiada e teve fraturas no rosto devido aos socos. No entanto, só prestou queixa do incidente no dia seguinte.

– Marissa, você teve sorte de conseguir fugir, mas por que não prestou queixa? – questionou Erika, dando um golinho no expresso. Ela encontrou o nome do policial responsável pelo caso do agressor da máscara de gás, o detetive inspetor-chefe Peter Farley, e enviou-lhe um e-mail solicitando os arquivos da investigação e informando que os dois casos poderiam estar conectados. Minutos depois, sua caixa de entrada exibiu uma nova mensagem.

Oi, Erika. A Unidade de Crimes Cibernéticos recuperou mais um arquivo deletado do telefone de Joseph Pitkin, com esta imagem anexa. Kay.

Erika abriu o anexo.

Essas fotos e o arquivo de vídeo estão guardados em um local seguro. Se ficar de boca fechada, continuarão no mesmo lugar.

T.

– Jesus... – disse ela, recostando-se. Era um desenho sinistro, provavelmente feito com caneta esferográfica preta em papel amarelado.

Uma batida repentina na porta a fez pular de susto.

– Quem é?

Era Peterson. Ele enfiou a cabeça na fresta da porta.

– Cheguei numa hora ruim?

– O que aconteceu?

– Acabei de falar com Isaac Strong no telefone. Ele terminou a autópsia de Marissa Lewis, quer saber se vocês podem se encontrar.

– Ok, obrigada. Irei até ele – disse ela, esfregando as têmporas.

Peterson entrou na sala e fechou a porta.

– O que é essa coisa? – perguntou ele, apontando para a tela do computador.

– Outro arquivo recuperado do telefone de Joseph Pitkin. Ele havia deletado, assim como as fotos e o vídeo explícito.

– Uma máscara de gás? Você acha que essa é a assinatura desse cara, mensagens com desenhos?

– Não sei, acabei de receber essa porcaria. Preciso que mostre isso ao pessoal lá embaixo, e que coloque no quadro. Veja se alguma das outras vítimas recebeu algo parecido pelo correio ou por e-mail. Confira também se os retratos falados do agressor são compatíveis com esse desenho.

– Sim... – respondeu Peterson. Ele parecia constrangido. – Posso lhe falar uma coisa?

– Se for rápido, tenho um minuto – respondeu ela, vestindo novamente o casaco.

– Preciso conversar com você.

– Algo sobre o trabalho?

– É... Bem...

– Pode ser depois, quando eu voltar?

Ele fez que sim. Erika pegou o telefone, as chaves do carro e saiu.

Peterson desceu as escadas e encontrou Moss próxima à máquina de café.

– Foi rápido. Como ela reagiu?

Ele balançou a cabeça.

– Ela foi ao necrotério. Não conseguimos conversar.

– James! Ela precisa saber.

– Eu sei. Só que é difícil pra caramba quando estamos no meio de um caso.

– Você tem que tomar coragem, e rápido – disse Moss, dando um golinho no café e voltando para a sala de investigação.

CAPÍTULO 28

O estacionamento estava movimentado quando Erika chegou ao Lewisham Hospital, e ela ainda precisou pegar um tíquete para que a deixassem entrar. Depois de se perder duas vezes, virando no lugar errado, acabou perguntando ao porteiro onde era o estacionamento do necrotério. Quando finalmente encontrou o lugar certo, estacionou o carro ao lado de um prédio pequeno e compacto, com uma chaminé enorme que soprava uma fumaça escura no céu já cinza.

Erika precisou se registrar na recepção, depois passou por uma porta que levava ao incinerador do hospital, e só então encontrou o necrotério, que ficava ao final de um comprido corredor. Isaac apertou o interfone para deixá-la entrar.

– Você nos achou – disse ele.

– Sim, mas não foi tão fácil quanto em Penge...

– É o preço que pagamos pelo privilégio de vir trabalhar.

Isaac guiou Erika até a grande sala de autópsia, e ela começou a piscar sob as luzes fortes. Havia seis mesas equipadas com canaletas de metal enfileiradas.

– Eu manteria o casaco se fosse você – sugeriu ele. – Estou com uma blusa de lã por baixo do jaleco. Desculpe por ter demorado mais do que o previsto.

O corpo de Marissa estava disposto na primeira mesa de autópsia, coberto até o pescoço com um lençol branco. Isaac o puxou. A pele tinha uma tonalidade amarelo-pálida. Uma comprida fileira de suturas grossas começava no umbigo e estendia-se em formato de Y entre os seios, atravessando o esterno. Eles tinham lavado o corpo e drenado o sangue, e os repetidos cortes ao longo da garganta fizeram Erika pensar em guelras de peixe. Ela baixou os olhos.

– Marissa tinha uma tatuagem de diamante bem acima da linha da calcinha – disse, apontando para a fina linha de pelos pubianos. – Também encontramos esse símbolo bordado em todas as roupas dela... Os trajes que usava pra se apresentar.

Isaac assentiu.

– Havia uma pequena quantidade de álcool no sangue quando ela morreu, mas isso já era esperado, considerando que ela provavelmente saiu pra festejar o Natal. Não havia nenhuma outra droga, legal ou ilegal, na corrente sanguínea – relatou ele.

Erika olhou novamente para a cicatriz que percorria o esterno, depois para o rosto de Marissa. Sem maquiagem, parecia muito jovem. Uma criança. Ela respirou fundo e sentiu a cabeça doer outra vez, latejando nas têmporas. A sensação era estranha, como se estivesse sendo pressionada para baixo e esticada ao mesmo tempo.

– Ela estava saudável, com todos os órgãos funcionando bem. – Isaac aproximou-se da cabeça de Marissa. – A lâmina usada tinha aproximadamente vinte centímetros. Há três longos cortes na garganta dela, e um deles passou pelas artérias principais, o que significa que ela sangrou muito rápido. A ponta da faca era serrilhada. Algumas facas pra frutas têm essa característica na lâmina.

– Então pode ter sido uma faca que alguém já tinha em casa?

Ele confirmou com a cabeça e prosseguiu.

– Não encontramos DNA de terceiros no corpo.

– Nada?

– Não, nem mesmo fluido corporal ou amostras de cabelo. Ela não foi abusada sexualmente.

Uma colega de Isaac entrou na sala e seguiu até uma das portas de aço inoxidável na parede dos fundos. A porta fez um clique, e a gaveta deslizou suavemente para fora. Erika olhou a maca de longe. Era o corpo de Joseph Pitkin.

– O que foi? – perguntou Isaac.

– Aquele rapaz se matou em regime de custódia um dia depois do Natal... Posso dar uma olhada? – ela perguntou à médica-legista.

A mulher assentiu, e os dois se aproximaram do corpo. Joseph parecia ainda menor, o corpo muito magro. Vergões avermelhados rodeavam seu pescoço, e uma linha roxo-escura mostrava o local em que o nó havia cortado e penetrado a pele abaixo do queixo, esmagando o pomo de adão.

– Quero analisar o corpo dele novamente – disse a médica-legista, uma mulher baixa de suaves olhos acinzentados. – E quero lhe mostrar uma coisa, Isaac. – Ele contornou a mesa, e ela suspendeu as mãos de Joseph. – Ele tem essas diferenças de pigmentação na pele, manchas muito brancas salpicadas no dorso das mãos e ao longo dos pulsos. Investiguei o histórico médico familiar, e não há casos de vitiligo na família.

Isaac observou o corpo.

– De fato, não acho que isso esteja relacionado a alguma condição genética. Parece mais um branqueamento químico do que a pigmentação natural da vítima.

– Ele era fotógrafo amador e tinha uma câmara escura de revelação improvisada em casa – informou Erika.

– Ok, isso responde à minha pergunta – disse a médica.

– Produtos químicos para revelação de fotos podem causar despigmentação na pele, caso não se use luvas. Havia alguma escoriação nos pulmões?

– Não – respondeu ela. – Estavam muito saudáveis, assim como os demais órgãos.

As palavras da médica-legista começaram a ecoar pela cabeça de Erika: *Muito saudáveis, como os demais órgãos.* Ela relembrou o desenho da máscara de gás, depois o vídeo de Joseph, a mão anônima aparecendo no enquadramento e agarrando sua garganta. Seu rosto ficando vermelho, depois roxo. Os tendões do pescoço tensionando... Erika recapitulou a mensagem mais uma vez, revendo em sua mente os olhos de vidro da máscara de gás.

A dor de cabeça ficou mais intensa e se espalhou pelo crânio. O cômodo começou a rodar, e ela precisou se agarrar à mesa de autópsia.

– Erika? – ouviu Isaac chamar, a sala começando a desaparecer de sua visão, que se enchia de estrelas. Depois, tudo ficou preto.

CAPÍTULO 29

Quando Erika abriu os olhos, estava deitada no pequeno sofá de uma sala de escritório abarrotada de caixas de papelão. Isaac se ajoelhou ao lado dela, o rosto preocupado.

– Aqui, beba um pouco de água – ofereceu ele. Ela pegou o copo e bebeu. A água estava deliciosamente gelada, e limpou o gosto amargo no fundo da boca. – Posso tirar sua pressão? – Isaac perguntou, pegando um aparelho medidor. Erika assentiu, e ele suspendeu a manga do casaco dela, deslizando-a pelo braço.

– O que tem nessas caixas? – perguntou ela.

– Livros.

Erika observou enquanto o aparelho era bombeado, apertando seu braço.

– Você comeu algo hoje?

– Belisquei uma coisinha.

Ele soltou o medidor e encostou o estetoscópio no pulso de Erika, contando os batimentos. Em seguida, aferiu a pressão.

– Sua pressão está um pouco baixa, 10 por 6. – Ele acendeu uma lanterna minúscula e mirou nos olhos de Erika, que recuou.

– Desde quando você tem uma lanterninha pra isso? Certamente os pacientes com que você lida não conseguem dilatar a pupila.

– Ganhei em um amigo-secreto de Natal. Troquei um prendedor de cabelo rosa por isso.

Erika sorriu. Sua cabeça continuava martelando, mas a dor havia diminuído um pouco.

– Você ficou apagada por vários minutos. Posso examinar seu sangue?

– Se achar necessário... – disse ela. Isaac saiu da sala e retornou minutos depois com uma seringa e um tubo de amostra, ambos lacrados em uma embalagem plástica esterilizada. Ele vestiu luvas de látex.

Erika virou o rosto para o outro lado enquanto ele tirava o sangue, fazendo careta ao sentir a agulha.

– Pronto, terminamos – disse ele, removendo a seringa e desenroscando o frasco na ponta. – Você desmaiou alguma vez nos últimos dias?

– Não.

– Foi ao médico?

– Ainda não... Fui chamada pra atender a uma emergência hoje cedo. Um cara tentou se matar, deixou todo o gás de cozinha vazar, e lacrou portas e janelas... – contou Erika, explicando o que havia acontecido no dia.

– E você não esperou pra ser avaliada pelos paramédicos?

– Não.

– Jesus, Erika! Você foi exposta a altos níveis de gás. O que bebeu hoje?

– Um expresso.

– Você precisa eliminar toxinas. Devia estar ingerindo litros de água.

– Está bem, já entendi.

Isaac saiu e retornou com um enorme copo com água e uma barrinha de chocolate. Ficou observando enquanto ela tomava um gole do copo e dava uma mordida no doce.

– Continue me contando sobre a autópsia.

– Aquilo foi tudo. Ah, tem mais uma coisa. Encontramos resíduo de parafina dentro da boca de Marissa. Não consegui entender o motivo de aquilo estar ali. Só vi isso em pessoas que cometeram suicídio, ou em alcoólatras desesperados que tentam ficar chapados das formas mais estranhas.

– Ela engolia fogo durante as apresentações – revelou Erika.

– Ah! – exclamou Isaac. – Mistério solucionado.

– Hoje à noite irei ao Matrix Club, onde Marissa trabalhava. Quero falar com as garotas que se apresentavam com ela. Gostaria de me acompanhar?

– Isso me parece um encontro bem esquisito – sorriu ele. – Infelizmente, tenho que trabalhar.

– Ah, tudo bem.

– Mas você precisa pegar leve.

– Vou descansar uma horinha em casa. E comer um pouco – completou ela, tomando o resto da água e levantando-se.

– Vou fazer todos os exames de rotina no seu sangue. Assim você economiza uma ida ao médico – disse ele.

– Obrigada.

– E sinto muito por aquele rapaz... o que morreu em custódia.
– Eu também – falou ela.

Quando Erika saiu do hospital, já havia escurecido. O estacionamento estava movimentado, e uma longa fila de carros aguardava para sair. Ela procurou a carteira nos bolsos do casaco e foi liberar o tíquete do estacionamento. Como de costume, tentava ignorar seus sentimentos sobre Joseph, Marissa e todos os mortos que havia visto durante sua longa carreira. Varria-os para debaixo do tapete, exatamente como vinha fazendo há anos.

CAPÍTULO 30

Erika havia chegado em casa, tomado um banho e, sentada na frente do computador, comia uma enorme porção de peixe frito com batatas que comprara no caminho. Peterson tinha mandado os detalhes do alfaiate que havia trabalhado nos figurinos de Marissa. Naquela noite, ele estaria no Matrix Club, no Soho.

Ela não poupou esforços para se arrumar. Estava elegantemente vestida para uma noite burlesca, e encarava seu reflexo no espelho, pensando se não havia exagerado demais, quando a campainha tocou.

– Boa noite – cumprimentou Peterson quando ela abriu a porta. Ele vestia um terno preto novo e uma gravata azul-marinho por baixo de um elegante sobretudo preto.

– O que está fazendo aqui? – questionou ela.

– Vou com você ao Matrix Club – sorriu ele.

– Por que não me ligou? Ou me avisou no e-mail?

– Porque você provavelmente mandaria eu me catar.

– Bem, teria dito algo mais profissional. Afinal, é trabalho.

Ambos sorriram.

– Você está linda – disse ele.

– Não estou parecendo uma detetive disfarçada de *socialite*? – perguntou Erika, olhando para baixo e analisando a elegante calça azul feita sob medida e a blusa branca sem mangas que estava usando. Ela passou a mão no cabelo, duro como pedra. Tinha usado secador, seguido de spray modelador, tentando imitar o que haviam feito da última vez em que foi ao cabeleireiro. Achava que tinha exagerado.

– Não, está ótimo – discordou ele.

– Ok. E você está lindo, quero dizer, elegante.

– Obrigado. Está feliz com a minha companhia? É trabalho, e fui eu quem conseguiu a informação sobre o alfaiate.

– Sim. Mais um par de olhos pode ser útil.

Apesar da neve, Soho fervilhava. Pessoas transitavam por todos os lados, aproveitando a calmaria entre o Natal e o Ano-novo. A neve caía lentamente, as luzes dos bares colorindo as calçadas brancas. Erika e Peterson se juntaram à multidão que caminhava pela rua. Tinham conversado sobre o caso durante o percurso do trem de Forest Hill a Charing Cross. Erika contou sobre sua visita ao necrotério, onde vira o corpo de Joseph Pitkin. Preferiu não mencionar o desmaio. Peterson a atualizou sobre Ivan Stowalski, que continuava no hospital e ainda não havia recuperado a consciência. A esposa de Ivan foi visitá-lo no final da tarde.

– Os médicos ainda não sabem se houve lesão cerebral por falta de oxigenação – disse Peterson. – Também investigamos o histórico de Don Walpole. No outono, ele solicitou um empréstimo de onze mil libras pra estender o tempo de financiamento da casa, e transferiu dez mil pra conta de Marissa... Ele não tem ficha na polícia, nem multa de estacionamento, o pobre coitado.

– O que não significa que ele não a matou – falou Erika.

Os dois não haviam tido a oportunidade de conversar sobre nada além de trabalho quando desceram do trem e caminharam em direção ao Soho, atravessando uma multidão na Leicester Square. As decorações de Natal estavam mágicas, e Erika sentiu-se triste pela forma como as coisas tinham terminado entre ela e Peterson. Nutria uma pequena esperança de que ainda conseguiriam salvar o relacionamento, mas preferiu não pensar nisso naquela hora.

O Matrix Club ficava na esquina da Wardour Street com a Old Compton. A entrada, uma pequena porta preta, era sinalizada por uma placa de neon. Uma corda isolava uma faixa estreita da calçada, e havia um homem alto, magro, de pele negra, parado atrás de uma mesinha. Usava um sobretudo grosso de inverno, sombra azul-clara nos olhos e um casquete rosa preso na lateral da cabeça raspada.

– Dois ingressos, por favor – disse Erika ao se aproximarem.

– Nomes? – perguntou ele, correndo os olhos pelos dois.

– Erika e James – respondeu, virando-se para Peterson. Ela percebeu que falar o nome deles junto, em voz alta, fazia aquilo parecer um encontro.

– Nomes *completos*. Não estou aqui pra bater papo – disse ele, revirando os olhos e apontando uma lista sobre a mesa. Suas unhas estavam pintadas de rosa-choque.

– Não temos reserva – falou Erika, sentindo-se idiota.

– Então sinto muito. Já era, tchau. – Ele gesticulou para que saíssem da fila, e acenou para outro casal que se aproximava.

– Ei, otário – xingou Peterson, mostrando o distintivo.

– Droga. Queria entrar na surdina, sem revelar que somos policiais. – Ela sacou o distintivo, sentindo-se incompetente. Não era do seu feitio cometer erros. O casal atrás deles tinha nome na lista, e a porta foi aberta com um floreio para que entrassem.

Os dois retornaram à mesinha, e o sujeito encarou Peterson.

– Tem algum homem com você?

– Não.

– Quer ter?

Erika precisou segurar o riso.

– Não, obrigado – resmungou Peterson.

– Do que você precisa? – perguntou ele, inclinando-se para Peterson como se estivesse interessado. Erika deu um passo à frente.

– Sou a detetive inspetora-chefe Erika Foster. Este é meu colega, detetive inspetor James Peterson. Viemos para uma visita informal, mas eu agradeceria a sua cooperação. Uma jovem que trabalhava aqui foi assassinada alguns dias atrás. Ela era...

– Honey Diamond – completou o homem, dispensando na hora sua versão sedutora. – Uma tragédia horrível. Estamos organizando um show beneficente. Vocês acham que foi alguém daqui?

– Não, só queremos falar com algumas pessoas que trabalharam com ela. Soube que Martin Fisher trabalha aqui.

– Sim, é o figurinista.

– Ele trabalhou pra Honey Diamond. Ou melhor, pra Marissa. Gostaríamos de falar com ele, só pra pegar algumas informações.

– Certo. Sigam-me.

Ele soltou a corda e os conduziu pela porta. A boate era bonita por dentro, com mesas e cadeiras pretas ao redor de um pequeno palco com cortina vermelha. O homem os levou a uma mesa mais à frente.

– Qual é o seu nome? – perguntou Erika.

– Mistress Ebony. Durante o dia, Dwayne Morris – respondeu ele, puxando uma cadeira para Erika e acendendo a pequena vela sobre a mesa com um isqueiro. – Os garçons vêm à mesa, e fiquem à vontade se quiserem fumar.

Ele saiu, e uma garçonete chegou para anotar o pedido. Ficaram no suco de laranja e na Coca-Cola.

A boate encheu rapidamente, e logo o show começou. Mesmo não havendo nudez total, Erika sentiu-se constrangida de estar ali com Peterson. As apresentações eram estreladas por homens e mulheres de todas as formas e tamanhos. Alguns usavam trajes "tradicionais", mas também havia *strippers* vestidos de Adolf Hitler, de Stormtrooper e até de terrorista suicida. Nessa última performance, a dançarina tirava as roupas devagar, ao som de um tique-taque que só aumentava, até revelar fios e bastões de dinamite cobrindo parte de seu corpo. Nesse momento, as luzes se apagaram ao som de uma grande explosão. Quando foram novamente acesas, a mulher apareceu vestindo apenas um body transparente, bordado com lantejoulas vermelhas e douradas que cintilavam como fogo.

Essa foi a última apresentação.

– Minha nossa! – exclamou Peterson. – E pensar que o último show que vi foi *Riverdance*, com a minha mãe, antes do Natal.

– É, isso certamente foi mais impactante do que um sapateado irlandês – disse Erika.

Dwayne surgiu entre os clientes que se encaminhavam para o bar.

– Martin quer conversar com vocês – informou. Eles pegaram os casacos e o acompanharam até o palco, atravessando a cortina de veludo.

O espaço dos bastidores era caótico, cheio de cadeiras empilhadas, araras repletas de figurinos e embalagens de comida por todo lado. Em uma salinha, um homem corpulento de meia-idade, já bem calvo e de óculos, trabalhava em uma máquina de costura. Havia prateleiras com pilhas de figurinos ao longo das paredes, e uma mesa com telefone e computador atrás dele. Na parede onde a mesa estava encostada, um enorme cartaz da produção original de *Mame* dividia espaço com um espelho gigantesco.

– Martin, estes são a detetive inspetora-chefe Erika Foster e seu parceiro, detetive inspetor James Peterson – disse Dwayne antes de sair e fechar a porta.

– Vocês assistiram ao show? – perguntou o homem, pressionando o pedal da máquina de costura e empurrando uma grande peça de tecido azul pela agulha.

– Sim – respondeu Erika.

– O que acharam da mulher-bomba?

– Brilhante!

Ele deu um sorrisinho malicioso e ajustou os óculos, suspendendo o tecido para examinar a costura.

– Vocês querem conversar sobre Honey Diamond, ou melhor, Marissa Lewis?

– Era você quem customizava os figurinos dela, bordando o losango dourado? – perguntou Peterson.

– Sim. Apesar de ela sempre atrasar o pagamento... Olhe, não vou pegar leve. Ela era uma vadia. Sinto muito que esteja morta, mas isso não muda as coisas pra mim.

– Por que não gostava dela?

Martin soltou o tecido e virou-se totalmente para eles, encarando-os.

– Ela não tinha graça nem charme, e sua ambição era assustadora. Pisava em qualquer um pra chegar aonde queria.

– E onde ela queria chegar? – perguntou Erika.

– Só Deus sabe. Ela só pensava em ser famosa, se tornar a próxima Dita Von Teese. O que ela não sabia era que também precisava refinar a própria arte. Qualquer um pode virar uma Kardashian, ou ao menos tentar. Uma vez, recebemos um jogador de futebol americano famoso, não me pergunte quem. Ela não mediu esforços pra levar o cara pra cama. Disse até que gravaria a cena.

– Ela conseguiu? – disse Erika.

– Não. Ele saiu com uma das louras, Jenna Minx. Ela tem um pouco mais de classe do que Marissa, embora isso não signifique muita coisa.

– Durante quanto tempo Marissa se apresentou aqui? – perguntou Erika.

– Desde janeiro. – Ele pegou uma tesoura e começou a cortar um pedaço de tecido amarelo-claro. – Pra ser honesto, apesar de todos os defeitos, ela tinha muita presença de palco e se tornou uma das dançarinas mais populares. Por isso os boatos de que ela fornecia mais do que dança pra alguns clientes.

– Prostituição?

Ele assentiu.

– De vez em quando, uns clientes ricos a levavam pra sair depois do show, e ela não tinha vergonha de falar o que fazia ou quanto ganhava com cada um.

– Ela contava a você?

– Pra mim e pra quem estivesse por perto.

– Alguma vez ela falou sobre vizinhos, amigos ou qualquer tipo de relacionamento perto de casa?

– Ela estava extorquindo um polonês trouxa há algum tempo. Ivan, o coitado. Ele costumava assistir aos shows. Sentava-se na primeira fila e não baixava o capuz do casaco, os olhos vidrados e as pernas sempre cruzadas pra esconder a ereção. Uma garota daqui tinha um namorado que trabalhava na TV, selecionando participantes pra *reality shows*. Marissa foi atrás, mas ele não se interessou. As duas brigaram minutos antes de suspendermos as cortinas, e tive que trabalhar feito louco durante o show pra tentar consertar os figurinos.

– Marissa entrava em detalhes sobre o relacionamento dela com Ivan?

– Ela costumava brincar que o guardava no armário, por ele ser muito pálido. E vivia ligando pra pedir dinheiro ou roupas novas, colocando no viva-voz pra gente rir. Pobre coitado.

– Sabe se ele a agrediu alguma vez, ou se ela sentia medo dele? – perguntou Peterson.

– Não. Era Marissa quem mandava. Ela controlava o sujeito e a carteira dele.

– Ela já falou algo sobre seus outros trabalhos? – indagou Erika.

Martin ajeitou os óculos no nariz, bufando.

– Sim. Ela tinha vários talentos, entre eles, o de cuidadora. Mas, pra mim, dar a ela esse emprego é o mesmo que contratar Herodes pra trabalhar na unidade pré-natal... Ela roubava daquela idosa. Comida e artigos de higiene pessoal, a princípio. A senhora...

– Fryatt – completou Erika.

– Isso. Ela veio aqui uma noite pra ver Marissa como Honey Diamond. Estava toda arrumada, de casaco de pele e diamantes, parecendo a Joan Collins. Foi aí que entendemos por que Marissa era cuidadora dela...

– O que quis dizer com "a princípio", quando contou que Marissa estava roubando da Sra. Fryatt?

– Marissa roubou um par de brincos dela.

– Quando foi isso? – perguntou Peterson.

Martin soltou o tecido.

– Provavelmente algumas semanas antes do Natal. No início, achei que fosse só conversa, que os brincos eram bijuteria e que ela tinha inventado essa história pra fingir que eram valiosos. Isso era típico dela, Marissa gostava de mentir. Mas uma das garotas a acompanhou até a

Hatton Garden quando ela foi avaliá-los. Os brincos eram verdadeiros, valiam dez mil libras.

Erika encarou Peterson. A Sra. Fryatt não havia dito nada sobre brincos.

– Marissa mencionou algo sobre um ataque? – perguntou Peterson.

Martin pareceu surpreso.

– Marissa atacou alguém?

– Não. Ela foi atacada, há mais ou menos um mês, no caminho entre a estação de trem e sua casa. Um homem a agarrou.

Martin negou com a cabeça.

– Não fiquei sabendo disso. E eu sabia de praticamente tudo que acontecia na vida daquela menina, querendo ou não.

– Você está ciente de que esta é uma investigação de homicídio, e que não está falando de Marissa Lewis em termos favoráveis? – questionou Peterson.

– Quer que eu minta?

– Não – respondeu Erika.

– Sei que não é certo falar mal dos mortos, e ninguém merece ser retalhado na porta de casa. Isso é aterrorizante – disse ele, tirando os óculos e fazendo o sinal da cruz. A armação, presa numa correntinha dourada, caiu sobre sua barriga.

– Você sabia que ela planejava se mudar para Nova York?

– Sim. Disso ela falava.

– Sabe algum detalhe dessa história?

– Não, mas perguntei como ela ia pagar a viagem. Não é barato, e tem todos os custos com o visto. Ela me falou uma coisa que ficou na minha cabeça. Disse que o diamante a traria boa sorte e um novo começo.

– Está se referindo ao diamante bordado nas roupas?

– Não. Ela queria mudar sua marca, assim como seu nome artístico.

– Ela ia vender os brincos de diamante? – perguntou Peterson.

– Olhe, sei que Marissa não era a mais brilhante das mentes, mas ela sabia a diferença entre singular e plural – disse Martin. – Ela mencionou *um* diamante, e isso foi antes dos brincos aparecerem. Ou ela estava fazendo mistério, ou falando o que não devia. Infelizmente, com Marissa, quase sempre era a segunda opção.

– Você estava aqui na última apresentação dela, na véspera de Natal?

– Sim. E ela usou os brincos de diamante naquela noite.

– Tem certeza? – perguntou Peterson.

– Tenho, porque ela apareceu aqui completamente nua, pedindo pra eu arrumar a cinta-liga. Mantive o olhar do pescoço pra cima. Não sou muito chegado à anatomia feminina – disse ele, fazendo biquinho. – Principalmente quando brota na minha cara sem nenhum aviso.

– Quem é a garota que Marissa levou à joalheria na Hatton Garden? – Peterson questionou.

– Ela se apresentou hoje. Vou dar uma ligadinha. – Martin pegou o telefone e retirou um brinco de pressão da orelha antes de fazer a ligação. – Mulher! Ainda está aqui? A polícia quer falar com você... Nada de mais, só algumas perguntas.

Uma porta rangeu do lado de fora, e uma garota de calça jeans e blusa de lã roxa apareceu na entrada. Erika a reconheceu. Era a *stripper* Stormtrooper.

– Querem falar comigo?

– Entre, Ella. Não precisa ficar na porta – disse Martin, recolocando o brinco. – Esta é Ella Bartlett.

Ela sorriu para Erika e examinou Peterson com o olhar.

– Você foi com Marissa avaliar os brincos? – perguntou Erika.

– Sim. O cara avaliou em dez mil e quinhentas pratas. Ele ofereceu comprar a joia por causa da "excepcional pureza", nas palavras dele.

– E Marissa não fechou negócio?

– Pelo menos não enquanto eu estava lá. Ela se achava o máximo com aqueles brincos chiques.

– Quando isso aconteceu?

– Há uns dez dias, mais ou menos.

– Você e Marissa eram amigas próximas?

– Não muito. Eu só estava tão curiosa quanto os outros pra saber se os brincos eram de verdade. Como minha academia ficava no caminho, decidi ir com ela.

– Você lembra o nome da joalheria?

– Não. Era perto da Gym Box, onde eu malho, aquela no Farringdon. Ficava a duas ruas de lá, mais ou menos... – Erika e Peterson entreolharam-se. A informação só estreitava um pouco o escopo, pois havia centenas de joalherias na Hatton Garden.

– Posso lhe dar meu número? Assim você pode ligar caso se lembre de mais algum detalhe. É muito importante – disse Erika, entregando um cartão a Ella. A garota o pegou e se levantou para sair.

– Ah, Ella, isso me lembrou de uma coisa. Comprei um aromatizador pro seu capacete de Stormtrooper. Sei que fica muito quente dentro dele – disse Martin, entregando-lhe um frasco. Ela olhou para Peterson, sem graça, e tomou o frasco de Martin. – E você me deve cinco libras e noventa e cinco centavos! – gritou ele. – Detetives, mais alguma pergunta? Tenho que preparar do zero umas seis calcinhas fio-dental, e não posso perder o último trem pra casa.

– Não, isso é tudo. Obrigada – disse Erika.

CAPÍTULO 31

— Céus, esse caso... – suspirou Erika no caminho de volta à estação Charing Cross. Ela e Peterson foram por ruas paralelas, mais sossegadas, para poderem conversar sobre o que haviam descoberto.

– E que história é essa de diamante? – perguntou Peterson.

– Era a marca de Marissa. Talvez ela achasse que, como Honey Diamond, poderia conseguir uma fortuna. Dita Von Teese fez milhões, e ela queria ser a próxima dançarina a alcançar tal feito.

– O problema é que não param de surgir camadas de...

– Intriga? Fingimento? – completou Erika.

– Merda. A palavra é "merda". Esse caso é um atoleiro. Todo mundo a odiava.

Erika concordou.

– Marissa falava muito e era indiscreta, mas, até onde sei, a Sra. Fryatt era a única que sabia sobre o ataque do homem com máscara de gás.

– O fato de Marissa aparentemente ter sido uma pessoa mentirosa e malquista não quer dizer que ela não tinha medos e segredos. Muitos têm receio de prestar queixa quando são atacados ou agredidos, e pessoas que aparentam ser muito confiantes podem estar apenas fingindo – disse Peterson.

Erika concordou. Estavam tão envolvidos na conversa que não prestaram atenção no caminho, e acabaram saindo na Regent Street. Tinha começado a gear.

– Anima tomar um café? – Peterson perguntou ao ver uma Starbucks ainda aberta na esquina. – Pelo menos até a geada parar.

– Claro.

Eles esperaram dois ônibus vermelhos passarem antes de atravessar, ansiosos para fugir da neve e entrar na cafeteria bem iluminada. Erika escolheu uma mesa perto da janela, e Peterson voltou com dois cafés.

Dava para ver a decoração de Natal nas vitrines do outro lado da rua, as luzinhas cobrindo o céu da Regent Street.

– Recapitulando, então, temos Joseph Pitkin, que perseguia Marissa e a fotografou em várias ocasiões. Ele também a filmou, provavelmente a pedido dela, pra chantagear Don Walpole – disse Erika.

– Temos Ivan Stowalski, que era obcecado por Marissa a ponto de deixar a esposa e se mudar com ela pra Nova York, e que tentou se matar – disse Peterson.

– E ainda há Don Walpole, com quem ela dormiu aos 15 anos e depois o chantageou, ameaçando acusá-lo de abuso sexual... Ela supostamente também roubou um par de brincos de diamante da Sra. Fryatt, mas a velhinha não mencionou isso, e ela me pareceu bastante lúcida.

– Você acha que o filho sabia disso? Ele não era joalheiro na Hatton Garden? – perguntou Peterson.

– É possível... Mas a Sra. Fryatt foi a única pessoa a quem Marissa contou que foi atacada – considerou Erika.

– Por um homem com máscara de gás que, ao que parece, está relacionado a Joseph Pitkin de alguma maneira. O rapaz tirou a própria vida por causa das fotos que você mostrou a ele durante o interrogatório... Quero dizer, ele ficou com medo.

– Aquilo foi demais pra ele... – disse ela, parecendo cansada. – Se tivéssemos recuperado a mensagem com o desenho da máscara no momento do interrogatório, talvez tivéssemos conseguido arrancar mais informações antes que ele se matasse... Ou impedido que isso acontecesse... Não sei.

– Não tinha como prever isso – disse Peterson, colocando a mão no braço de Erika. Ela sorriu forçadamente.

– E Mandy está sendo evasiva sobre a noite em que Marissa morreu. Ela deve ter escutado alguma coisa.

– Ela não é alcoólatra?

– Sim. Ela podia estar capotada no sofá enquanto Marissa era esfaqueada do lado de fora. O que precisamos é fazer uma retrospectiva do caso e definir quem tem um álibi e quem não tem. Também quero visitar a Sra. Fryatt mais uma vez pra perguntar sobre aqueles brincos.

Os dois deram um golinho no café e ficaram em silêncio por um momento. Peterson remexeu-se no banco, meio sem graça.

– Erika, preciso falar com você sobre uma coisa... – começou ele. Ela tirou o celular da bolsa, conferiu as horas e viu que eram quase 23h30.

– Droga! Vou perder o último trem, e preciso terminar um relatório ainda hoje.

Erika bebeu o resto do café e desbloqueou o celular.

– Vou pegar um Uber – disse ela, passando o dedo na tela. – Ah, tem um carro aqui perto, vai chegar em um minuto. O nome da motorista é Brill. Quer dividir?

– Não, vou pegar o trem – disse ele.

– Acha que vai conseguir chegar a tempo?

– Sim. Estou a fim de dar uma caminhada. As luzes de Natal estão bonitas.

Erika o encarou por um momento.

– Você está bem? O que ia dizer?

– Não sei se dá tempo.

O celular dela apitou, e um carro estacionou do lado de fora.

– Não dá, desculpe. É o meu carro.

– Está tudo bem. Pode ir.

– Ok. Obrigada pelo café. Vejo você amanhã cedo. – Ela jogou o casaco sobre os ombros e, acenando, atravessou a geada em direção ao carro.

Peterson observou enquanto ela entrava no carro e se afastava. Tomou outro gole de café e ouviu a notificação de uma mensagem de texto chegando no telefone. Ele olhou a tela e telefonou depressa.

– Eu sei, desculpe. Achei que já teria terminado a essa hora... Sim, eu a vi, mas acabamos trabalhando em um caso de assassinato... Sim, é um trabalho de tempo integral... Não, ainda não contei, mas farei isso. Eu prometo... Amo você também.

Ele desligou o telefone e ficou olhando pela janela por um momento. Sentia a culpa e o arrependimento o inundarem. Culpa por estar feliz, e arrependimento por Erika não fazer parte dessa felicidade. Bebeu o resto do café e partiu em direção à estação Charing Cross. Caminhando sob aquele céu de luzes de Natal, pensava em como a vida era capaz de dar uma reviravolta e nos surpreender. De uma maneira positiva.

CAPÍTULO 32

Estava quente dentro do Uber quando Erika passou pela Piccadilly Circus. A motorista a encarou pelo retrovisor.

– Quer ler o *Evening Standard*? – perguntou ela. Erika disse que sim, e a motorista a entregou um exemplar do jornal.

Ela se recostou e começou a folheá-lo, dando preferência aos artigos de fofoca. Estavam cruzando o rio na Vauxhall quando Erika virou uma página e deixou escapar, em voz alta:

– Que droga!

– Está tudo bem? – perguntou a motorista.

– Sim, desculpe. Eu tinha me esquecido de uma coisa – mentiu ela. Havia uma matéria enorme sobre o caso anterior em que havia trabalhado, envolvendo os crimes de assassinato e o sequestro das gêmeas de Marsh, cometidos por Max Kirkham e Nina Hargreaves. O jornal havia publicado vários artigos sensacionalistas sobre o caso, insinuando que Nina e Max eram uma versão moderna de Bonnie e Clyde, ou Myra Hindley e Ian Brandy. Um texto em especial afirmava que ninguém havia reivindicado o corpo de Max Kirkham. O *Evening Standard* tinha entrado em contato com a mãe dele, que alegou não querer se envolver em nada que o dissesse respeito. Ela teria dito: "Podem jogá-lo no lixo. Ele não é meu filho". Era a mesma mãe que havia pagado fiança após ser acusada de obstrução à justiça.

Havia também uma foto de Erika no final da matéria. Ela costumava ser retratada nos jornais como uma detetive barraqueira e brigona. Dessa vez, o que a irritou foi o fato de terem usado uma foto em que ela aparecia saindo da portaria principal de seu prédio. O nome da rua, "Manor Mount, SE23", estava nítido no canto da imagem, e eles não haviam desfocado o número da placa de seu carro.

Ela pegou o telefone e fez uma ligação. Após chamar por um momento, uma voz cansada atendeu.

– Alô? – disse Colleen Scanlan, assessora de imprensa da Polícia Metropolitana.

– Colleen, é a Erika.

– Erika. Está muito tarde.

– Acabei de ver uma matéria no *Evening Standard* sobre o caso de Max Kirkham e Nina Hargreaves. Publicaram uma foto minha saindo de casa, em que dá pra ver o nome da minha rua e a placa do meu carro.

Houve uma longa pausa.

– Não posso controlar o que circula na imprensa.

Erika colocou a mão sobre o telefone e respirou fundo várias vezes. Ela detestava Colleen, que, em sua opinião, não passava de uma burocrata que só fazia o suficiente para manter o emprego, mas nunca dava um pouco mais de si para ajudar.

– Eu sei que não há nada a ser feito sobre a edição impressa, mas o que você pode fazer, por favor, é conferir se a versão on-line tem essa foto e, caso tenha, mandar tirá-la. AGORA.

Colleen respirou fundo.

– Duvido que o jornal esteja aberto, mas posso deixar um recado. Farei isso pra você – disse ela, com frieza.

– Obrigada – Erika respondeu antes de finalizar a ligação.

No Uber, o restante do caminho foi percorrido em silêncio. Erika conferia o celular a todo momento para ver se Colleen havia mandado alguma mensagem ou e-mail, mas nenhuma notificação apareceu. Chegaram a Forest Hill pouco antes da meia-noite, e o Uber a deixou na porta de casa.

Erika entrou, ligou o aquecedor, tomou um banho e foi de pijama até a sala. Serviu uma dose grande de vodca, aconchegou-se no sofá com o notebook no colo e abriu o relatório que havia começado a escrever para Melanie. As tábuas do assoalho no andar de cima rangiam com Allison, a vizinha, andando de um lado para o outro. Ela abriu o navegador e acessou o site do *Evening Standard*. O mesmo artigo estava publicado on-line, e com a foto.

– Que droga! – reclamou a detetive. Ela levantou e fechou as cortinas, sentindo-se imediatamente paranoica por saber que havia informações sobre sua localização na internet. Ao mesmo tempo, dizia a si mesma para não ser ridícula. Afinal, não tinham publicado seu endereço completo. Ela checou o e-mail, mas não havia mensagens de Colleen. Tentou ligar novamente, mas caiu na caixa postal. Por fim, tomou um grande gole de vodca e começou a trabalhar no relatório.

Erika acordou num sobressalto. Seu notebook estava de cabeça para baixo no sofá, e o telefone, tocando. Olhou para o relógio na cozinha. Passava das 2h da manhã. Ela se sentou, o telefone ainda tocando. Colocou o notebook na mesinha de centro e já ia levantar quando lembrou que poderia ser Colleen ligando de volta. Após um bipe, a secretária eletrônica foi acionada, e uma mensagem, gravada. Erika apertou o play e ouviu uma voz estridente e sem fôlego:

Erika...

Erika...

Erikaaaaa...

Ela parou perto da porta. A voz chamando seu nome deu lugar a uma respiração, e, em seguida, ela escutou um estranho barulho de algo sendo raspado. A mensagem continuou, entrecortada pelo som de uma respiração irregular.

Erikaaaaaa... Erikaaaaaa...

A voz era rouca e profunda, e tinha um tom de maldade. Havia um som distorcido, o chiado grave da respiração e um rugido quase animalesco que a fez gritar de medo.

Erika agarrou o fio da secretária eletrônica e o arrancou da parede. Em seguida, fez o mesmo com o telefone. Ela correu para a porta da frente e conferiu se estava trancada, depois percorreu todo o apartamento apagando as luzes e verificando se as janelas também estavam trancadas. Sentou-se novamente no sofá, tremendo, e tentou controlar a respiração.

Pela primeira vez em sua longa carreira, desejou ter uma arma.

CAPÍTULO 33

O despertador de Jason Bates o acordou às 6h. Pouco depois, bateram de leve na porta. Era uma das assistentes sociais chegando para assumir o turno e liberar Jason, que precisava ir para o trabalho.

– Como ela tem passado? – perguntou a gentil mulher de rosto enrugado. Ainda cansado, Jason levou um momento para reconhecer quem era... *Dawn*... Seu nome era Dawn.

– Ela passou a noite bem – respondeu ele. Uma noite boa para sua mãe significava que ela só tinha acordado três vezes. Dawn tirou o casaco e esquentou as mãos no aquecedor enquanto Jason preparava o café e se arrumava para sair.

A fábrica de plásticos ficava a quinze minutos de trem. Ainda estava escuro quando ele saiu de casa. Olhou para a janela, de onde sua mãe o observava após ter sido conduzida na cadeira de rodas. Acenou para ela, que levantou a mão, despedindo-se. A raiva e a frustração que sentia por ela desapareceram. Ele se perguntou se as cuidadoras faziam aquilo toda manhã para lembrá-lo de que ela era uma pessoa. Isso era tudo o que ele via quando olhava para a janela, do lado de fora da casa.

As ruas cobertas de neve e a neblina congelante davam a Jason a sensação de caminhar entre lençóis ensopados. A pequena cafeteria diante da estação Gipsy Hill estava fechada àquela hora, e ele passou por ela apressado, atravessou as catracas abertas e entrou no trem no momento em que as portas estavam se fechando. A única vantagem de trabalhar afastado de Londres eram os trens vazios indo na direção oposta à da cidade, principalmente no período entre o Natal e o Ano-novo. Não havia uma pessoa sequer no vagão, e ele se sentou à janela, colocando as pernas perto do aquecedor que lufava ar quente. Colocou fones de ouvido e escolheu um *audiobook* que planejava escutar durante toda a manhã enquanto dirigia a empilhadeira, o fone em uma orelha e a outra livre por motivos de segurança.

Jason desceu do trem em West Norwood. Novamente, era o único passageiro na plataforma. A caminhada até a fábrica durava cerca de quinze minutos, e havia uma longa avenida industrial que começava na estação, ladeada de prédios abandonados e cercas-vivas sem poda. Ele colocou o capuz e seguiu caminhando com dificuldade pela neve, suas pegadas quebrando o silêncio. A neblina misturada à fumaça bloqueava a iluminação dos postes, criando um feixe de luz. No horizonte, o céu estava apenas começando a mudar de preto para azul-escuro. Ao passar pela entrada de um antigo prédio comercial, uma silhueta surgiu das sombras, revelando uma figura alta. Vestia um sobretudo preto e tinha a cabeça coberta pelo brilhante tecido escuro da máscara de gás. O respirador da máscara, que pendia até a altura do peito, soltava vapor e tinha o desenho de pequenos quadrados brancos que pareciam formar um sorriso largo.

Jason parou, mas não sentiu medo de imediato. Era tudo tão inesperado! Ele escutou o estalo nos trilhos, indicando que um trem passava em alta velocidade próximo dali. A figura o observou por um momento e, então, avançou em sua direção.

– Ei, ei! – berrou ele quando o vulto se aproximou em meio à névoa e lhe deu um soco forte no rosto.

Jason voltou a si pouco tempo depois. Sentiu a neve embaixo das costas e viu, lá no alto, o contorno do céu, que agora formava um degradê de tons azul-claros. Suas mãos estavam amarradas nas costas, pressionadas dolorosamente pelo peso do corpo. Sentiu as pernas geladas e percebeu que estava nu da cintura para baixo. Havia algo em sua boca, talvez um pedaço de pano. Olhou ao redor, gemendo, ouvindo o som se propagar como um murmúrio fraco. Um trem passou ruidosamente atrás de um muro alto à esquerda, e à direita estava a entrada do amplo edifício comercial abandonado. Fileiras e fileiras de janelas quebradas encaravam-no do alto, e, em algumas delas, pássaros agitavam as asas. Ele sentiu náusea ao ver que, a cinco metros dali, a figura de máscara o observava. Seu casaco estava aberto, e ele se masturbava. A mão, calçada com uma luva preta, movimentava-se depressa para a frente e para trás. O vapor saía em lufadas do respirador da máscara.

Aquilo era, ao mesmo tempo, insano e aterrorizante. Jason conseguia ver o contorno de algumas coisas surgindo por baixo da neve, que começava a derreter: um carro destroçado e alguns botijões de gás abandonados.

De repente, ouviu vozes na avenida que dava para a estação e olhou as cercas-vivas altas, as quais ofuscavam a vista da avenida.

Tem gente transitando. Trabalhadores!, pensou. Ele gritou, mas o som não passou de um gemido abafado. As vozes continuaram. A figura parou abruptamente, abotoou a calça e partiu na direção de Jason, agarrando seus pés e arrastando-o pela neve, que derretia. O rapaz tentou chutar, mas batia nas pedras e sentia muita dor enquanto era arrastado sobre os degraus da entrada do edifício, onde foi largado. O último degrau, que dava acesso ao prédio, não era muito largo. A figura ficou de pé bem acima dele, encarando-o através das órbitas inexpressivas. Então, ajoelhou.

Jason esperneou e acertou o pé na máscara de gás, empurrando-a para o lado. O homem deu um grito abafado e perdeu o equilíbrio, atravessando a porta de vidro quebrada. Um caco passou raspando pelo seu pescoço, e ele cambaleou, caindo de costas do outro lado da porta. A máscara de gás havia deslizado para cima e quase saiu, revelando a boca e o nariz.

Em pânico, Jason o encarou. De algum modo, a perda de controle daquela figura era ainda mais aterrorizante. Jason se revirou e tentou levantar, mas sua calça estava arriada até os tornozelos, prendendo-lhe os pés. A figura sentou-se lentamente, tirou a luva e levou a mão ao pescoço, que estava sangrando. Ele se virou e suspendeu a máscara para inspecionar a mão. Aparentemente satisfeito por não ter sido um corte profundo, abaixou a máscara e se virou outra vez, recolocando a luva.

Então, ele avançou até Jason e o arrastou novamente para o alto da escada.

CAPÍTULO 34

Às 6h da manhã, após uma noite de insônia no sofá, Erika sintonizou a TV na programação matinal. Orgulhava-se de seu estoicismo, pois, ainda que a ligação a tivesse aterrorizado, recusou-se a deixar o terror dominá-la. O som da movimentação dos vizinhos e da água correndo pelo encanamento começou a trazê-la de volta à normalidade. Às 7h30, preparou o café e tomou banho. Quando clareou, abriu as cortinas e sentiu seus medos desaparecerem sob o pálido azul da alvorada.

Antes de sair, colocou o telefone de volta na tomada e deu play na mensagem estridente mais uma vez. Quem ligou não havia ocultado o número. Era de um celular desconhecido, e ela tomou nota. Em seguida, enrolou o cabo e levou a secretária eletrônica consigo.

No caminho para a delegacia, imersa no trânsito da manhã, sentiu que voltava à realidade. Ainda não havia recebido retorno de Colleen Scanlan, nem por mensagem, nem por telefone.

Passou a noite pensando no caso, e os brincos de diamante não saíam de sua cabeça. Por que a Sra. Fryatt não os mencionara? Ela conferiu as horas e viu que tinha acabado de passar das 8h. Desviou de seu caminho habitual e atravessou o Honour Oak Park, seguindo até Hilly Fields. Ao se aproximar da casa da Sra. Fryatt, olhou pela janela do carro e a viu parada do lado de fora, apoiada em uma bengala e muito bem agasalhada por causa do frio. Erika estacionou na vaga junto ao meio-fio, e a Sra. Fryatt começou a balançar a bengala no ar, gritando:

– Ei, você não pode parar aí! Estou guardando essa vaga.

Erika baixou o vidro.

– Bom dia. Posso lhe dar uma carona a algum lugar? – ofereceu ela.

– Estou esperando meu filho, ele vai me levar ao médico. Ele disse que estaria aqui... – Ela olhou para a rua vazia, inclinando-se dolorosamente sobre a bengala.

– Está tudo bem?

– É a minha perna. Estou esperando há quatro dias pra me consultar, você sabe como é difícil conseguir um horário... Onde ele está? Vou perder minha consulta! Por favor, tire o carro daí.

O nariz da Sra. Fryatt escorria devido ao frio, e ela fez um malabarismo com a bengala para conseguir pegar um lenço e assoá-lo.

– Tenho mais algumas perguntas – disse Erika.

– Mais? Você me fez uma infinidade de perguntas ontem.

– Marissa lhe roubou um par de brincos?

– Não.

Erika manteve os olhos na Sra. Fryatt enquanto ela encarava o horizonte, distraidamente.

– Tem certeza?

– É claro que tenho certeza. Estou em perfeita saúde física e mental.

– Sim, a senhora disse isso ontem. Porém, agora está indo ao médico.

– O que significa isso? Não fiz nada de errado. Vou cooperar com você, mas não estou gostando do seu tom.

Um carro apareceu no final da rua, e a Sra. Fryatt ficou esperançosa, até perceber que não era seu filho, e o veículo passar por elas.

– Conversei com um colega de Marissa ontem, que customizava os figurinos dela. Ele disse que Marissa estava se exibindo com um par de brincos de diamante, e que se gabou de tê-lo roubado de você.

A Sra. Fryatt virou-se para Erika, já recomposta.

– Sério? Que estranho. Isso não é verdade.

– Não vejo por que ele inventaria isso – disse Erika, avaliando o rosto da senhora, que continuava olhando distraída para o final da rua.

– Bom, se você não vê motivo para invenção, por que eu haveria de saber alguma coisa? Você achou os brincos com Marissa ou na casa dela?

– Não posso compartilhar isso com você.

– Isso é um "não", então – concluiu a Sra. Fryatt, desdenhosa.

– Marissa foi com uma colega avaliar os brincos numa joalheria na Hatton Garden.

– Ah, aí está ele! Passou da hora! – reclamou ela, rodopiando a bengala acima da cabeça. Um carro branco encerado parou ao lado de Erika. – Detetive, isso é tudo? Não sei do que Marissa poderia estar falando. Provavelmente estava tirando sarro dessa pessoa. Ela era assim.

O filho da Sra. Fryatt, Charles, desceu do carro e foi à calçada.

– Você está atrasado! – gritou ela. Ele ficou sem graça e encarou Erika.

– O trânsito estava ruim – justificou ele. – Olá, detetive. Tudo bem?

– Alguma vez Marissa comentou com você sobre ter roubado um par de brincos da sua mãe? – perguntou Erika.

A Sra. Fryatt revirou os olhos e começou a andar até o carro.

– Ele não saberia. Sou a única com a senha do cofre e sempre confiro as minhas joias! E não posso perder essa consulta!

Charles sorriu sem jeito para Erika. Ela notou um curativo comprido, manchado de sangue, no pescoço dele.

– Como você se cortou?

– Fazendo a barba, a lâmina escapuliu... Resultado de tentar me barbear com pressa – respondeu ele, sorrindo. A estranheza daquele sorriso largo e cheio de dentes não transpareceu em seu olhar. Ele se apressou para ajudar a mãe, agora à porta do passageiro. Atrás deles, um carro parou e buzinou. A Sra. Fryatt balançou a bengala.

– Você pode esperar UM MINUTO? – gritou ela. Charles a ajudou a se sentar e prendeu o cinto de segurança. Despediu-se de Erika com um aceno de cabeça, a expressão séria novamente, e saiu.

Havia alguma coisa errada, mas Erika não conseguia perceber o quê.

– Bem, eu a peguei de surpresa – disse ela, pegando o celular e ligando para McGorry.

– Ok, chefe. Chego lá num segundo – disse ele. – Acabei de descer do trem em Lewisham.

– Tudo bem. Só uma pergunta: você checou tudo na casa de Marissa, todos os pertences dela? Por acaso encontrou algum brinco de diamante?

– Ela tinha joias... Mas sei lá. Acho que eu não saberia a diferença entre um diamante de verdade e uma bijuteria. Posso olhar as fotos da perícia de novo. Você se lembra de ter visto alguma coisa quando revistamos o quarto dela?

– Não. Pode olhar as fotos pra mim?

– Claro.

Erika desligou o celular. Pensava em todas as pessoas que poderiam ter pegado os brincos. Joseph Pitkin tocou o corpo de Marissa antes da polícia chegar. Mandy encontrou o corpo da filha. Poderia ter sido Ivan? Quando Don Walpole a viu viva pela última vez?

– Eles se viram na véspera de Natal, na estação! – lembrou ela, triunfante.

Erika ligou o carro, deu meia-volta e partiu para a Coniston Road.

CAPÍTULO 35

Don Walpole não ficou satisfeito ao abrir a porta de casa e ver Erika novamente.

– Cheguei numa hora ruim? – perguntou ela. Ele estava de avental, e ela sentiu cheiro de bacon sendo frito, o que fez seu estômago roncar.

– Faria diferença? – disse ele.

Don se afastou, dando passagem para Erika, e a conduziu até a cozinha. Jeanette surgiu cambaleando escada abaixo, vestindo um imenso roupão roxo e felpudo, com uma toalha enrolada no cabeça. Sua aparência era assustadora.

– Quem é essa? – perguntou ela, os olhos semicerrados. Erika se apresentou, mas Jeanette pareceu não se lembrar de tê-la visto no dia anterior. Eles seguiram para a cozinha.

– Preciso lhe fazer uma pergunta sobre Marissa – disse Erika, em voz baixa. Don correu até o fogão e virou os ovos na frigideira. Estava de calça jeans preta e uma grossa blusa marrom tricotada de gola rolê. Jeanette entrou no cômodo arrastando os pés, indiferente a Erika, e pegou uma grande garrafa de suco de laranja na geladeira.

– Precisa de mim? – perguntou ela.

– Não. Isso é apenas uma... – começou Erika, mas Jeanette já estava praticamente saindo da cozinha, os passos arrastados.

– Quer ovo? – ofereceu Don.

– Não – respondeu ela. Erika observou enquanto ela atravessava o corredor lentamente em direção à sala. Fechou a porta, e, momentos depois, a televisão foi ligada. Don respirou fundo e continuou ali por um momento, remexendo os ovos imersos no óleo. A torradeira ejetou os pães, que ele serviu em dois pratos.

– Aceita o que eu tinha feito pra ela? Senão vou jogar fora.

Erika hesitou. Estava faminta, mas preferiu dispensar.

– Não, obrigada. Só vim fazer algumas perguntas...

– Tento fazer Jeanette comer, mas praticamente todas as calorias que ela consome vêm do álcool. Por isso aquela barriga enorme e as pernas tão finas.

– Minha mãe era alcoólatra – disse Erika.

– Sério?

– Sim. Ela morreu há muito tempo. Nunca foi uma mulher violenta, mas ficava sempre na defensiva, o que deixava a vida difícil.

Don concordou. Tinha o olhar triste e olheiras mais profundas. Começou a passar manteiga na torrada.

– O que quer me perguntar?

– Você disse que viu Marissa na véspera de Natal, na estação Brockley.

– Sim. Quando Jeanette... trocou umas palavras com ela, digamos assim.

– Você lembra se Marissa estava usando brincos? Eles teriam chamado a atenção. Eram de diamantes.

Don tirou um ovo da frigideira e o colocou em cima da torrada.

– Diamantes de verdade? Onde ela conseguiria isso?

– Não posso entrar em detalhes. Ela estava usando brincos na véspera de Natal?

– Bem, os admiradores dela não eram poucos. Tenho certeza de que ela seria capaz de convencer um bobo qualquer a lhe comprar joias caras.

– Don, por favor. Pense com cuidado. O que ela estava usando quando você a viu na estação? Tente se lembrar.

– Só lembro que ela usava um casaco preto comprido.

– E o cabelo? A maquiagem?

– Ela estava arrumada, com cílios postiços... Mas não lembro se estava de brincos.

– Posso perguntar a Jeanette?

– Duvido que ela vá se lembrar.

– É importante para o caso.

Don deixou o prato na mesa, e Erika o seguiu até a sala. Jeanette estava deitada no sofá. Seu cabelo molhado pendia solto, metade dele sobre o rosto. Estava assistindo à programação matinal com o volume bem alto.

– Jeanette, ela quer falar com você – disse Don, levantando a voz. Ele voltou à cozinha e as deixou sozinhas.

A mulher encarou Erika por detrás do cabelo.

– O que você quer?

– Preciso fazer uma pergunta.

– Então faça.

– Pode abaixar o volume da TV? – Jeanette deu um show de mau humor até silenciar o aparelho. – Obrigada. Você e Don viram Marissa Lewis na véspera de Natal, certo?

– Aquela vadia – vociferou ela.

– Você lembra se ela estava usando alguma joia?

– Não vi os peitos dela... pelo menos não dessa vez. Ela estava com um casaco grosso abotoado até em cima. E usava brincos.

– De que tipo?

Ela deu de ombros.

– Pedras brancas, brinquinhos.

– Tem certeza?

– Absoluta – disse ela, sem tirar os olhos da TV.

– Como pode estar tão certa? – perguntou Erika.

Jeanette virou-se para ela.

– Porque eu pensei em arrancar aqueles brincos da orelha dela e no estrago que isso ia causar.

– Você diria que os brincos eram de diamantes legítimos?

– Duvido.

– Mas você reconheceria se fossem?

– Pareço o tipo de mulher que sabe reconhecer diamantes legítimos? – questionou ela, em tom de amargura.

Erika não respondeu. Olhou ao redor e viu um comprido casaco preto estendido em um varal de chão. Estava em frente à lareira a gás e fumegava levemente.

– Aquele casaco é do seu marido?

– De quem mais poderia ser?

– Ele saiu hoje?

– Sei lá. Provavelmente foi comprar leite. Já acabou com as perguntas?

– Sim. Obrigada.

Jeanette aumentou a TV, e o barulho estrondeou pela sala.

Erika deixou a casa dos Walpole e sentou-se no carro por alguns minutos, tentando organizar os fatos. Deu a partida e parou em frente à casa de Marissa. O jardim estava coberto por uma camada fresca de neve já derretendo. Havia dois becos, um estendendo-se pela lateral da casa, e outro do lado oposto da rua. Também havia um cruzamento logo após a escola, no final da rua, que levava a uma passarela por cima da ferrovia, desembocando em um conjunto habitacional.

Segundo a perícia, o assassino tinha usado um carro. Ele estaria coberto de sangue, carregando a arma do crime igualmente ensanguentada, o que deixou um rastro da entrada da casa até a calçada, mas parou ali. Erika manobrou seu carro até o beco e, bem devagar, tentou passar por ele. O beco era muito estreito para cabê-lo.

Seu celular tocou de repente, fazendo-a saltar. Era McGorry.

– Chefe, você precisa vir pra delegacia depressa. Descobrimos algo importantíssimo.

CAPÍTULO 36

Erika estacionou em frente à delegacia, pegou a bolsa, a secretária eletrônica, e foi correndo até a sala de investigação. Moss, Peterson, Kay e o restante da equipe estavam reunidos ao redor de McGorry.

– O que houve? – perguntou ela, vendo os rostos empolgados.

– Enquanto trabalhava nos depoimentos relacionados ao assassinato de Marissa Lewis, montei uma linha do tempo com os acontecimentos da véspera de Natal – disse McGorry. – Ela trabalhou no Matrix Club até as 20h30. O show acabou mais cedo por causa do feriado. Bebeu uma coisinha por lá e foi pra casa. Pegou o trem das 21h10 na estação Charing Cross... – Ele abriu uma janela na tela do computador. – Aí está ela, correndo pra pegar o trem e entrando logo antes da porta fechar. – Ele deu play e começou a rodar um vídeo de Marissa correndo de salto agulha, o casaco comprido esvoaçando. – Ela estava sozinha quando entrou no vagão.

– Ok – disse Erika. – Você vai chegar a algum lugar com isso?

– Ah, se vou! – respondeu McGorry, abrindo um sorriso. Peterson riu também e confirmou com a cabeça.

– Então continue!

– Solicitei as filmagens do trem, de quando ela fez a baldeação na London Bridge. O vagão é novo e tem câmera de segurança. – O vídeo mostrava um vagão de trem lotado, filmado de cima por uma câmera posicionada no teto, próxima às portas. – Aí está ela, prensada entre esses dois caras. Gays, imagino, pois não parecem prestar atenção nela.

– Ok, ok, menos opiniões pessoais.

– Só estou dizendo que, aparentemente, não havia ninguém bizarro de olho nela – esclareceu ele, adiantando o vídeo de dez minutos de duração. – Ok, chegamos às 21h42, e o vagão esvazia na Brockley.

– Há alguma filmagem da estação feita pelo Departamento de Transporte de Londres? – perguntou Erika.

– Não, nada além da plataforma e de Marissa saindo com o restante dos passageiros – respondeu ele, abrindo outro vídeo.

– Ok, e o que mais?

– Este é a melhor. A escola em frente à casa parte tem câmeras de segurança em dois pontos do parquinho. Uma delas pega o portão de Marissa Lewis. – O vídeo mostrava metade da casa, do portão ao beco, e parte da rua na direção do cruzamento.

– Qual é o horário? – perguntou Erika.

– Esse vídeo é às 21h40.

Ele adiantou o vídeo em preto e branco, mostrando a rua coberta de neve e o portão.

– O que é isso? – perguntou Erika ao ver uma sombra preta aparecer de repente, às 21h51.

– Um gato pulando no portão – disse McGorry.

– Marissa tinha um gato – falou Kay. – O nome dele é Beaker.

– Você o interrogou? – brincou um dos guardas.

– Não enche – Kay respondeu.

– Fiquem quietos! – ordenou Erika.

– E aqui vamos nós – disse McGorry. Um vulto usando uma máscara de gás entrou no enquadramento ao lado do portão, movendo-se atentamente pela neve escorregadia, esforçando-se para se equilibrar. Ele alcançou o portão e olhou para a parte de cima da casa. Continuou caminhando, passou pela casa e entrou nas sombras do beco.

– Jesus – disse Erika.

– Ok, vamos avançar mais sete minutos – disse McGorry, observando a marcação de tempo do vídeo. – Aqui dá pra ver Marissa Lewis chegando em casa.

A sala ficou em silêncio quando Marissa apareceu. A maioria dos policiais já tinha assistido ao vídeo, mas o impacto seguia arrebatador da segunda vez. Marissa abriu o portão e entrou, desaparecendo nas sombras do jardim. Dez segundos depois, a figura com a máscara de gás saiu das sombras e se aproximou da casa, segurando uma faca comprida. O assassino atravessou o portão depressa e foi engolido pela escuridão.

– A câmera não pegou nada do que aconteceu no jardim – disse McGorry. – Quatro minutos depois, o vulto aparece de novo e vai embora.

– Tem certeza de que não dá pra ver nada? – questiona Erika.

– Assisti várias vezes, diminuí a velocidade... Não tem nada, a câmera não pegou coisa alguma.

McGorry adiantou o vídeo para a parte em que a figura surge novamente, segurando uma faca pingando sangue. Ele para no portão e olha de volta para as sombras.

– Ele tira um lenço do bolso e limpa a faca tranquilamente. Guarda tudo no bolso outra vez, vira à direita e sai da imagem. – A equipe estava em silêncio. – Eu o perdi depois disso. Não existem outras câmeras de segurança nessa área residencial. Ele pode ter entrado em um carro que não aparece na gravação, ou em alguma casa. Não sabemos.

– Roda de novo – pediu Erika. Ela pausou quando o homem de máscara surgiu no portão, e, por um momento, a máscara apareceu nitidamente na tela. Erika foi até a mesa e pegou uma cópia do bilhete enviado a Joseph Pitkin. Segurando-o ao lado da tela, comparou a imagem no vídeo com o desenho feito a mão com caneta esferográfica preta.

– Parecem similares? – perguntou ela.

– Não sei. Provavelmente é uma máscara militar antiga – respondeu McGorry.

– Precisamos procurar os retratos falados feitos pelas vítimas do agressor. Se não houver nenhum, teremos de pedir a elas que trabalhem com um artista forense. Agora que temos esse vídeo com data e horário, também podemos fazer um novo roteiro de investigações, visitando todas as casas que dão vista para a de Marissa e perguntando se alguém viu alguma coisa no momento específico do ataque. Ótimo trabalho, McGorry.

– Eu estava trabalhando com Kay – informou ele, abrindo um sorriso para ela. Um dos telefones começou a tocar ao fundo, e Moss correu para atendê-lo.

– Ótimo trabalho o de vocês, então.

– Chefe – chamou Moss, tampando o telefone com a mão. – O homem da máscara de gás atacou de novo, em West Norwood, hoje de manhã. Desta vez foi um rapaz que estava a caminho do trabalho.

CAPÍTULO 37

Jason Bates tinha sido levado pela polícia ao Centro de Apoio a Vítimas de Violência, em Camberwell. Erika dirigiu até lá sozinha, chegando ao final da tarde. O prédio, pequeno e simples, ficava depois da rua principal. Ela foi recebida por um policial alto e corpulento, de barba cheia, numa porta lateral do edifício.

– Conseguiram encontrar algum vestígio? – perguntou Erika.

– Sim, já fizemos os exames e coletamos as amostras.

– Tem alguma coisa com que podemos trabalhar?

– Sangue.

Erika sacudiu a cabeça, sem conseguir esconder seu entusiasmo.

– Posso falar com ele?

– O responsável pelo caso está lá agora. O rapaz passou por um trauma terrível. Está muito abalado.

– Eu sei, mas o assassinato que estou investigando acabou de cruzar com esse caso.

Ele assentiu.

– Espere aqui um momento, por favor.

Erika sentou-se em um pequeno banco no corredor comprido. O policial entrou por uma porta identificada como "Sala Inicial", um espaço de segurança para exames forenses: era totalmente esterilizado, equipado com superfícies plásticas extremamente limpas, para evitar a contaminação das pistas.

Erika correu os olhos pelo corredor. Nas paredes, havia fotos de uma campina ensolarada e de sacos repletos de pimentas orientais bem coloridas, numa tentativa de amenizar a atmosfera hospitalar. A porta se abriu, e o policial surgiu acompanhado do detetive inspetor-chefe Peter Farley, um homem de meia-idade e cabelos grisalhos. Erika mostrou o distintivo.

– Olá, Erika. Prazer em conhecê-la, agora, pessoalmente – disse ele. Ela o acompanhou até a pequena sala mal decorada com pôsteres e vasos de planta.

Havia uma enfermeira sentada junto a um rapaz enrolado em um cobertor. Os pés descalços do jovem se destacavam embaixo da camisola de hospital, e havia um copo de chá intocado ao seu lado. Tinha o semblante delicado, cabelos ruivos e sobrancelhas claras. O olho esquerdo estava raiado de vermelho onde um vaso havia estourado. O lábio, cortado, e o nariz, encrostado de sangue. Sob os olhos, terríveis hematomas. Ele se remexeu dolorosamente na cadeira.

– Esta é Erika, uma colega – apresentou Peter.

Jason ergueu os olhos e a cumprimentou, acenando com a cabeça.

– O que pode me dizer sobre a pessoa que fez isso com você? – perguntou Erika.

Jason engoliu com dificuldade, fazendo careta.

– Ele era grande. Tenho 1,75m, e acho que ele era mais alto do que eu. Estava com uma máscara de gás.

– Pode descrevê-la?

Jason o fez, contando, em detalhes, como a máscara do agressor tinha quase saído da cabeça e como ele havia se cortado no vidro na porta.

– Foi daí que recolhemos a amostra de sangue para o teste de DNA – disse Peter.

Jason prosseguiu.

– Ele me obrigou a... Ele... – Uma lágrima se formou nos olhos injetados e escorreu pelo rosto do rapaz. Erika tentou segurar sua mão, mas ele recuou. – Ele aproximou a máscara do meu rosto. Vi os olhos dele. Eram escuros e pequenos, e a parte branca... Eu consegui ver o branco dos olhos dele. Então ele... me estuprou. – Jason começou a vomitar e se curvou, segurando a barriga. A enfermeira lhe entregou um lenço para limpar a boca.

– Acho que já chega – ela disse a Erika.

– Não – interrompeu Jason, limpando a boca e amassando o lenço. – Quero falar com ela.

A enfermeira concordou.

– Obrigada, Jason. Entendo que tudo isso é difícil pra você – disse Erika.

– Você não entende... Aquele doente desgraçado colocou camisinha – Jason contou, enxugando os olhos. – Ele era grande, forte. – O rapaz olhava para o teto e balançava a cabeça, sem querer acreditar no que estava acontecendo.

Erika lançou um olhar para Peter. Ela queria saber se tinham conseguido recolher sêmen, mas ele negou com a cabeça.

– Lembra-se de mais alguma coisa? Qualquer coisa, por menor que seja? – perguntou ela.

– Ele estava todo de preto, com um sobretudo de inverno. Usava botas pretas, máscara e luvas grossas de couro... Ele encostou em mim sem as luvas.

– Onde?

– Na garganta. Tocou meu pescoço pra sentir a pulsação...

– E a máscara de gás, como você a descreve? – insistiu Erika.

– Sei lá, era só uma máscara de gás. Parecida com as que vemos nos filmes de guerra. Havia quadrados brancos no respirador, de onde o ar saía... – Jason balançou a cabeça e fechou os olhos com força. – O dia ainda estava começando a clarear. E tinha esse cheiro, o hálito dele, quando chegou perto. Parecia algum produto químico, algo industrial, ou esmalte. Não sei.

– Está tudo bem. Obrigada, Jason.

Erika saiu e ligou para Moss, que estava na sala de investigação. Repassou as informações e disse que haviam conseguido amostras de sangue num pedaço de vidro.

– Quero uma amostra de DNA de Don Walpole. Envie um policial lá com um kit pra recolher a saliva dele.

– Você conferiu o Matrix Club com Peterson ontem à noite? Como foi? – perguntou Moss.

Erika resumiu rapidamente o que havia acontecido, incluindo o episódio daquela manhã, quando falou com a Sra. Fryatt e com Don sobre os brincos.

– Conferi os relatórios da perícia e tudo que a polícia recuperou da casa de Marissa. Não havia brinco algum. Também pedi pra Tania perguntar à mãe da vítima, Mandy Trent, mas ela não sabia sobre a filha ter um par de brincos de diamante caríssimo – disse Moss.

– Ok. Ah, dê uma olhada na minha mesa. Tem uma secretária eletrônica lá.

Erika contou sobre a matéria no *Evening Standard* e sobre a mensagem estranha que havia recebido na noite anterior.

– Deve estar cheio de malucos por aí que sabem meu telefone e querem me assustar. Você pode investigar o número? É de celular. Está na minha mesa.

– Claro. Só mais uma coisa, chefe. O pessoal do hospital ligou. Ivan Stowalski ainda está inconsciente. A esposa, Ezra, chegou hoje de manhã e está com ele.

– Ok, não estou tão longe de lá. Vou dar uma passada e ver o que consigo com a esposa. Vai ser interessante ouvir o lado dela da história. Me mantenha informada.

CAPÍTULO 38

Ezra Stowalski era uma mulher baixa, de cabelos louros e um rosto ao mesmo tempo gentil e preocupado. Ivan estava em um quarto no último andar do hospital, e, quando Erika chegou, uma enfermeira estava colhendo seu sangue. A detetive a esperou terminar e mostrou o distintivo a Ezra, apresentando-se.

– Sinto muito por tudo o que aconteceu – disse ela.

– Por que vocês não o deixaram? – perguntou Ezra, ficando furiosa. – Por que tiveram que derrubar a porta e salvá-lo? – Ela tinha um leve sotaque, mas pronunciava cada palavra corretamente.

Ezra baixou os olhos para Ivan. A pele dele estava pálida, e o corpo, preso a um monte de aparelhos, tubos e fios. O peito subia e descia com o chiado de um respirador. Ela desviou o rosto e fechou os olhos, com uma expressão de dor

– Eu não tinha ideia que ele ia embora com ela. Como eu fui idiota!

– Você não é idiota.

– Você também é treinada pra animar as pessoas?

– Não costumo ser boa nisso. Tem alguma coisa errada no dia de hoje.

Ezra sorriu.

– Você sabia que ele estava tendo um caso?

– Sim.

– Como as coisas começaram?

– Ela deixou um folheto na caixa do correio oferecendo serviços de faxineira e passadeira. A mãe daquela moça nunca cuidou dela. Fiquei com pena. Achei admirável ela querer trabalhar pra sair daquela situação. Perguntei se ela podia ir lá em casa passar umas roupas... – Ela olhou para Ivan. – Nunca pensei que ele se interessaria por uma garota tão jovem.

– Quando foi isso?

– Um ano atrás, talvez mais.

– Você os confrontou?

– Não. Fiquei com medo, e ao mesmo tempo estava feliz por ele não... por ele não tentar nada comigo. Estávamos dormindo em quartos separados há algum tempo. Eu me fingi de boba, mas nunca achei que ele fosse me deixar, nem que faria isso assim, de maneira tão insensível. Com a traição, eu conseguia lidar. Eram as mentiras e a falta de respeito em relação à nossa vida que me magoavam.

– Por que você voltou?

– Pelos votos que fiz no casamento. – Ela olhou para ele novamente, embora não soasse convincente.

– O que seu marido estava fazendo na véspera de Natal, depois das 20h?

– Ele estava trabalhando em alguma papelada. Eu estava fazendo as malas.

– Por que foram tão tarde pra casa dos seus pais? Vocês saíram por volta das 23h.

– Como sabe a hora que saímos?

– Seu carro aparece na filmagem de uma câmera de segurança às 23h30, quando estavam passando pelo pedágio em direção ao norte.

– Você acha que ele a matou? – perguntou Ezra, os olhos arregalados. Erika não respondeu.

– Onde Ivan estava entre 20h e 22h30?

– Ele me disse que precisava trabalhar em algo.

– Na véspera de Natal?

– O serviço dele nunca para. Ele vive trabalhando até tarde da noite, e nos fins de semana.

– Onde você estava fazendo as malas?

– No quarto de cima.

– E onde Ivan trabalha quando está em casa?

– Na cozinha.

– Você ficava subindo e descendo as escadas enquanto fazia as malas?

– Não. Terminei o que tinha de fazer lá pelas 21h. Fiquei no andar de cima assistindo à TV no quarto.

– Você viu Ivan trabalhando na cozinha entre 21h e 22h30?

– Não, fiquei esperando lá em cima... Posso ter pegado no sono, eu estava pescando. Foi mais ou menos nessa hora que ela morreu, não foi?

– É o que achamos. Havia algo de estranho com Ivan naquela noite? E tem mais alguma coisa que queira me contar? Ele era do tipo ciumento?

Era obsessivo em relação aos seus amigos e às pessoas com quem você convivia?

– Não. Pelo menos não comigo... Eu achava que era só um casinho bobo, não sabia que ele a levava tão a sério. Que queria um futuro com ela. Que a amava. Talvez ele a tenha matado. Isso só serve pra mostrar que não conhecemos a pessoa com quem compartilhamos a vida. – Ela estendeu a mão e puxou os cobertores para cima, acomodando-os ao redor do queixo de Ivan. – Ele não merece acordar. Sou uma pessoa ruim por pensar isso?

Novamente, Erika não respondeu.

CAPÍTULO 39

McGorry tocou a campainha dos Walpole logo depois das 17h. Estava acompanhado de dois guardas, um deles munido com um kit de DNA. A rua estava tranquila, e a neve derretia, deixando tudo acinzentado. Ele se inclinou, tocou a campainha novamente e a ouviu ressoar dentro da casa. Dando um passo para trás, foi à janela e espiou através da cortina.

– Está vazia – informou ele. Os dois policiais mexiam as pernas para espantar o frio. McGorry pegou o celular e ligou para Don, mas caiu direto na caixa postal. Foi então que ele notou um idoso de pé no jardim algumas casas adiante, fumando, com um cinzeiro equilibrado na mureta do portão. McGorry foi até lá e o abordou.

– O senhor sabe quem mora ali?

O homem deu um trago no cigarro, franziu levemente os lábios e soltou a fumaça, concordando com a cabeça.

– Don e Jeanette.

– Você os viu hoje?

– Saíram esta tarde, há mais ou menos uma hora. Estavam com pressa.

– Como sabe que estavam com pressa?

– Estavam andando rápido. Nunca viu Jeanette? Ela é grandona, não anda rápido.

– Eles disseram quando iam voltar?

– O que você acha? As pessoas não falam isso umas com as outras por aqui. Só vi os dois saírem.

– Estavam de carro?

Ele confirmou com a cabeça.

– Carregavam malas?

– Não.

– Que droga! – exclamou o detetive. – Ok, obrigado.

McGorry saiu, e o idoso acendeu outro cigarro. Antes de ir, ele o escutou murmurar:

– Que porcaria de polícia inútil. Precisa de três caras pra bater numa porta.

CAPÍTULO 40

Já passava das 18h quando Erika saiu do hospital. Mais uma vez, ela se deu conta de que não tinha comido nem bebido nada o dia todo. Caminhou até a Starbucks do outro lado da rua e entrou na comprida fila para comprar um sanduíche e um expresso. O lugar estava cheio, e ela pensou em levar o pedido para o carro, mas estava muito cansada e com muito frio para isso. Só precisava se sentar durante dez minutos para pensar no caso e nos novos desdobramentos. Ivan tinha motivo para matar Marissa? Ele certamente se sentia culpado por algo, já que havia tentado se matar.

Praticamente todas as mesas estavam ocupadas por jovens na faixa dos 20 anos, batendo papo no celular ou trabalhando no computador. Erika encontrou uma mesinha nos fundos com três cadeiras ao redor, duas delas ocupadas por um casal de adolescentes, de mãos dadas, beijando-se inclinados sobre a mesa. A terceira cadeira estava cheia de sacolas de compras.

– Com licença – disse Erika. – Posso me sentar aqui?

O garoto, ainda beijando a menina, abriu um olho para espiá-la, mas não parou o que estava fazendo.

– Ei. Estou falando com você! Poderia tirar as sacolas, por favor? – pediu Erika, mostrando as mãos ocupadas. O casal finalmente se desgrudou.

– Desculpe, a gente está esperando um amigo – disse a garota, virando-se novamente para beijar o namorado.

– Quando seu amigo vai chegar?

– Não sei. Daqui a pouco.

– Bom, enquanto ele não chega, posso me sentar aqui, por favor?

A garota recostou-se na cadeira e arregalou os olhos, chocada.

– Escute só, minha senhora, acabei de falar que meu amigo já está vindo. Você está me incomodando.

O tom de desprezo na voz da menina fez Erika perder a paciência. Ela bateu o copo e o sanduíche com força na mesa, tirou as sacolas de compras da cadeira e as jogou no chão.

– Ei, que grosseria! Tem coisas caras nestas sacolas! Não viu que são da Apple? – disse o jovem.

Erika sentou-se, rasgou a embalagem do sanduíche e começou a comer.

– Com licença – disse a menina, chamando a atenção de um garçom que passava com uma bandeja cheia de copos usados. – Esta mulher grossa acabou de invadir nosso espaço e estragar minhas compras. Ela jogou minhas sacolas no chão!

O jovem garçom pareceu se solidarizar com a expressão suplicante e infantil nos olhos da menina. Ele se virou para Erika, completamente descabelada, o casaco e os sapatos enlameados, a boca cheia de comida.

– Sinto muito, senhora. Se foi esse o caso, terei que pedir para se retirar.

Erika tirou os olhos do sanduíche e encarou o garçom, que a olhava de cima a baixo com um sorriso arrogante. Ela deu mais uma mordida e continuou mastigando.

– Não.

– Como?

– Não vou embora.

– Ele literalmente acabou de expulsar você! – protestou a garota, indignada. – Você sabe que as cafeterias fazem de tudo para os clientes ficarem, mas se mandam sair, você tem que sair. Isso é, tipo... a lei. – O namorado concordou com um gesto pomposo de cabeça.

Erika deu outra mordida no sanduíche, depois tomou um golinho de café.

– Vou ter que chamar o gerente? – perguntou o garçom.

Ela enfiou a mão no bolso e tirou o distintivo.

– Sou a detetive inspetora-chefe Erika Foster. Sugiro que você volte a limpar os copos. Já viu a bagunça que está este lugar? E você, garota, precisa aprender a ter boas maneiras.

– O quê? Você não pode falar assim comigo! – reclamou a menina.

– Podemos falar uns com os outros do jeito que quisermos. Vivemos numa democracia. É claro que, como policial, tenho o poder de parar e revistar. Posso prender você se julgar necessário. Você podia simplesmente ter me cedido o lugar vago, mas não o fez. Porque você faz parte dessa nova geração que se acha no direito de fazer apenas o que quer. A gente colhe o que planta. Você foi grosseira comigo, e agora eu posso tornar sua vida muito mais difícil. Ou vocês podem ir se catar e me deixar em paz pelos próximos dez minutos pra eu terminar de comer.

O casal se levantou e pegou as sacolas de compras sob os olhares dos clientes ao redor. O garçom olhava para Erika sem saber se ela realmente tinha aquele direito enquanto policial. Ele saiu e foi em direção ao caixa.

Erika terminou o sanduíche depressa, igualmente observada pelos outros fregueses. Depois, pegou o copo de café e saiu antes que algum gerente fosse falar com ela.

CAPÍTULO 41

Erika voltou caminhando para o estacionamento onde tinha deixado o carro, o sangue ainda fervilhando pela discussão na cafeteria. Ela entrou, ligou o aquecedor e esfregou as mãos para esquentá-las. A neve rodopiava do lado de fora, e o ar quente e o banco confortável dentro do carro fizeram com que o cansaço se apoderasse dela ainda mais. Ela recostou-se e fechou os olhos.

Quando o celular tocou, Erika teve a impressão de que haviam se passado apenas poucos segundos. Tinha pegado no sono e estava ensopada de suor por baixo do casaco. Eram quase 20h. Ela o atendeu, ainda grogue.

– Chefe, você está bem? – perguntou Moss.

– Estou – respondeu ela, limpando a garganta.

– Acabamos de receber uma ligação do hospital. Ivan Stowalski morreu há meia hora.

– Que droga... Eu estava lá há pouco.

– Acha que ele era um possível suspeito? De acordo com tudo que ouvimos, ele estava metido em algumas encrencas e era dominado por Marissa.

– Ele era obcecado por ela – disse Erika. – E pessoas tímidas e quietas podem pirar tanto quanto as que têm cabeça quente.

Houve um momento de silêncio.

– Ainda está aí? – perguntou Moss.

– Sim. Foi um dia longo, e ouvir que um dos nossos suspeitos bateu as botas não é uma boa notícia.

– Tem razão. Não é tão gratificante quando precisamos provar que o criminoso é alguém que já morreu.

– Bem, obrigada por me avisar. A gente se fala amanhã.

Erika desligou e ainda segurava o celular quando ele tocou novamente.

– Alô, Erika Foster? – perguntou uma voz feminina.

– Sim. Quem é?

– Estou ligando do Lewisham Hospital. Por questões de segurança, pode me informar sua data de nascimento?

Erika ainda estava confusa com a notícia da morte de Ivan.

– Mas por que estão me ligando?

– Preciso da sua data de nascimento pra dar mais detalhes sobre o seu histórico médico.

– 14 de agosto de 1972.

– E o seu CEP?

– SE23 3PZ.

– Obrigada. Estou ligando para dar mais informações sobre o resultado do seu exame de sangue. O Dr. Isaac Strong enviou algumas amostras ontem e pediu para entrarmos em contato informando o resultado...

O tom de voz da enfermeira deixou Erika levemente assustada. Ela tentou se lembrar da última vez em que tinha feito algum tipo de exame de sangue. Houve um incidente durante a investigação do assassinato de Andrea Douglas-Brown, quando um garoto a mordeu. Erika fez exames de sangue três meses depois, e os resultados não acusaram alterações. Ela desligou o aquecedor.

– Ainda está aí, Erika?

– Sim.

– Você ficará feliz em saber que não há nada de errado com o seu sangue, mesmo após a exposição a altos níveis de monóxido de carbono. Entretanto, seus níveis de estrogênio estão muito baixos. Poderia me dizer se está menstruando regularmente?

Erika desligou o carro e tentou se lembrar.

– A última vez foi há seis, oito semanas.

– Certo. Teve relações sexuais no mês passado?

– Não.

– Ok. Recomendo que faça um *check-up* com seu médico. Talvez seja pré-menopausa, embora os sinais indiquem que você já deveria estar na menopausa.

– Menopausa?

– Sim – respondeu a enfermeira, amenizando o tom. – Você está na faixa etária. Os níveis de estrogênio costumam começar a cair após os 40. Sabe me dizer se há outros sintomas, como queda de cabelo, secura na pele e na mucosa vaginal, ondas súbitas de calor, suores noturnos, mudanças irregulares de humor...? Você mencionou menstruações irregulares?

Erika pôs a mão na cabeça e abriu um pouquinho a porta do carro, sentindo o ar fresco entrar.

– Escute, posso ligar para você depois? Estou no trabalho agora.

– Não há motivos para se preocupar, Erika. Só queríamos informar que seus exames estão ótimos. Os níveis de ferro estão bons. Infelizmente, a menopausa chega pra todas nós.

Erika agradeceu e desligou o celular. O choque do que havia escutado a atingiu com força. Tinha passado tanto tempo trabalhando e se concentrando na carreira, vivendo um dia após o outro, e agora o prazo havia terminado. Seu corpo não seria mais capaz de gerar filhos.

Ela ligou o carro e partiu em direção ao sul de Londres. Refletiu muito sobre sua vida durante o caminho, sobre a noite que tinha passado com Peterson. Não pensava em ter filhos, mas sentia-se feliz ao lado dele. Embora tivessem se encontrado a trabalho, gostava quando ele estava por perto. Tentou ligar para ele, mas caiu na caixa postal. Então, ligou para a delegacia. Crane atendeu e informou que Peterson passaria a noite em casa. De repente, Erika sentiu urgência em resolver as coisas com ele. Sair daquele limbo estranho, ou, talvez, até reacender a chama da relação.

Ela bateu na porta de Peterson às 21h em ponto. Ele morava em um pequeno prédio em Ladywell, relativamente perto do apartamento dela em Forest Hill. Pouco tempo depois, a porta foi aberta. Peterson estava de calça jeans e camisa de malha. No colo, um menininho por volta dos 6 ou 7 anos.

– Oi – cumprimentou Erika, olhando confusa de Peterson para o garotinho, que abriu um grande sorriso. Era uma gracinha e usava pijamas do Homem-aranha.

– Erika? Oi – disse Peterson, parecendo preocupado. Ele semicerrou os olhos ao perceber o quão pálida e exausta ela estava.

– Papai, a banheira vai transbordar – disse o garotinho. Uma mulher loura beirando os 40 apareceu atrás deles.

– James, quem é? – perguntou ela, olhando desconfiada para Erika.

– Por que ele chamou você de papai? – perguntou Erika, apoiando-se no batente da porta.

– Porque ele é o meu papai – respondeu o garotinho.

Houve um silêncio glacial.

– Fran, pode ir com Kyle fechar a água da banheira? – perguntou Peterson.

Fran o encarou, nervosa, e pegou o garotinho no colo.

– Essa é a...? – perguntou ela.

– "Essa"? O que quer dizer com "essa"? – interrompeu Erika.

– Ok, ok, ok. Vamos conversar sobre isso lá fora – disse Peterson, conduzindo-a para o corredor do prédio. Erika o encarava.

– Você tem um filho?

Ele confirmou com a cabeça.

– Quantos anos ele tem?

– 5.

– Como...? O quê...? – Ela estava sem palavras.

– Erika, só descobri duas semanas atrás.

– E aquela mulher é a mãe? Quem é ela?

– Fran era minha namorada. Terminamos em 2012, alguns meses antes das Olimpíadas.

– O que a merda das Olimpíadas tem a ver com isso? – gritou ela.

– Estou dizendo que foi há muito tempo! A gente terminou, ela se mudou pra Alemanha, a trabalho. Fran é *designer* gráfica. Descobriu muito tarde que estava grávida.

– Ela não lhe contou?

– Não.

– E agora ela está no seu apartamento, e você está preparando o banho pro filho dela? E me trouxe pra merda do corredor pra me contar!

– Erika, eu não soube como reagir.

– Isso não está ajudando! – gritou ela, encarando-o. Sentia os olhos se enchendo de lágrimas.

– Eu tentei lhe contar. Primeiro no trabalho, depois naquela noite em que fui à sua casa, depois quando saímos a trabalho, enquanto tomávamos café, mas você teve que ir embora.

– Devia ter se esforçado mais, seu covarde. E agora eu tenho que descobrir assim, aparecendo no seu apartamento!

– Quem aparece do nada hoje em dia? O que você esperava?

– Liguei no seu celular, James.

– E o telefone fixo?

– Não sei o número.

– Se você não se importou nem em aprender o número do meu telefone fixo, o problema não é meu.

Erika lhe deu um tapa na cara. Os dois ficaram em choque. Uma porta se abriu no apartamento vizinho, e o rosto de uma senhorinha apareceu na fresta, por trás de uma corrente presa.

– James, está tudo bem?

Ele virou-se para ela.

– Está, sim. Desculpe, Doris. Só estamos...

Ele ouviu o portão do prédio fechar e viu que Erika caminhava em direção ao carro. Saiu correndo atrás dela.

– Erika!

Ela ligou o carro e arrancou, deslizando perigosamente na neve. Peterson observou enquanto o veículo desaparecia ao fim da rua.

– Merda! – xingou ele, olhando os pés descalços na neve.

CAPÍTULO 42

Isaac Strong adorava fazer pão. Havia algo profundamente reconfortante em arregaçar as mangas e sovar a massa. Também adorava sua cozinha branca, decorada com bom gosto: armários, piso, paredes, tudo era branco. O fator decisivo para a escolha da paleta foi a grande pia Butler branca, que custara uma fortuna. Não conseguia mais lidar com aço inoxidável; já tinha muito disso no trabalho. Enquanto sovava, ouvia um programa de rádio sobre jardinagem, entretendo-se com o problema de uma jovem que lutava para curar suas plantas cheias de cochonilhas. A rádio estava sintonizada no celular, pelo aplicativo, e foi abruptamente interrompida por uma ligação. Ele viu que era Erika e atendeu com o cotovelo, continuando a sovar a massa.

– Está em casa? – perguntou ela, a voz cansada e estranha.

– Sim, claro.

– Estou aqui fora.

Ao abrir a porta, Isaac viu uma Erika que nunca tinha visto. Seus olhos estavam vermelhos, e lágrimas escorriam pelo rosto. Parecia arrasada. Sem dizer nada, inclinou-se e a envolveu num abraço. Ela entrou, e eles foram à cozinha.

– Bebida? – perguntou ele, estendendo uma garrafa de uísque.

– Por favor.

Erika sentou-se à mesa.

– James Peterson. Ele tem um filho...

– O quê?

Ela começou a narrar a história. Isaac escutou, serviu outra dose e seguiu atento.

– Nunca achei que teríamos filhos – disse ela, enfim. – E eu sabia, por James e pela mãe dele, quando nos encontramos, que ele queria filhos... Mas uma parte egoísta de mim achava que acabaríamos sendo um desses casais sem filhos... sabe? Desses felizes e satisfeitos.

Isaac ergueu uma sobrancelha.

– Pra alguém tão inteligente como você, Erika, essa foi a coisa mais idiota que eu já ouvi.

Ela disparou uma gargalhada, enxugando o rosto.

– Quando abriu a porta, ele parecia tão feliz. Ele era pai. Isso combina com ele. E um garotinho agora tem um pai. Eu jamais seria capaz de estragar aquilo.

– Nem deveria.

Erika concordou e deu outro gole no uísque. Seu rosto se contorceu numa careta.

– Isso é nojento.

– Não ouvi você dizer isso nos dois primeiros copos. "Isso" é um Chivas Regal 25 anos.

– Tem gosto de xarope.

– Quer uma cerveja?

– Por favor.

Ele foi à geladeira, pegou uma garrafa e a abriu para ela.

– Obrigada – Erika disse enquanto Isaac sentava-se diante dela. Deu um longo gole e limpou a boca. – Meu Deus, que confusão. James e eu trabalhamos juntos. Ele deve ter contado a Moss; ela ficou me perguntando se tínhamos conseguido "conversar" outro dia, quando saímos a trabalho. Só Deus sabe há quanto tempo ele contou a ela. E ao restante da equipe. Será que todos já sabiam? Eu era a única cega tropeçando no escuro?

– Qual é, Moss não esconderia isso de você por querer. Ela é uma pessoa leal. Honesta... Qual é o nome do filho de Peterson?

– Kyle. Parece ser um doce.

– E da namorada-mãe?

– Eu esqueci... – Erika deu outro gole longo na cerveja. – Ela é bonita, e parecia refinada.

– O que seria uma pessoa "refinada"?

– Ela estava usando um pulôver, última tendência, e tinha o cabelo liso e sedoso.

– E se ela for modelo fotográfica?

Erika o encarou.

– E se estivesse ensaiando pra um trabalho?

– Vadia de calendário – ela disse com um tom sombrio, cutucando o rótulo da garrafa.

– Não entre nessa, Erika. Você é melhor que isso. E agora o nome "Vadia de calendário" vai ficar na sua cabeça, e você vai acabar chamando a mulher disso na hora errada.

O olhar de Erika se perdeu no vazio, e ela esfregou os olhos.

– Você tem razão.

Isaac colocou a massa para descansar, depois começou a limpar a bancada.

– Como está indo o caso?

– Indecifrável – respondeu ela, virando o resto da cerveja. Ele foi à geladeira e buscou outra.

– Não vai beber comigo? – perguntou ela.

– Estou tomando antibiótico. Tive uma infecção respiratória.

– Bem, dois casos se juntaram, um de assassinato e outro de um homem com uma máscara de gás que ataca pessoas à noite, ou quase amanhecendo, sempre perto de alguma estação. Não tenho pistas de nenhum dos dois. – Seu celular começou a tocar, e ela viu que era Crane. – Desculpe, preciso atender. Alô?

– Chefe, desculpe ligar tão tarde. Recebi as informações sobre o número que ligou pra sua casa ontem de madrugada. É um telefone pré-pago registrado no nome de Edward Foster. Você o conhece?

Erika sentiu o sangue gelar.

– Meu Deus, conheço. É o meu sogro.

CAPÍTULO 43

Erika fez algumas ligações e descobriu que Edward havia dado entrada no Manchester Royal Infirmary Hospital no início da madrugada. Tinha levado um tombo e precisou passar por uma artroplastia de urgência no quadril. Houve complicações durante o procedimento, e ele foi para a UTI.

Mesmo estando tarde, Isaac se ofereceu para levá-la de carro até Manchester. Afinal, ela havia exagerado na bebida, ele a lembrou. Erika aceitou, e, como não queria perder tempo passando em casa, esperou enquanto Isaac juntava alguns pertences numa bolsa, e eles partiram direto para o hospital.

A neve caía sem parar, e Erika permanecia em silêncio dentro do carro. No alto da M25, havia uma enorme placa que dizia "NORTE". Passaram por baixo dela, na estrada escura, e Erika estremeceu, apreensiva. Era a primeira vez que retornava a Manchester desde a morte de Mark.

– O que faremos quando chegarmos ao hospital? – perguntou Isaac, conferindo o GPS no painel.

– Vou pedir pra ver Edward, é claro.

– De acordo com o GPS, vamos chegar lá depois das 3h da manhã. Não vão nos deixar subir.

– O que acha que devemos fazer?

– Onde Edward mora? – perguntou Isaac, ligando o limpador de para-brisa.

– Em Slaithwaite, uma cidadezinha em Yorkshire. Fica a mais ou menos uma hora de Manchester.

Isaac atualizou as informações e esperou o GPS recalcular a rota.

– Parece que conseguimos chegar a Slaithwaite um pouco mais cedo do que Manchester...

– Mas fica perto de Dales, e Edward tinha falado alguma coisa sobre a neve lá. – Erika olhava os flocos de gelo rodopiando do lado de fora, iluminados pelos faróis.

– Quer ficar em um hotel perto do hospital, então?

Ela pensou no quanto o Manchester Royal Infirmary ficava perto da sua antiga casa – onde morou com Mark, e agora estava alugada. Ficava a menos de cinco quilômetros. Os amigos dele ainda moravam perto, pessoas que ela não via desde que o marido se foi. Os limpadores de para-brisa se arrastavam ritmados pelo vidro, e o banco de couro aquecido do Jeep Cherokee começou a deixá-la sonolenta.

– Não, vamos para Slaithwaite – disse ela.

Isaac ligou o rádio baixinho, e um repórter começou a murmurar as notícias. Erika pensava em sua casa com Mark. Ela havia saído naquela manhã, quando houve a batida na boca de fumo nos arredores de Manchester. Um tiroteio gigantesco provocou a morte de Mark e de mais quatro policiais de sua equipe – os quais eram seus amigos. Ela conhecia suas famílias. A esposa de um deles era oficial de apoio na mesma equipe.

O repórter no rádio falava agora sobre conflitos no Oriente Médio, e dava para ouvir os tiros ao fundo. Isaac ergueu o braço e sintonizou em uma estação com música.

Erika havia sido baleada durante a operação: a bala atravessou-lhe o pescoço e por pouco não atingiu artérias importantes. Foi levada de helicóptero ao hospital e passou duas semanas na UTI, de onde só saiu para o funeral de Mark. Jamais voltou à casa deles. Contratou uma empresa de mudanças para tirar todas as coisas e guardá-las em um depósito.

Ela havia ficado impressionada com a facilidade que teve para empacotar sua vida anterior. Bastaram alguns telefonemas e um maço de dinheiro nas mãos para não ter de lidar com aquilo. Agora a casa estava alugada, ocupada por pessoas que ela jamais havia visto.

O carro fazia sulcos na neve, embalando-a num sono profundo.

Ela saiu cedo de casa no dia da batida – antes das 7h –, mas era verão, e o sol atravessava as janelas, derramando-se na mesa da cozinha. Pegou o telefone sobre a mesa. Havia frutas numa tigela, uma maçã e uma banana, e, na bancada, dois ingressos para um filme de Woody Allen, “Magia ao luar”.

Teve a chance de transferir o caso para outra equipe, mas se agarrou a ele como um cachorro num osso. Investigava o traficante Jerome Goodman havia dois anos. Queria prender o filho da mãe.

Mas aonde isso a levou? Ela assumiu o risco e perdeu o marido e quatro colegas, por pouco não perdeu a própria vida. Embora a vida que havia lhe restado não fosse lá essas coisas. Para piorar, Jerome Goodman tinha desaparecido. E seguia assim. Solto por aí.

Em meio ao sono agitado, seus pensamentos voltaram-se para Edward. Por que não havia ficado mais alerta? Por que não passou mais tempo com ele, ou se esforçou mais para vê-lo? Por que não sabia o telefone dele? Ela o viu caído no chão, ao pé da escada. Um osso saía da perna, forçando o tecido do velho pijama felpudo... Mas, no sonho, nevava lá dentro, e atrás da escada não havia parede... Ela se aproximou para ajudar Edward, mas ele tinha mudado. Era Marissa caída ali, e não havia mais escada. Estava no jardim da casa dela, coberto de neve e de sangue congelado. Erika se agachou, e Marissa abriu os olhos. Escorria sangue da sua boca, e ela estendeu os braços para agarrar Erika...

– Erika? Erika?

Ela abriu os olhos de repente e se viu de novo no interior escuro do carro. Estava quente, e o rádio tocava "Do They Know It's Christmas?". Isaac a encarava.

– Você está bem?

– Quanto tempo eu dormi?

– Alguns minutos... Você estava gritando nomes. Edward, Mark, Marissa.

Erika esfregou os olhos.

– Foi só um sonho – disse ela.

– Quer ficar na casa do seu sogro? Podemos dormir lá um pouco, depois vamos ao hospital visitá-lo.

– Ok. Ainda dá pra dirigir? – Ela olhou pela janela, mas o carro estava totalmente envolvido pela escuridão. A única coisa visível era a estrada à frente, coberta de neve.

Isaac concordou, mexendo a cabeça.

– Ainda temos pelo menos mais duas horas. Durma um pouco, se quiser.

– Não. Vamos conversar sobre alguma coisa. Qualquer coisa, menos trabalho.

CAPÍTULO 44

Moss e a esposa, Celia, tomavam café bem cedo pela manhã quando o telefone tocou. Era Erika. Havia ligado para informar que Edward tinha se acidentado e que ela tiraria alguns dias de folga.

– Estou em Manchester – disse ela. – Em Slaithwaite, o vilarejo onde Edward mora. Isaac está comigo.

– Isaac Strong? – perguntou Moss, engolindo uma porção de cereal.

– Sim... – Erika claramente não queria dar explicações, e Moss não insistiu.

– Como você está? – perguntou ela.

– Estou bem.

– E Edward?

– Ele caiu e quebrou o quadril. Foi operado, mas houve complicações, e ele precisou ir pra UTI.

Jacob, filho de Moss e Celia, entrou na cozinha fazendo uma algazarra com uma guitarra eletrônica de brinquedo. Deslizou de joelhos pelo chão ao som estridente do instrumento. Moss acenou com a mão livre para a esposa, que saltou da mesa e tomou a guitarra dele, desligando-a.

– A mamãe está no telefone – sussurrou ela.

Jacob parou e olhou sua outra mãe, que franzia o rosto, atenta à ligação.

– Como está a neve aí? – perguntou Moss.

– Uns cinquenta centímetros de altura, mais ou menos – Erika respondeu do outro lado da linha. – Felizmente, as ruas estão limpas, e estamos na quatro-por-quatro do Isaac. Devo ficar aqui uns dois dias. Acabei de ligar pra superintendente Hudson. Ela está a par da situação.

– Ok. Vou passar as informações sobre o caso pra quem cobrir você...

– Eu queria que você me cobrisse. Já falei com a Melanie, e ela concordou. A partir de agora, você assume esse caso como detetive inspetora-chefe.

Moss ficou sem palavras por um instante.

– Mas... É um caso complexo, com muitas pontas soltas. E agora também estamos no comando da investigação sobre o homem da máscara de gás...

– Quer assumir ou não?

– Quero, é claro! – ela respondeu depressa. Celia a encarava, curiosa para saber o que estava acontecendo e o que tinha feito o rosto de Moss ruborizar de empolgação. – Será só por uns dias?

– Posso demorar um pouco mais. Preciso de tempo pra me certificar que Edward ficará bem. Minha vida está um pouco desequilibrada há um tempo.

– Ok – disse Moss, sentindo o peso da responsabilidade nos ombros.

– Essa investigação é sua agora. Não confiaria isso a mais ninguém. Se precisar de mim, estarei aqui. Melanie já está providenciando sua nomeação de detetive inspetora-chefe. Preciso lembrá-la que não existe hora extra nessa patente: estamos sempre em serviço.

– É claro – respondeu ela, olhando para Celia e Jacob.

– Me ligue se precisar de alguma coisa – Erika disse antes de desligar.

– O que foi? Pela sua cara, parece que alguém acabou de morrer! – exclamou Celia. Vendo que o rosto de Moss continuava sério, completou: – Alguém morreu?

– Não. Houve uma emergência de família, o sogro de Erika está doente. Ela me promoveu a detetive inspetora-chefe desse caso. – Moss se jogou de uma vez sobre a cadeira e afastou a tigela de cereal. Tinha perdido a fome.

– Mas isso é ótimo, amor... Não a parte do sogro, é claro, mas a confiança que ela tem em você – disse Celia.

– É, isso é ótimo mesmo, amor – disse Jacob, imitando a voz da mãe. Moss agarrou os pés dele e o encheu de cócegas. Ele gritava e se contorcia.

– Pare com isso! Você sabe que eu detesto cócegas!

– Ele *detesta* cócegas. Bom vocabulário pra um menino de 5 anos – disse Celia, com um sorriso orgulhoso. – Espero que lhe paguem mais.

Ela soltou Jacob.

– É claro, tem tanta coisa pra resolver... Terei de organizar uma reunião essa manhã pra me inteirar dos fatos. Talvez eu leve a equipe pra tomar um café.

– Você vai se sair muito bem. Todo mundo gosta de você – disse Celia, puxando Moss pelos ombros e dando-lhe um beijo. – Só não fique obcecada como a Erika.

– Erika não é obcecada, ela é boa pra caramba nesse trabalho. E não importa se todos gostam de mim. Agora, terei que liderar todo mundo.

– Acho que essas duas coisas andam juntas. Seja você mesma. – Celia a encorajou. – Como Peterson está? Imagino que Erika não o escolheu por causa do passado dos dois. Ele já contou a ela sobre o filho que apareceu de repente?

Moss deu de ombros.

– Não sei. Disse a ele pra fazer isso rápido, mas o cara se tremeu inteiro.

– Não acha estranho essa mulher o procurar do nada, logo antes do Natal, pra dizer que eles tinham um filho?

– Acho.

– Qual você acha que foi a motivação dela? – perguntou Celia.

– Ela queria que ele fizesse parte da vida de Kyle... Talvez procurasse alguma segurança. Peterson disse que ela estava na Alemanha a trabalho, mas foi demitida.

– Mas ela escondeu a informação dele durante seis anos.

– Ele quase morreu no início deste ano. E queria filhos há tanto tempo...

– Você acha que ela queria filhos? Erika? – perguntou Celia, passando uma mecha do cabelo louro para trás da orelha antes de começar a tirar a mesa.

– Ela provavelmente ainda quer.

– Não quero parecer maldosa, mas esse barco já não zarpou pra ela?

– Não sei, e não gosto de falar sobre isso.

– Qual o problema? Ela não está aqui.

– Eu me sinto desleal. Ela é uma pessoa reservada e uma boa amiga,

– Eu sei, mas você pode conversar sobre isso comigo. Não vou comentar com ninguém.

Moss inclinou-se e deu um beijo em Celia. Pelo canto do olho, viu que Jacob as observava.

– Temos um espiãozinho – disse ela. – Parece que ele está precisando de mais uma sessão de cócegas.

Jacob gritou empolgado quando Moss e Celia começaram a persegui-lo em volta da mesa até a sala, onde desabaram no sofá e o encheram de cócegas até ele gritar novamente.

Erika havia desligado o celular e encarava a escuridão do quarto de Edward, no andar de cima da casa. O dia começava a clarear, e, pela janela, a vista de Yorkshire Dales surgia na bruma azul da alvorada. Ela estava surpresa com a bagunça do quarto e os lençóis imundos sobre a cama. Uma rachadura na janela deixava entrar lufadas de ar gelado. O chão estava todo empoeirado, e havia remédios espalhados pelo tapete ao lado da cama. A energia elétrica havia sido cortada. Ela voltou ao corredor e se deparou com Isaac, que acabara de sair do banheiro.

– Isso está uma bagunça. Umidade nas paredes, mofo... Esta casa não deve ser limpa há muito tempo. – Ele suspendeu um saco plástico cheio de comprimidos controlados. – Edward tem um armarinho cheio de antibióticos, comprimidos para o coração, anticoagulantes, estatinas e antidepressivos, todos vencidos. Parece que ele não termina os tratamentos, ou não toma os remédios com regularidade. Há um monte de frascos pela metade, todos iguais, com a mesma prescrição.

Erika apertou o casaco contra o corpo e tentou afastar o cheiro de mofo. O chalé sempre foi tão aconchegante e confortável! O que tinha acontecido?

Como haviam chegado tarde, no escuro, Erika e Isaac acenderam a lareira e se acomodaram cada um em um sofá, preparando-se para uma breve noite de sono.

– O sistema de calefação é a gás – disse Erika. – Preciso descobrir se a conta não está sendo paga, ou se o problema é a caldeira.

Eles desceram o pequeno lance de escadas até a sala. Estava um pouco mais limpa, mas havia vasilhas sujas sobre a mesa de centro. Havia também uma pequena árvore de Natal, decorada pela metade. Os dois foram até a cozinha e viram que a pia estava abarrotada de louça suja, e a bancada, emporcalhada de farelos e restos de comida. A geladeira estava quase vazia, com apenas um pedaço de pão branco e algumas cenouras apodrecendo na gaveta. Deram um salto quando uma barata saiu rastejando de baixo de uma panelinha tombada no escorredor e correu pela bancada.

– Meu Deus! – exclamou Erika, pegando um jornal velho e acertando-a com uma pancada. Ambos olharam o inseto esmigalhado.

– Se tem uma, deve ter mais – disse Isaac, em voz baixa. Parecia preocupado, suas finas sobrancelhas erguidas e unidas numa ruga. Erika largou o jornal, foi ao telefone na parede e o tirou do gancho.

– Sem linha – disse ela, conferindo a tomada. Então, abaixou a cabeça e enxugou os olhos. – Ele me ligou no Natal. Disse que havia passado o feriado com os vizinhos, e imaginei que estivessem aqui. Não sabia que ele tinha celular. Simplesmente não sabia. Quando conversamos na manhã de Natal, ele estava confuso em relação a algumas coisas, mas, tirando isso, parecia normal. Eu devia ter perguntado se ele estava bem sozinho.

Isaac estendeu o braço e apertou a mão dela.

– Você está aqui agora. Estamos aqui agora. Concentre-se nisso.

Ela concordou com a cabeça.

– Está com tanto frio quanto eu?

– Provavelmente mais – respondeu ele. – Vamos sair pra comer e tomar um chá quente. Com certeza vamos conseguir pensar melhor depois de forrar o estômago... – Ele conferiu o relógio. – São 8h, o horário de visitas do hospital só começa daqui a algumas horas. Podemos nos planejar.

– Precisamos dar um jeito de limpar esse lugar. Também preciso conferir as contas dele, e...

– Comida e chá quente – disse Isaac. – Depois traçamos um plano.

CAPÍTULO 45

Pelo vidro da porta, Moss viu que a sala de investigação estava movimentada. Ela respirou fundo antes de entrar. Estava acompanhada da superintendente Hudson, e, quando os policiais as viram entrando juntas, a sala ficou em silêncio.

– Bom dia a todos – disse Melanie.

– Bom dia, senhora – responderam os policiais, quase em uníssono.

– A detetive inspetora-chefe Erika Foster teve uma emergência familiar e precisará se ausentar por alguns dias. O sogro dela está doente, e ela foi visitá-lo em Manchester. A detetive inspetora Moss assumirá o papel como investigadora sênior, atuando como detetive inspetora-chefe. Peço a vocês que demonstrem o mesmo respeito e atenção que têm por Erika. Estou sendo bem direta, mas podem perguntar se tiverem alguma dúvida.

Todos olharam para Moss de pé ao lado de Hudson, que parecia ligeiramente desconfortável, mas todos permaneceram em silêncio.

– Nada? Ótimo. Moss, você assume a partir daqui – despediu-se a superintendente, saindo da sala.

Quando Melanie alcançou uma distância segura, todos viraram-se para Moss e começaram a perguntar como Erika estava, e quando retornaria.

– Tenho as mesmas informações que a superintendente – respondeu ela, suspendendo as mãos para acalmá-los. – Nada mudou em relação a ontem. Ainda estamos caçando aquele filho da mãe. – Ela foi ao quadro-branco e aproximou-se do retrato falado da máscara de gás, depois do desenho no bilhete enviado a Joseph Pitkin. – Está na hora de ligar as evidências e desvendar informações. Não podemos mais nos dar ao luxo de interrogar Joseph Pitkin, mas quero falar com os pais dele, tentar descobrir mais alguma coisa sobre o bilhete. Também precisamos acessar o telefone de Marissa. Ela não tinha computador, então qualquer atividade on-line feita pelo celular pode ser crucial para esse caso.

Ela caminhou ao longo do quadro e parou diante das fotos das vítimas do homem da máscara de gás.

– Temos que encontrar uma relação entre as vítimas, se é que existe alguma. Qualquer coisa em que o agressor esteja concentrado. A ligação deve ser mais profunda do que apenas algo físico: as vítimas são de idades e sexos diferentes, homens e mulheres dos 20 aos 60 anos. Dos dois homens atacados, um era hétero, e o outro, gay. Só uma pessoas violentadas foi assassinada: Marissa Lewis. Todas foram abordadas perto de casa ou do trabalho, próximas a estações. Marissa tinha pegado o último trem e foi a que mais se afastou da estação, se compararmos com as outras vítimas. O assassino cometeu um deslize? No ataque mais recente, o rapaz, Jason Bates, conseguiu deslocar a máscara no rosto do agressor com um chute. Marissa foi morta por ter descoberto a identidade dele? Ou ela já o conhecia?

Moss caminhou até as fotos de Marissa.

– No relatório da autópsia de Isaac Strong, vimos que a arma utilizada foi uma faca comprida com a ponta serrilhada. Não a encontramos ainda, e o tempo não para de correr. Talvez esse seja o momento de tomarmos medidas extremas. Talvez precisemos bater na porta de todas as casas da Coniston Road e conferir os talheres de todos os vizinhos.

Houve sorrisos e risadas por parte da equipe. Moss levantou a mão.

– Ok, ok. Sei que adoram uma piada, mas estou falando sério. O que a chefe sempre diz? Não existem perguntas bobas. E, vale acrescentar, nenhuma linha de investigação é idiota.

– Mas você é a chefe agora – disse Kay.

– Sou mesmo.

Moss prosseguiu, aproximando-se das fotos dos suspeitos e demais envolvidos.

– Nossa lista de suspeitos está diminuindo. Joseph Pitkin está morto... Como houve outro ataque ontem, isso o exclui da lista. O mesmo vale para Ivan Stowalski, que morreu ontem à noite no hospital após ser exposto ao vazamento de gás em sua própria casa. Ele mesmo o provocou, então estamos tratando como suicídio. Temos, enfim, Don Walpole. Ele não tem passagem pela polícia e cuida da esposa alcoólatra, mas a traiu com Marissa quando ela ainda era menor de idade. A garota tentou chantageá-lo recentemente, ameaçando prestar queixa de pedofilia. Tentamos conseguir uma amostra do DNA dele ontem, mas ele não estava em casa e não atendeu ao telefone. Vou tentar de novo hoje. Além disso, Marissa contou a colegas de trabalho que havia roubado um par de brincos de diamante da Sra. Fryatt. Uma dançarina do Matrix Club afirma ter ido com ela à Hatton Garden, onde viu os brincos serem avaliados. No entanto, a Sra. Fryatt nega que alguma joia tenha sido roubada, e nenhum brinco foi encontrado durante a perícia. Charles Fryatt administra uma joalheria na Hatton Garden. Ou seja, alguma coisa nessa história não cheira bem.

– Será que Marissa ganhou os brincos de algum admirador? – perguntou McGorry. – O relatório da chefe... Quer dizer, o relatório da outra chefe diz que as dançarinas têm muitos admiradores, caras ricos que ficam no clube depois dos shows na esperança de conseguir um pouco mais do que uma dança.

– Sim, mas precisamos ir além disso. Quero que alguém entre novamente em contato com a garota que foi com Marissa à joalheria. Se necessário, vamos levá-la de novo à Hatton Garden para ver se ela se lembra da loja.

Houve um momento de silêncio, e Moss viu a expressão desanimada nos rostos da sua equipe. Sentia o mesmo, mas decidiu não demonstrar.

– Ok, vamos ao trabalho. Nos reunimos aqui de novo às 16h.

Quando a equipe se dispersou, Peterson se aproximou de Moss e perguntou se podiam conversar em particular.

– Sim, mas tem que ser rápido – respondeu ela.

– Tudo bem. Bom trabalho, a propósito.

– Obrigada. Achei que ela pediria a você.

Ele balançou a cabeça e a puxou para o fundo da sala, ao lado das fotocopiadoras.

– Ela descobriu sobre Kyle e Fran – disse Peterson, em voz baixa.

– Como assim "descobriu"?

– Ela apareceu lá em casa ontem à noite, na hora do banho. Na hora do banho de Kyle, quero dizer.

– Obviamente...

– Abri a porta com Kyle no colo, ele me chamou de "papai". Fran também estava lá.

– Caramba!

– Tentei conversar com Erika, mas ela arrancou o carro e saiu derrapando pela rua. Fiquei sem saber se devia segui-la, mas acabei ficando na minha. E agora ela tirou licença por problemas de saúde...

Moss viu o quanto ele estava preocupado.

– James, isso não tem nada a ver com você. O pai de Mark realmente caiu e foi levado às pressas para o hospital. Teve que fazer uma artroplastia no quadril, mas houve complicações. Foi por isso que ela viajou.

– Ah, merda. Então ela não lhe contou nada sobre mim? – perguntou ele.

– Ela tinha outras coisas na cabeça... E eu também.

Ele assentiu.

– Ok. E parabéns pelo cargo. Ninguém melhor do que você para assumir o comando. Estou feliz por isso.

– Obrigada. Preciso que você e Crane mantenham as coisas funcionando por aqui.

– Claro.

Moss foi até Kay, sentada ao computador.

– Você vem comigo hoje. Quero ir à casa dos Pitkin e fazer algumas perguntas sobre Joseph.

CAPÍTULO 46

A neve estava derretendo quando Moss e Kay chegaram à Coniston Road e bateram na porta de Don Walpole. Kay estava com o kit de DNA, mas ninguém atendeu.

– Porcaria! – xingou Moss, pegando o rádio e contatando a delegacia. – Crane, preciso que organize uma busca à casa de Don Walpole... – Ela levantou o rosto e viu o senhor idoso em seu lugar habitual, fumando um cigarro no jardim. – Espere aí, ligo para você mais tarde.

As duas saíram pelo portão e foram até o homem.

– Estão procurando Don? – ele perguntou.

– Estamos, sim – respondeu Moss, mostrando o distintivo. – Um colega meu disse que você o viu sair com a esposa ontem à tarde. Você os viu hoje?

O homem negou com a cabeça.

– Passo muito tempo aqui fora, minha esposa não me deixa fumar lá dentro. Estive aqui pouco antes das 6h e de novo às 7h30. E às 8h... E de novo às 9h.

– Então o senhor fuma bastante – disse Kay.

– Você vai longe na carreira de detetive. – Ele apontou o cigarro para ela e deu um sorriso de dentes amarelos.

– Não viu uma luz acessa, nenhum movimento? – perguntou Moss.

– Nadinha.

Elas voltaram ao carro, e Moss ligou novamente para Crane, na delegacia. Pediu que continuasse tentando falar com Don pelo telefone e que emitisse um alerta para a placa do carro dele. Em seguida, ela e Kay dirigiram pelo curto caminho até a casa de David e Elspeth Pitkin, que ficava logo virando a esquina.

David Pitkin abriu a porta. Estava todo de preto e tinha olheiras profundas. Elas mostraram os distintivos e perguntaram se podiam entrar para conversar.

– Vocês já não fizeram perguntas demais? – disse ele, arrogante.

– Temos mais algumas sobre Joseph, sobre a amizade dele com Marissa Lewis – disse Moss, tentando ser gentil.

– Sinto muito, não posso agora. Minha esposa está péssima. Ela não sai da cama desde...

– Sinto muito pelo que aconteceu com o seu filho – disse Kay. – Só não queremos que a morte dele seja em vão. Achamos que ele podia ter informações a respeito desse caso. Talvez ele pudesse nos ajudar nas investigações.

Do degrau, David as olhou de cima a baixo, refletindo sobre o que disseram.

– Onde ela está?

– Quem? – perguntou Moss.

– Aquela detetive medonha, de cabelo louro.

– Ela está de licença. Eu assumi o caso – explicou Moss.

– Isso é por causa da minha reclamação? Escrevi ao comissário assistente solicitando uma investigação completa e a saída dela do caso.

– Sim, isso está em curso. É por isso que sou a responsável agora – disse Moss. Ela tinha certeza de que Erika entenderia todo o teatro que estava fazendo com David Pitkin.

Ele as levou à cozinha.

– Aceitam um chá?

Kay olhou para Moss em busca de orientação.

– Não queremos incomodar – respondeu Moss. – Só precisamos fazer algumas perguntas.

– Tomem um chá, caramba! – ralhou ele. – Preciso me manter ocupado.

Elas aceitaram com um gesto de cabeça e sentaram-se à mesa comprida. Moss notou que todos os relógios, muitos deles nas paredes, tinham parado às 13h25. O cômodo estava silencioso.

– Eu quis fazer isso – revelou ele, notando o olhar de Moss. – Foi o horário em que o médico anunciou que Joseph estava... – David não terminou a frase. Elas aguardaram em silêncio enquanto ele preparava três xícaras de chá antes de sentar-se à mesa.

– Havia quanto tempo que Joseph estava envolvido com fotografia? – perguntou Moss. David pareceu surpreso com a pergunta.

– Não sei. Quatro ou cinco anos.

– Você comprava o material pra ele?

– Na escola, o professor de artes dele fez um projeto de câmera pinhole com os alunos usando rolos de papel higiênico, papel-alumínio e papel fotográfico. Ele achou aquilo fascinante e insistiu pra que eu comprasse os materiais. Queria criar a própria pinhole.

– E ele tinha uma câmara escura pra revelar as fotos?

– Sim.

– Onde você comprava os químicos?

– Por aqui mesmo, numa loja de produtos fotográficos em Greenwich. Detetives, não sei que relevância isso tem pra investigação, a não ser que queiram começar a fotografar por *hobby*.

– Estamos tentando entender aonde Joseph queria chegar com esse *hobby*.

– Não era apenas um *hobby*. Ele queria fazer disso sua carreira.

– Quando Joseph conseguiu a própria câmera e começou a comprar seu material?

– Não sei. Como eu disse, há alguns anos. À época, eu ainda atuava como advogado e negligenciava muito minha vida pessoal. Passava dias sem ver minha família... – David olhou melancolicamente pela janela e bebericou o chá. – Isso me faz pensar que meu trabalho não tinha tanto valor assim. A lei... Ela não passa de um enorme jogo de xadrez.

Moss não o pressionou.

– Joseph fazia parte de alguma comunidade de fotógrafos, câmeras ou fotografia?

– Já disse que não sei.

– Podemos falar com a sua esposa? – perguntou Kay.

– É melhor não. O médico precisou vir aqui hoje dar algo pra ela dormir.

– Joseph era pago pelas fotos que tirava?

David sorriu sem graça.

– Não. Ele recebia um seguro-desemprego há bastante tempo. Vocês devem saber disso, detetives.

– Marissa já veio à sua casa? – perguntou Moss. – Estou perguntando especificamente sobre o ano passado.

– Não que eu saiba. Estávamos sempre muito preocupados com Joseph. Ele nunca demonstrava interesse por nenhum dos sexos.

Moss olhou para Kay. Elas tinham terminado as perguntas e havia apenas mais uma questão em aberto.

– Sr. Pitkin, preciso lhe mostrar algumas fotos que encontramos no celular de Joseph. São perturbadoras, só estou pedindo que as veja por serem vitais para a investigação.

David semicerrou os olhos quando Moss pegou uma pasta de arquivos. Ela a abriu na mesa e retirou as fotos de Joseph amarrado com tiras de couro. Mostrou também o bilhete com o desenho da máscara de gás.

David olhou as fotos, tentando esconder suas emoções. Quando levantou o rosto, porém, seus olhos estavam cheios de raiva.

– Quem vocês pensam que são pra vir à minha casa e me mostrar isso?

– Sr. Pitkin, Joseph alguma vez mencionou um amigo, ou disse que temia por sua vida?

– Alguém mencionou a vocês que existia o risco de Joseph tirar a própria vida? – ele disparou de volta.

– Não.

– Mas devem ter visto o quão perturbado ele estava quando foi interrogado, não é? Ninguém na sua delegacia pensou que ele poderia precisar de um médico, ou que não devia ter sido colocado numa cela, SOZINHO? – Ele deslizou a mão pela mesa, jogando as fotos no chão. – AGORA SAIAM DA MINHA CASA!

Kay recolheu depressa as fotos do chão e as enfiou de volta na pasta.

– Sr. Pitkin, por favor, você tem alguma ideia de quem possa ter enviado a Joseph um bilhete como este?

– VOCÊS ME OUVIRAM? – vociferou David. Ele agarrou a parte de trás do casaco de Moss e a puxou da cadeira, arrastando-a pelo corredor até a porta da frente.

– Senhor, por favor, pare com isso – disse Kay, andando atrás de David enquanto ele arrastava Moss até a porta da frente.

David soltou Moss, girou a maçaneta e abriu a porta. Moss levantou a mão quando ele tentou agarrá-la novamente.

– Já chega – disse ela, saindo da casa. Kay saiu logo em seguida, e as duas ouviram o estrondo da porta batendo. Andaram até a calçada.

– Você está bem, senhora?

– Sim. E, por favor, não me chame de "senhora". Não faço parte da família real – disse Moss, ajeitando a blusa sob a jaqueta. – O que podíamos esperar? Só achei que valia a pena tentar, caso ele soubesse de alguma coisa.

– Acha que ele sabe? – perguntou Kay.

– Acho que não, mas meu instinto não é tão bom. Erika que é especialista nisso.

CAPÍTULO 47

McGorry recebeu a missão de encontrar Ella Bartlett, a dançarina que havia acompanhado Marissa à joalheria. Mais cedo naquela manhã, tinha falado com um homem um tanto quanto afeminado, Martin, que lhe deu o telefone de Ella. A garota havia concordado em se encontrar com ele depois da academia, mas estava atrasada. Ele a esperava em frente à academia Gym Box, em Farringdon, havia vinte minutos. Tinha parado de nevar, mas o ar estava úmido, e seus pés começavam a ficar dormentes. A academia ficava em uma rua movimentada no final da Hatton Garden, no centro de Londres, onde havia uma concentração de joalherias. Enquanto tomava seu café ao lado de uma antiga cabine telefônica vermelha, viu seis carros-fortes passarem.

– Oi, você é o John? – perguntou uma voz. Ele olhou para trás e viu uma moça loura de 20 e poucos anos. Sua beleza era de tirar o fôlego, os cabelos cor de mel e grandes olhos azuis.

– Sim, sou o detetive John McGorry. Suponho que seja a Srta. Bartlett. – Percebeu o quanto era ridículo seu excesso de formalidade.

– Pode me chamar de Ella. Posso chamar você de John? – perguntou Ella. – E posso ver sua identidade? Você sabe, precisamos desconfiar de tudo hoje em dia. – Ele pegou o documento e entregou à moça. – Você é muito mais bonito pessoalmente – elogiou ela, devolvendo-o.

– Vamos começar – disse McGorry.

– Você tem uma arma?

– Não. Detetives não usam armas.

– Algemas? Spray de pimenta? – perguntou ela, os olhos enormes e inocentes.

– Às vezes. Deixo no meu carro.

– Como chegou aqui? – ela perguntou, olhando ao redor.

– De metrô. Peguei o trem de... – McGorry sentiu-se confuso e idiota de repente.

– Então está desarmado? Vulnerável? – ela riu. – Desculpe, estou só brincando.

– Preciso que me ajude a achar a joalheria, é muito importante pra investigação. Não estou aqui de brincadeira.

– Desculpe... Eu achava que tudo estava indo bem pra Marissa. Já pensei em abandonar tudo e ir pra Los Angeles ou Nova York, mas não tive coragem. Ela tinha.

Eles começaram a descer a rua e viraram à direita na Hatton Garden, onde viram as primeiras vitrines. O brilho das vidraças, repletas de peças belíssimas em ouro e prata, contrastava com aquele dia cinza. Os dois caminharam durante alguns minutos, Ella parando de tempos em tempos para espiar as vitrines e olhar mais adiante na rua.

– Estávamos tagarelando e vínhamos daquela direção – ela apontou para o lado oposto da rua. – Eu não estava muito atenta. Depois de um tempo, as lojas ficam todas muito parecidas.

Eles seguiram mais um pouco, até que ela parou em frente a uma caixa de correio vermelha.

– Acho que foi aqui – disse ela, apontando para uma porta.

– O que fez você lembrar? – quis saber McGorry.

– A caixa de correio. É daquelas antigas.

Ele olhou para a fachada no alto: "R.D. LITMAN & SONS FINE JEWELLER'S EST. 1884".

Os dois entraram e ouviram o agradável som de um sino antigo ressoar acima da porta. O silêncio conferia elegância ao lugar, e, ao fundo, um grande balcão de vidro reluzia. Um homem mais velho e calvo, as costas levemente arqueadas, entrou na loja por uma porta lateral. Ele os examinou com o olhar, mas esperou que falassem primeiro.

McGorry mostrou o distintivo e explicou por que estavam ali. Ella não pareceu se lembrar do homem, mas ele a reconheceu.

– Sim, você veio aqui com outra garota, de cabelo escuro. Brincos de diamante em lapidação princesa, 1.62 quilates de excepcional pureza cravados em ouro 24 quilates.

– Você tem certeza de tudo isso? – perguntou McGorry.

– É meu trabalho lembrar – disse o homem, desdenhosamente. – E, é claro, nunca me esqueço de uma dupla de belas mulheres. Sua amiga reconsiderou a venda? Qual era o nome dela?

– Marissa? Não. Ela morreu – respondeu Ella.

– Entendo. Sinto muito – disse ele. – Você deseja vender?

– Não, não queremos vender coisa alguma – disse McGorry. – Eu precisava confirmar se os brincos realmente existiam. Há alguma possibilidade de você ter se equivocado em relação ao preço?

Os dois encararam o homem, cuja expressão revelava que não.

– Eu os avaliei em... O valor exato me escapou... Dez...

– Dez mil e quinhentas libras – completou Ella.

– Isso.

– Qual é o seu nome? – McGorry perguntou.

– Peter Litman.

– Você tem contato com outras joalherias desta região?

– Contato?

– Sim.

– Esta é uma comunidade de comerciantes bem estruturada, que começou há muito tempo. Negócios de família. Mas as relações continuam sendo apenas comerciais.

– Posso deixar meu cartão, caso se lembre de mais alguma coisa? – perguntou McGorry.

– Sim. – O homem pegou o cartão, McGorry agradeceu, e eles saíram.

Peter Litman observou McGorry e Ella pela vitrine com as mãos entrelaçadas às costas. Quando sumiram de vista, ele retornou ao escritório nos fundos. Havia um cofre enorme, do tamanho de uma sala, onde era possível entrar.

– Charles, era um policial, detetive McGorry. Fez perguntas sobre os brincos em lapidação princesa que pertenciam à garota que morreu.

Charles Fryatt ergueu a cabeça de trás do computador onde trabalhava, em uma mesa com uma enorme pilha de documentos.

– Eu ouvi tudo.

– Então você também *ouviu* que eu disse a verdade. Não mentirei para a polícia. Vou perguntar de novo: você está envolvido na morte daquela garota?

– Não – respondeu Charles, remexendo-se na cadeira. – Isso é sobre os brincos. Nada mais.

– Os brincos eram da sua mãe?

– Sim. – Charles continuou trabalhando no computador sem olhar para Peter.

– Charles, como seu sogro, serei leal a você, mas só até certo ponto. Se acontecer alguma coisa que cause constrangimento a mim ou a minha filha...

– Não é nada! – disse Charles, levantando a voz. – E você não mentiu, está tudo bem.

Peter encarou o genro por um longo momento antes de voltar à loja para reorganizar os mostruários. Por dentro, remoía um incômodo profundo.

CAPÍTULO 48

Era início da tarde quando o homem que se apresentava como T terminou seu expediente. A loja em que trabalhava não teve movimento o dia inteiro, à exceção de uma mulher e um homem que tinham ido fazer algumas perguntas.

Ele se sentia sortudo por trabalhar em um negócio familiar, pois, quando o movimento estava fraco, podia ir e vir quando quisesse. A viagem de trem até o centro de Londres era rápida.

Caminhava pela Rupert Street, e, quando chegou ao Soho, a fachada abandonada do Raymond Revue Bar ergueu-se diante dele. Seu coração começou a martelar no peito, e ele sentiu o pênis endurecer. Havia sempre uma excitação ao entrar no "distrito do sexo", cheio de bares e *sex shops* exuberantes. Era um lugar onde qualquer um podia ser, ao mesmo tempo, anônimo e dissimulado: naquele pequeno perímetro de ruas, todos os traços da polida discrição da tradicional sociedade britânica desapareciam. Homossexuais sentiam-se à vontade para andar de mãos dadas; as pessoas podiam se expressar. Ao passar por uma loja da Prowler, um casal de homens deu-lhe uma boa olhada, admirando sua altura. Ele aguardou enquanto uma máquina de limpeza de rua passava, as escovas trabalhando freneticamente, fazendo barulho pelo asfalto imundo. Atravessou a rua, passou por um *sex shop* na esquina e seguiu pela Walker's Court. Era uma rua estreita com acesso exclusivo a pedestres, encoberta pela sombra dos prédios altos que se erguiam de ambos os lados. *Sex shops* e boates eróticas eram abundantes por todos os cantos, os letreiros berrantes iluminando a penumbra.

A neve derretida de um telhado, escorria por uma calha quebrada e respingava no chão, ao lado de um *sex shop* com janelas fumê. A placa neon com o desenho de uma palmatória e a palavra "PALMADAS" repetida em fileiras brilhantes anunciava que a loja era especializada em apetrechos de sadomasoquismo e pornografia. T sentiu a excitação aumentar, e, quase sem perceber, levou a mão à virilha e sentiu o couro através do fino tecido da calça. Sempre imaginou que a rua tinha praticamente a mesma aparência de duzentos anos atrás, exceto pelas luzes berrantes e janelas fumê. Naquela época, homens e mulheres jovens podiam desaparecer sem serem notados, e pouco se falava a respeito disso. A vida valia pouco.

Havia uma garota baixinha, usando uma jaqueta prateada acolchoada, diante de um dos pequenos clubes eróticos de onde a música saía. T sentiu o grave do som vibrar nos dentes e ecoar no peito. Diminuiu o passo quando a garota fez contato visual, e ela abriu o casaco. Por baixo, usava uma minissaia colada na pele e um top preto que deixava à mostra a magra caixa torácica. Os olhos eram de um verde penetrante, mas pareciam sem vida, e os lábios carnudos, salpicados de feridas.

– Quer se divertir? – perguntou ela, elevando a voz para ser ouvida.

– Quero alguém que possa posar pra mim – disse T, inclinando-se para ela e quase tocando-lhe a orelha com os lábios. Ela deu um passo para trás e olhou para os lados, os olhos verdes procurando policiais na rua estreita. Um homem baixo, de pele e barba escuras, observava-os de longe, no final da rua.

– É? Quanto? – perguntou ela.

– É um trabalho privado. Muito privado.

– Cem pratas por uma hora. Você costuma usar algum hotel? – disse a garota, os olhos sem vida, como um cadáver reanimado. A música alta parou de repente e deu lugar a outra, agora um estilo trance, de batida lenta. O homem no final da rua esticou a cabeça para olhar a garota. T sentiu o nervosismo em seu estômago: aquilo era, ao mesmo tempo, excitante e preocupante. A garota consentiria, mas ele tinha a intenção de ir além, e não queria que muitas pessoas os vissem juntos. Aquele homem certamente era o cafetão dela.

– Vou fazer compras – disse T, indicando com a cabeça um *sex shop* mais adiante. – Preciso de uma garota que não tenha medo de sangrar, mas pago bem. E você vai ter que ir comigo. Moro um pouco longe.

– É cento e cinquenta a hora se eu tiver que sair daqui, pagamento adiantado de no mínimo três horas... – A garota estava impassível. Não havia medo nem apreensão. Parecia estar drogada, ou talvez devesse dinheiro a um traficante ou ao cafetão baixinho.

De repente, ela disparou em direção à Rupert Street. T procurou o cafetão, mas ele tinha desaparecido. Dois guardas municipais haviam entrado na Walker's Court pela outra ponta. Conversavam concentrados, do jeito que guardas sempre parecem fazer, mas seus olhos vasculhavam a rua, que começava a esvaziar. Sombras desapareciam portas adentro.

T sentiu-se aliviado e apertou o passo, andando como alguém apressado para chegar ao trabalho. Passou tranquilamente pelos dois guardas, respirou o ar fresco no extremo oposto da rua e entrou num mercado de frutas, afastando-se da tentação e da excitação.

CAPÍTULO 49

Erika e Isaac só podiam entrar para ver Edward após a hora do almoço. Isaac deixou que Erika fosse primeiro e saiu para pegar um café no andar de baixo.

A enfermaria ficava no quinto andar. Erika atravessou uma porta dupla e foi conduzida até uma fileira de camas do outro lado. Ao se aproximar, não conseguiu distinguir qual dos idosos era Edward. Muitos estavam dormindo, deitados de lado, os cabelos grisalhos idênticos.

Ela o encontrou no final da enfermaria, perto de uma janela com vista para o estacionamento. Estava aconchegado sob os cobertores, e seu rosto se iluminou ao vê-la.

– Erika, minha querida – disse ele, levantando a mão onde havia um hematoma, o sangue voltando pelo tubo de soro. Ao lado da cama havia uma mesinha vazia. Ela viu que muitos dos outros idosos tinham cartões e frutas, e desejou ter levado algo para ele.

– Olá – disse ela, estendendo o braço e pegando a mão dele. Estava muito seca. Ela puxou uma cadeira e sentou-se perto da cama. – O que aconteceu?

– Levei um tombo. Levantei de madrugada e não me lembro de muita coisa. O carteiro me escutou gritando na manhã seguinte.

– Você tentou me ligar, não foi?

– Não lembro.

– Não sabia que você tinha celular.

– Não costumo usá-lo, mas cortaram meu telefone fixo pouco depois do Natal. Até hoje não descobri por quê. Sempre pago as contas... – Ele sentou-se, agitado.

– Sei que paga.

– Depois, o aquecimento estragou, então me virei com a lareira. A energia elétrica também foi cortada, sendo que sempre pago as contas. Você acredita, não é, Erika?

Ela fez que sim com a cabeça.

– Estou aqui agora. Vou ajudar você a arrumar tudo.

– Você é uma boa menina.

Erika assentiu.

– Você fez artroplastia?

– Sim. O médico falou que também colocaram uns pinos no meu quadril... – Ele engoliu em seco e começou a tossir. Erika pegou um copo na mesinha e serviu um pouco da água de uma jarra. – Obrigado, querida. – Ele bebeu tudo e devolveu o copo. – Vou me recuperar antes do que imagina. Mas talvez eu tenha um probleminha para fazer compras, ao entrar nas lojas.

– O que têm as lojas?

– Os pinos não apitam quando passamos pelos sensores na entrada? É muito constrangedor quando acontece no Tesco.

– Não, as lojas não têm detector de metal. Isso só acontece em aeroportos.

– Ah. – Ele deu uma risadinha. – Não estou planejando ir a lugar algum, então não tem importância. Estou adorando ver você. Vai ficar muito tempo?

– Vou ficar o tempo que precisar de mim.

Ele balançou a mão, como que afastando a resposta. Isaac entrou na enfermaria, e Erika acenou para que se aproximasse.

– Este é meu amigo... colega... Isaac Strong – disse Erika. Edward olhou para ele e lhe deu um aperto de mão.

– É um prazer conhecê-lo, Sr. Foster. Erika falou muito do senhor.

– Então você deve me achar um bobo.

Isaac negou com a cabeça, sorrindo.

– Você é um rapaz grande... alto – observou Edward.

– É, mas não sou nada bom em esportes.

Ele semicerrou os olhos.

– Que pena. Teria sido um atleta de salto em altura daqueles!

– Isaac é médico. Patologista forense.

– Trabalha com gente morta?

Isaac sorriu.

– Isso.

Edward deu uma risadinha.

– Quase precisei dos seus serviços. Ainda bem que o carteiro me viu.

– Ah, não! – disse Isaac, suspendendo as sobrancelhas, alarmado.

– Só estou brincando, rapaz. É um prazer conhecer você também. Todo amigo de Erika é meu amigo também.

Um médico entrou na enfermaria e pediu para falar com Erika. Ela deixou Isaac com Edward e seguiu o médico até o posto de enfermagem.

– Foi uma operação bem precisa – disse o doutor. – Ele já está se recuperando, vai ficar bom logo.

– Ótimo.

A expressão do médico anuviou-se.

– Mas estamos preocupados com a situação dele em casa. Edward está abaixo do peso e com deficiência de vitaminas. Também chegou com uma forte infecção urinária. Normalmente, não arriscaríamos operar alguém na condição dele, mas a fratura foi muito feia. Por sorte, a infecção está começando a melhorar com os medicamentos. Não podemos dar alta sem antes providenciar um planejamento de cuidados. Você é daqui?

Erika explicou que morava em Londres. Também falou sobre a conversa que tivera com Edward no Natal e sobre como ele parecera confuso. O médico ouvia e concordava com a cabeça.

– É comum que um dos sintomas da infecção urinária seja confusão, às vezes até alucinação – explicou ele, deixando Erika ainda mais preocupada. – De toda forma, o problema de ele morar sozinho e de estar vulnerável persiste. Vou recomendar que o serviço social faça uma visita à casa para avaliar a situação real em que ele vive.

O médico saiu para fazer a ronda, e Erika ficou no corredor por um momento, tentando entender como as coisas tinham chegado àquele ponto. Como o tempo tinha passado tão depressa. Parecia muito cedo para lidar com a meia-idade e com um sogro idoso precisando de cuidados.

Por isso ela havia se enterrado no trabalho. Isso a fazia se sentir viva e jovem. Era constante. Sempre havia bandidos a serem pegos. O mal não tinha limite de idade. Ela balançou a cabeça, livrando-se daquele pensamento.

– Que grande porcaria – disse a si mesma. Ela passou a mão no cabelo e voltou à enfermaria.

CAPÍTULO 50

Moss sentia que o caso de Marissa Lewis, complicado pelos ataques do homem da máscara de gás, estava saindo do controle, e ela estava apenas engatinhando como detetive inspetora-chefe. Costumava ser uma peça da engrenagem; na verdade, orgulhava-se de ser uma das peças que faziam toda aquela máquina funcionar: mantinha tudo organizado, fornecia apoio e, quando as coisas ficavam tensas, soltava algumas piadas para aliviar.

Agora, ela era a chefe. Sentia a pressão da investigação, e, apesar de o cargo ser temporário, percebia a mudança na equipe e na maneira como se dirigiam a ela. Chamavam-na de "senhora". Quando Crane a chamou de senhora pela primeira vez, ela pensou em uma piada – algum trocadilho com "tora" –, mas se conteve, dando-se conta de que precisava agir com seriedade.

Outro fator que dificultava seu progresso era a maneira como Erika trabalhava enquanto inspetora-chefe. Ela não tomava notas, preferia guardar tudo na memória, e Moss estava sempre correndo atrás de informações. Quando a superintendente lhe perguntou se alguém havia voltado a interrogar a mãe de Marissa, Mandy, sobre o combinado das camas, Moss tentou se lembrar dos relatórios que tinha lido, mas não encontrou nenhuma informação a respeito: por "combinado das camas", a superintendente estaria se referindo aos homens com quem Mandy dividia a cama ou ao local onde dormia? Lembrou-se no último minuto. Mandy estava dormindo no sofá, no andar de baixo, quando Marissa foi assinada, mas a dubiedade e a incerteza a fizeram tremer nas bases. Não suportava a ideia de ser rebaixada a detetive inspetora quando o caso fosse solucionado, mas, ao mesmo tempo, não sabia como resolvê-lo, nem se conseguiria. Erika solucionava os casos e estava sempre pronta para executar novas ordens. Moss percebeu, então, o quanto gostava de seguir ordens.

Moss terminou de falar com a superintendente e foi em direção aos banheiros raramente usados do último andar, onde se trancou em uma das cabines. Ligou para Celia, esforçando-se ao máximo para segurar as lágrimas enquanto expressava sua angústia.

– É a primeira vez que você assume um caso – disse Celia. – Precisa pegar leve consigo mesma... Está assumindo um processo complexo, no meio do caminho. Você é popular na equipe, devia soltar umas piadas pra descontrair. Algum novato ainda não sabe que seu primeiro nome é Kate?

Moss soltou uma risada e passou um papel higiênico amassado no rosto.

– Sou a chefe agora, não posso fazer piada com Kate Moss. O que as pessoas esperam receber de mim é orientação, conhecimento e estratégia. E preciso resolver tudo enquanto faço malabarismo com as pastas do caso, e... – Sua voz desvaneceu.

– Listas – disse Celia. – Você é muito boa com listas. Sempre tem uma fila de *post-its* na geladeira, e a gente sempre mexe neles pra resolver os dilemas e conseguir finalizar as coisas. Você precisa dividir os problemas em tarefas, em vez de enfrentá-los de uma vez só.

– Você está certa – disse Moss. – Não se trata de um caso complicado de assassinato, mas de uma lista de tarefas a cumprir.

Era fim de tarde, e Moss estava de volta à sala de investigação, trabalhando na mesa abarrotada de documentos. Tinham lhe oferecido uma sala, mas não houve tempo de levar o computador e a enorme quantidade de papéis. Seguindo o conselho de Celia, tinha agora uma enorme lista de tarefas a cumprir, mas sentia-se melhor. Afinal, uma das vantagens de ser chefe era poder delegar.

– Alguma atualização sobre o paradeiro de Don Walpole? – perguntou ela.

– Ainda estamos aguardando o retorno do Departamento de Trânsito. Se ele tiver passado por uma área com pedágio, certamente foi flagrado.

– Pode pressioná-los e dizer que não estamos aqui de brincadeira! – exclamou ela, examinando a lista. – Também precisamos monitorar o passaporte e os cartões de crédito de Don. Até agora, ele é o mais próximo que temos de um suspeito.

Crane assentiu e pegou o telefone.

– E os brincos de diamante? Onde está McGorry? – Moss mal havia terminado a frase quando McGorry entrou na sala de investigação. – Você foi à joalheria na Hatton Garden, certo?

– Sim, Moss, quer dizer, chefe.

– Continue com Moss.

– Ok. O funcionário da joalheria, Sr. Litman, se lembra de ter avaliado os brincos para Ella e Marissa. Disse que eram genuínos e que valiam dez mil e quinhentas libras. Depois fui à casa da Sra. Fryatt para perguntar novamente sobre os brincos... Eu tinha até uma descrição. Eram de diamantes em lapidação princesa, cravados em ouro 24 quilates. – Ele estufou as bochechas. – Ela é uma velhinha casca grossa, disse que eu estava errado e que todas as joias dela estão muito bem guardadas no cofre no andar de cima.

– Você pediu pra ver o cofre?

– Sim. Ela alegou que ficava em seu quarto e que não permitiria a entrada de jovens sem mandado.

Peterson e Crane riram, mas Moss teve que se manter séria. Tinha na ponta da língua uma piada sobre ninguém jamais ter precisado de um mandado para entrar na calcinha dela – provavelmente bastava um jantar refinado num restaurante chique –, mas se lembrou de que agora era a comandante da investigação.

– Você teve a impressão de que a Sra. Fryatt estava mentindo?

– Tenho minhas dúvidas, porque também pedi a ela pra confirmar o nome da loja em que o filho trabalha – respondeu McGorry. – É a mesma joalheria, R.D. Litman & Sons. Charles Fryatt é casado com a filha do Sr. Litman, Lara, uma professora aposentada. Eles têm três filhos já adultos. É um negócio familiar bem grande. Os outros dois filhos do Sr. Litman também trabalham lá. – Ele fez uma pausa para que todos entendessem a conexão. – Charles Fryatt não estava na loja quando fui até lá, apenas o Sr. Litman. Perguntei a Ella se havia mais alguém na joalheria quando ela e Marissa levaram os brincos, mas ela alegou ter visto apenas o Sr. Litman.

– Existe alguma chance de Charles Fryatt *não* ter ficado sabendo? – perguntou Crane.

– Acho difícil, mas a Sra. Fryatt deu de bandeja a informação sobre onde ele trabalhava, certo? – questionou Moss.

– Isso mesmo, sem nenhum receio, e não me pareceu preocupada. Ela parecia orgulhosa por ele ter um emprego tão bom – respondeu McGorry.

– Você falou com Charles Fryatt?

– Não consegui localizá-lo. Quando liguei novamente para a loja, o Sr. Litman disse que Charles não estava no horário de trabalho. Ele também não atendeu ao telefone, e a esposa não sabia do seu paradeiro.

– E se Marissa estivesse mentindo sobre como conseguiu os brincos? – instigou Peterson.

– Por que alguém mentiria sobre ter roubado alguma coisa? Não seria mais fácil dizer que ganhou de um admirador que foi vê-la no clube? – questionou Moss.

– Às vezes estamos deixando passar algum detalhe mais sinistro. – disse McGorry. – Não sei por que, mas Marissa Lewis me parecia uma mulher cheia de segredos.

– Era só isto que faltava pra esse caso: ficar ainda mais sinistro – comentou Moss, baixando os olhos para a lista de afazeres e sentindo-se sobrecarregada novamente.

CAPÍTULO 51

Erika e Isaac ficaram no hospital até o fim da tarde.

– Ele parece despreocupado – comentou Isaac enquanto se dirigiam a Slaithwaite.

– Coisa de nortenhos. As pessoas aqui são muito mais legais do que em Londres e enxergam a vida de um jeito muito mais sensível.

– O que o médico falou?

– Só deixarão Edward voltar pra casa quando tiverem certeza de que ele será capaz de se cuidar. Caso contrário, o enviarão a uma casa de repouso.

– Que droga.

– Preciso limpar a casa e tentar consertar as coisas . Não posso deixar Edward naquelas condições, e não quero nem imaginar o que o serviço social diria.

Eles pararam no supermercado e compraram um estoque de alimentos e produtos de limpeza. Já estava escuro quando se aproximaram do vilarejo, que parecia aconchegante, as luzes das casas cintilando na neve.

– Vou ver se consigo ligar o aquecedor – disse Isaac ao entrarem. – Acho que lá fora está mais quente. – Ele começou a esvaziar o fogareiro e a limpar a grade.

– O mistério do gás está solucionado – disse Erika ao encontrar uma pilha de correspondências fechadas. – Parece que Edward mudou de fornecedor e não informou seus dados bancários corretos...

Isaac segurava um fósforo próximo a uma pilha de papéis e lenha, mas nada acontecia.

– O mesmo aconteceu com o telefone. Aparentemente, uma dessas empresas que comparam ofertas o convenceu a mudar a operadora de *todos* os serviços da casa, mas pegaram o endereço errado, assim como as informações bancárias... Filhos da mãe – disse Erika, pegando o celular.

Isaac observou admirado enquanto ela discutia com a empresa, registrando uma reclamação e regularizando a situação de Edward.

Os dois passaram o resto da tarde esfregando e limpando a casa. Às 20h, um técnico chegou para regularizar o fornecimento de gás, e eles puderam ligar o sistema de aquecimento central para começar a lavar as coisas. Isaac tomou um banho, e Erika encheu a banheira que tinham acabado de limpar. Ao entrar lentamente na água quente, sentiu o corpo dolorido relaxar, e o frio, que a havia perseguido ferozmente nos últimos dias, começou a se dissipar. Tinha acendido velas, que deram ao ambiente uma atmosfera rústica e aconchegante. O banheiro era o mesmo de anos atrás, com azulejos antigos cor de lavanda. Acima do vaso, havia prateleiras com uma pilha de sabonete Pears, um suporte de papel higiênico espanhol, caixas de talco e tinta para cabelo castanho acobreado, o tom que a mãe de Mark costumava usar. Erika não se atreveu a jogar nada fora quando fez a limpeza. Aqueles objetos pareciam sagrados; eram os vestígios da vida de Edward com Kath, mãe de Mark. Erika lembrou-se dela, de como era gentil e inocente. Vivia no próprio mundinho, protegida por Edward e Mark, naquele aconchegante vilarejo em Dales.

Quando ajeitou o corpo na água, teve um pressentimento em relação àquela prateleira – uma memória que vibrava lá no fundo, mas que não conseguia acessar. O vapor flutuava até o teto, fazendo as chamas das velas crepitarem. Ela deitou a cabeça nos ladrilhos frios, e seus olhos começaram a se fechar lentamente.

Erika estava de volta a Forest Hill, na Foxberry Road. Era tarde da noite, e a rua, geralmente movimentada e cheia de carros, estava vazia. A neve caía, mas estava quente, como se emanasse calor. Ela se agachou e raspou a neve com a mão: não havia asfalto por baixo, e sim azulejos. Azulejos cor de lavanda com rejuntes brancos. Ela retirou um pouco mais de neve e viu que a rua estava coberta de ladrilhos até perder de vista. O silêncio foi interrompido pelo barulho de algo sendo triturado e por passos na neve. Ela se virou. Um homem alto, todo de preto, caminhava em sua direção. Usava uma máscara de gás. O lustroso e brilhante capuz de couro refletia a luz dos postes. Ele reduziu o passo e parou a poucos metros dela. Quando levantou a cabeça e puxou o ar, o longo respirador a remeteu ao focinho de um cachorro. Erika teve a impressão de que ele observava tudo ao seu redor, mas não a enxergava. Era como se fosse invisível. Ela se aproximou, chegando tão perto que podia ouvir a respiração dele. Observava o reflexo no capuz enquanto ele mexia a cabeça. Olhou dentro das órbitas de vidro, mas não conseguiu distinguir o rosto: era um redemoinho envolto pela escuridão. Quando o vapor saiu pelo respirador, sentiu um forte cheiro de produto químico, algo intoxicante e metálico...

Erika acordou num salto quando seu rosto e seu nariz atingiram a água fria. O vapor havia se dissipado, e seus dedos tinham começado a enrugar. Saiu do banho e enrolou-se numa toalha fina. De pé no tapete, olhou para a prateleira acima do vaso, onde estavam os sabonetes Pears e a tinta de cabelo... Logo após se casarem, foram visitar Edward e Kath, e Mark subiu para usar o banheiro. Os demais convidados tomavam chá na sala quando ele desceu, segurando uma garrafinha preta com as palavras "RELAXAR-DIVERTIR" escritas em vermelho.

– Mãe, porque você tem *poppers* no banheiro? – ele perguntou.

Kath estava servindo tortinhas num prato e levantou a cabeça.

– O que é isso, querido?

– Tem um frasco de *poppers* aberto no banheiro. Fiquei chapado só de fazer xixi.

– Isso é um aromatizador de banheiro – afirmou Kath. – Comprei lá no mercado. Mantém os cômodos cheirosos e desinfetados, com um aroma agradável, e custou só uma librazinha. Tinha um monte de rapazes lá. Um deles falou que ia fazer uma festa... Acho que ele queria que a casa ficasse perfumada para os convidados. Só não achei o cheiro tão bom assim.

Erika deu uma gargalhada, engasgando com o chá.

– Mãe, isso não é aromatizador de ambientes. É nitrito de amila – esclareceu Mark.

– O quê? – questionou ela, colocando os óculos de leitura e se aproximando. – Não, olhe aqui. O rótulo diz que é um aromatizador de ambientes.

Mark explicou que as pessoas inalavam *poppers* pela "onda" que a droga criava.

– Isso é verdade, Erika? – perguntou Kath, virando-se para ela.

Erika tentou ficar séria.

– É, sim. *Poppers* se classifica como droga, apesar de não ser ilegal... É popular na comunidade gay porque relaxa o...

Mark a encarou para fazê-la parar.

– Ai, meu Deus! O que eles devem ter pensado de mim! – exclamou Kath, levando as mãos ao peito.

– Você não tinha como saber – disse Erika.

– Mas eu falei pra eles que ia comprar pro meu marido, pra quando ele fosse ao banheiro – completou ela, horrorizada.

A lembrança fez Erika sorrir, mas, logo em seguida, ela teve um *insight*. Desceu as escadas correndo, ainda de toalha, e pegou o celular. Ligou para Moss, mas caiu na caixa postal.

– Moss, sou eu. Eu tinha dito à equipe pra se concentrar no cara da máscara de gás e procurar alguém que pudesse colecionar máscaras de guerra antigas. Reveja todos os depoimentos das vítimas. Jason relatou que o agressor tinha um cheiro estranho e metálico, veja se mais alguém mencionou esse detalhe. Quem fez isso pode ter colocado um lenço ou um algodão encharcado de nitrito de amila no respirador pra conseguir um efeito sexual. Procure também por apetrechos de sadomasoquismo. Se conseguir ter uma ideia clara do *design* da máscara, terá como procurar fornecedores... Eu não sei como isso se relaciona a Marissa Lewis, mas talvez revele quem é o homem por trás da máscara... Enfim. Espero que as coisas estejam indo bem.

Erika desligou o celular sentindo-se muito distante da investigação.

CAPÍTULO 52

Moss sentou-se com os olhos cansados à mesa da cozinha na manhã seguinte para comer seu cereal. Jacob chegou com a guitarra e começou a tocar uma música nova que havia inventado. Ele dedilhava as cordas, e, quando começou a cantar, Moss berrou para que parasse. Jacob a olhou com uma expressão de choque estampada no rostinho, e seus olhos começaram a lacrimejar. Ela nunca gritava.

– A mamãe está com dor de cabeça hoje. Guarde a guitarra e troque de roupa que eu vou fazer um chocolate quente pra você – disse Celia.

– Achei que queriam que eu fizesse uma música pra vocês. Foi o que disseram ontem, pra eu inventar uma música, e agora que eu criei uma...

– Só preciso de um pouco de paz e tranquilidade agora – ralhou Moss. Celia tirou Jacob da cozinha e retornou alguns minutos depois. – Melhor você não acostumar Jacob a tomar chocolate quente toda manhã – acrescentou Moss.

– Ele só toma no Natal... – argumentou Celia.

– Bom, amanhã é véspera de Ano-novo. Ele está tomando isso toda manhã há dez dias!

– Isso realmente tem a ver com Jacob tomar chocolate quente? Ou você está descontando nele e em mim porque as coisas estão indo mal no trabalho?

– As coisas não estão indo mal no trabalho! – retrucou Moss, levantando-se e jogando na pia sua tigela de cereal pela metade. – Só preciso de tempo pra pensar! Você não tem ideia do quanto esse caso está complicado... E tem esse barulho todo aqui.

– O motivo disso é: temos um filho de 5 anos. Você encheu a cabeça dele ontem pra que compusesse uma música pra você, mas agora está dispensando o garoto!

O celular de Moss começou a tocar, e ela o pegou. Era Peterson.

– Encontramos Don Walpole. A esposa ficou doente, e ele está com ela no University College Hospital. O registro de trânsito chegou, ele passou por uma zona de pedágio.

– Bom trabalho. Me leve até lá.

Ela desligou o telefone e saiu da cozinha. Segundos depois, Celia ouviu a porta da frente bater com força.

– Que maravilha! Agora ela é a detetive inspetora-chefe em ação, e eu, a doméstica... Nem um tchau, nem um beijo no rosto.

– Eu te dou um beijo no rosto, mamãe – disse Jacob, aparecendo à porta, ainda segurando a guitarrinha.

Moss e Peterson chegaram ao hospital pouco depois das 9h. Jeanette Walpole tinha sido internada no setor de nefrologia, e um funcionário no balcão informou como chegariam lá.

– Nefrologia tem a ver com rins, né? – perguntou Peterson enquanto subiam de elevador.

Moss confirmou com a cabeça.

– Está tudo certo com a documentação? O kit de DNA está aqui?

Ele confirmou com a cabeça, suspendendo uma pasta grossa.

– Você está bem? – perguntou ele, vendo a expressão tensa dela.

– Tive uma briga com Celia hoje de manhã, e gritei com Jacob porque ele estava fazendo barulho.

– Estou gostando do barulho, de ter uma criança em casa... – Peterson pegou o celular, desbloqueou a tela e o ergueu para Moss. Era um vídeo de Kyle brincando com potes e panelas. Estava agachado no chão da cozinha com um lençol sobre os ombros, como uma capa de super-herói, e batia em uma fileira de potes de cabeça para baixo com uma colher de pau.

– Melodia linda – disse Moss, olhando de relance. O elevador parou, e um funcionário empurrou uma comprida maca de metal com rodinhas. Ela e Peterson sabiam que havia um cadáver ali. – Como estão as coisas?

– Bem, muito bem mesmo. Eles vão ficar comigo temporariamente, até decidirmos o que fazer – respondeu Peterson.

– Estou vendo que você quer que eles fiquem.

– Quero, sim.

– Falou com a Erika?

– Cheguei à conclusão de que ela está muito ocupada com o sogro, então prefiro conversar pessoalmente, quando ela voltar.

– Não deixe as coisas entre vocês estragarem. Apesar de eu achar que ela é quem vai estragar tudo.

– Tenho um vídeo de Kyle cantando – disse Peterson, mexendo no celular com o rosto radiante de orgulho.

– James, mais tarde. Temos que nos concentrar.

As portas do elevador se abriram e eles se espremeram para passar pela comprida maca, que provavelmente estava a caminho do necrotério. Chegaram a uma porta dupla que dava acesso ao setor de nefrologia, mas estava trancada. Moss espiou pelas janelas de vidro.

– Não estou vendo ninguém. E não tem interfone. – Ela bateu no vidro com a palma da mão. – Ei... Ei!

– Caramba, Moss, calma aí – disse Peterson.

– Podemos ficar horas aqui.

Uma enfermeira apareceu no final do corredor e foi em direção a eles.

– Ou podemos relaxar e confiar que vai ficar tudo bem – completou ele.

Ela respirou fundo várias vezes antes de concordar com a cabeça.

– Vou ficar mais relaxada se o DNA for compatível. Don Walpole é o homem que estamos procurando. Vou solucionar esse caso e voltar à minha patente anterior, quando eu era muito mais feliz.

A enfermeira abriu a porta, e eles mostraram os distintivos. Ela os levou a uma sala lateral no final do corredor.

– A Sra. Walpole está aqui – informou, abrindo a porta. Jeanette estava sentada na cama, ligada a um aparelho de diálise. Tinha a pele amarelada e respirava com dificuldade.

Don estava sentado ao lado dela. Ele encarou Moss e Peterson.

– Pois não?

– Podemos trocar umas palavras, por favor? Pode ser lá fora – disse Moss. Don beijou a mão de Jeanette e saiu. Os detetives mostraram-lhe os distintivos.

– Estivemos tentando contato com você, Sr. Walpole – disse Moss.

– Como podem ver, minha esposa está muito doente.

– Precisamos coletar seu DNA – informou Peterson. Don o olhou de cima a baixo.

– Estão me prendendo?

– Não.

– Então o teste de DNA é voluntário, e não estou preparado pra fazer isso.

– Sr. Walpole, legalmente, podemos colher amostras de DNA se tivermos indícios bem fundamentados de que um suspeito se envolveu em um crime. Podemos encontrar um lugar pra fazer isso aqui, ou podemos ir à delegacia – advertiu Moss.

Don os encarou novamente.

– Tenho aqui um documento que detalha seus direitos – disse Peterson. – Podemos lhe dar um tempo pra ler.

Don olhou Jeanette através do vidro na janela. Eles entraram no quarto e fecharam a porta. Don sentou-se numa mesinha, Peterson vestiu luvas e, em seguida, pegou um tubo plástico com um cotonete comprido.

– Preciso de uma amostra das células do fundo da sua garganta – disse ele. Don abriu a boca, e Peterson passou o cotonete no fundo, na parte interior da bochecha. Depois, colocou-o de volta no tubo e lacrou.

– Obrigada – disse Moss, entregando a Don um formulário a ser preenchido. Ele passou os olhos pela página e assinou

– Ela está morrendo – comentou ele. – Seu corpo está desistindo.

– Sinto muito – disse Moss. – O resultado do DNA deve sair nas próximas vinte e quatro horas.

O sol lutava para sair de trás das nuvens quando Moss e Peterson deixaram o hospital.

– Vou levar a amostra para o laboratório em Vauxhall – disse ele.

– Ótimo. Tentarei falar com a Sra. Fryatt novamente, preciso resolver o mistério dos brincos. Também quero uma amostra do DNA de Charles Fryatt.

– Quer que eu passe na Hatton Garden? Tenho outro kit.

– Não, leve essa amostra para análise. Preciso fazer mais algumas perguntas a ela. Quero ter mais do que uma estranha coincidência antes de ir atrás do filho.

CAPÍTULO 53

Ninguém atendeu na casa da Sra. Fryatt. Moss tocou a campainha várias vezes e espiou pela janela. Em seguida, voltou à calçada e mirou o alto do casarão. As janelas lustrosas refletiam o céu nublado, encarando-a impassíveis.

Moss apoiou na mureta sentindo-se invadida por uma onda de medo e ansiedade. Não estava acostumada a essa emoção. Pensou em como tinha saído de manhã sem se despedir de Celia e Jacob. Quando pegou o celular para ligar para eles, o aparelho começou a tocar. Ela não reconheceu o número.

– Olá, meu nome é Lisa Hawthorne. Sou consultora no Jobcentre Plus, em Forest Hill. Um dos policiais da sua equipe me pediu para entrar em contato para repassar as informações sobre o último emprego de Joseph Pitkin.

– Ah, sim, mas...

– Desculpe a demora, estamos atolados de trabalho aqui. Joseph Pitkin solicitou benefícios nos últimos quatro anos, mas de maneira alternada. Passou quatro períodos empregado, sendo três deles contratos temporários em um *pub* na Honor Oak Park em dezembro de 2014, 2015 e 2016.

– Desculpe, mas você poderia ligar para um dos meus colegas na... – disse Moss, tentando livrar-se do telefonema, mas a mulher prosseguiu.

– O quarto período de trabalho foi em um estúdio fotográfico em New Cross, chamado Câmera Obscura. Ele ficou lá por seis semanas no início de 2016... – A informação sobre o estúdio fez Moss prestar atenção. Apoiando o telefone no queixo, pegou caderninho e caneta. Lisa continuou. – O gerente se chama Taro Williams. É um antigo estúdio de fotografia.

– Sabe por que ele parou de trabalhar lá?

– Não. De acordo com a ficha de Joseph, essa vaga era de assistente de fotografia em tempo integral, mas, depois de seis semanas, ele pediu demissão de repente. O que é estranho, porque nos esforçamos muito pra que ele conseguisse esse emprego, e ele estava muito entusiasmado.

– Não aconteceu nada depois? Nenhuma reclamação do empregador?

– Não. É uma pena que Joseph não tenha seguido sua paixão por fotografia.

– Você o conhecia bem?

– Trabalhei no caso dele e costumava encontrá-lo duas vezes por semana quando ele entrou.

– Infelizmente, Joseph tirou a própria vida.

– Que coisa triste – disse ela, com uma voz cansada. Parecia receber frequentemente aquele tipo de notícia de seus clientes. Moss agradeceu e desligou o celular. Então, olhou novamente para a casa escura da Sra. Fryatt, analisando suas opções. New Cross ficava a um pulo de carro.

CAPÍTULO 54

Taro Williams tinha 30 e tantos anos, e era um homem alto, forte, de testa larga e traços firmes. Seu pai havia iniciado os negócios na década de 1960, deixando de herança para ele o Câmera Obscura e os apartamentos nos andares acima. Ficava na Amersham Road, uma rua residencial cheia de prédios geminados decadentes, a alguns minutos de caminhada da estação New Cross. No passado, os grandiosos edifícios de quatro andares foram construídos por comerciantes que haviam feito fortuna durante a Revolução Industrial. Os prédios abrigavam famílias abastadas e tinham até dependências para os empregados. Além dos três andares que se erguiam do nível da rua, cada edifício tinha um porão grande. A fachada do Câmera Obscura tinha uma janela panorâmica de vidro e ficava afastada da rua, o muro parcialmente envolto por um espinheiro.

A loja de fotografia tinha funcionado muito tempo como estúdio. Nos últimos anos, porém, com o surgimento das câmeras digitais e dos smartphones, os negócios esfriaram. Mas isso não preocupava Taro. Sua riqueza lhe dava independência, e ele gostava de ter tempo para si. Quando tinha vontade, trabalhava como fotógrafo de casamentos. Só abria a loja algumas vezes na semana para fazer retratos, a maioria de jovens casais que tinham ficado noivos, ou de pais que queriam tirar fotografias profissionais dos bebês para registro. O problema é que muitos desses últimos evitavam as molduras douradas que ele lhes oferecia, optando por estampar as fotos dos filhos em almofadas e quebra-cabeças, ou, pior ainda, em bonés e canecas.

Naquele dia, Taro estava desmontando a iluminação e o cenário de uma sessão de fotos que havia feito pela manhã. Um jovem casal japonês o procurou para fazer as fotos do convite de casamento. Ele ficou impressionado com o quanto os japoneses eram pequenos. O casal também pareceu surpreso com o corpo enorme e o rosto sério de Taro, mas ele quebrou o gelo com uma piada e um sorriso largo, transformando-se num ursão simpático. Os dois riram com ele durante a sessão, mas não perceberam que seu sorriso jamais se estendia aos olhos.

Estava acabando de guardar o último refletor quando uma ruiva baixinha atravessou a calçada e se aproximou da loja. Tentou abrir a porta e, ao perceber que estava trancada, bateu no vidro. Taro se aproximou com passos largos e apontou a placa apoiada na parte inferior da janela: POR FAVOR, TOQUE PARA SER ATENDIDO.

Ele abriu um sorriso e gesticulou para ela, indicando que devia tocar a campainha. A mulher revirou os olhos e pressionou o botão ao lado da porta. Ele sorriu e levantou o polegar, destrancando a porta em seguida.

– Olá, sou a detetive inspetora-chefe Moss – disse ela, mostrando o distintivo. – Você tem um minuto?

– É claro – sorriu ele, afastando-se da porta para dar passagem.

CAPÍTULO 55

— Como posso ajudá-la? – perguntou Taro, convidando Moss a se sentar em uma das enormes poltronas que usava para as sessões de fotos. Havia uma câmera em um tripé, um grande painel de papel refletor preso à parede e várias caixas de luz espalhadas ao redor.

Moss sentou-se e puxou um arquivo da pasta.

– Estou aqui para fazer algumas perguntas sobre um ex-funcionário seu, Joseph Pitkin. Ele trabalhou durante seis semanas aqui no início de 2016, certo?

– Isso, correto.

– Pode me dizer por que ele saiu?

Taro concordou com um pesaroso gesto de cabeça.

– Infelizmente, tive que demiti-lo.

– Por quê?

– Ele era... desonesto. Roubou de mim...

Moss assentiu.

– Quanto?

– Não muito. Acho que cinquenta libras.

Moss olhou em volta e viu a caixa registradora encostada na parede perto da janela de vidro.

– Você deu queixa na polícia?

– Não.

– Informou o Jobcentre?

– Não me lembro. Foi há quase dois anos.

– Joseph estava registrado lá, a consultora encontrou este emprego pra ele. Alguém entrou em contato com você pra saber por que ele saiu tão rápido?

– Acho que alguém ligou, sim... – A voz de Taro vacilou. Ele tornou a sorrir, chegou mais perto e sentou-se no braço da poltrona em frente à dela. Usava um terno completo marrom-chocolate. Uma corrente dourada de relógio pendia de um dos bolsos.

– Pode me contar que tipo de fotografia você faz?

– Retratos, principalmente. Casais jovens, irradiando alegria... – Ele apontou um *display* de retratos na parede dos fundos. – A cada dez bebês colocados de frente a uma câmera, nove esperneiam imediatamente. Mas eu costumo assustar as crianças.

– Você tira outros tipos de foto?

– Casamentos, mas costumo pegar o que aparece.

– Algum trabalho erótico?

– Está interessada? – perguntou ele, sorrindo novamente.

– Não – respondeu Moss. Era um homem bonito, mas algo nele a deixava pouco à vontade.

– Desculpe, péssima piada.

Ela sacudiu a mão, desconsiderando o comentário.

– Como avaliaria Joseph enquanto fotógrafo?

– Não posso dizer que tive oportunidade de avaliá-lo. Ele ficou aqui por tão pouco tempo.

– Ele fotografou pra você?

– Sim.

– O quê?

– Deixei que fizesse uma sessão com um casal jovem, que havia acabado de noivar.

– Ele demonstrou interesse em fazer nus, ou alguma coisa mais... não sei como colocar isso.

– Explícita? Não. Meu negócio não é esse... Escute, minha manhã foi meio agitada, estou morrendo de sede. Gostaria de tomar um chá? Posso dar uma olhada nos registros de funcionários enquanto isso e ver se fiz alguma anotação sobre Joseph, ou sobre meu contato no Jobcentre.

– Ok, obrigada – aceitou Moss. Taro levantou, saiu pela porta dos fundos e a fechou em seguida.

Moss correu os olhos pelo estúdio. Havia uma grande impressora de fotos nos fundos, coberta de poeira e tralhas, em que se lia, num adesivo, "Revelação em uma hora". Acima, um armário servia como mostruário das opções disponíveis para estampagem das fotografias: canecas, quebra-cabeças, ímãs, bonés e almofadas. Em todas, a imagem de uma garota segurando um balão amarelo. Em outra parede estavam as fotos de trabalhos anteriores para as quais Taro tinha apontado anteriormente, a maioria de bebês.

Moss aproximou-se do balcão com a caixa registradora. Atrás dela havia prateleiras onde se via um troféu e várias plaquetas de 1991, quando o Câmera Obscura ganhou o prêmio de Melhor Comércio do Sul de Londres. Uma versão mais velha de Taro, provavelmente seu pai, aparecia em uma foto com a esposa e os filhos, em frente à loja.

– Você encontrou as constrangedoras fotos de família – disse uma voz atrás dela.

Moss virou-se num susto e se deparou com Taro de pé bem às suas costas. Ela forçou um sorriso.

– Acabei de ligar a chaleira – disse ele. Moss olhou pela vitrine e viu uma nuvem pesada e escura. Uma tempestade se aproximava. As luzes no interior do estúdio refletiam a sala para além da vitrine. – Encontrei os registros de Joseph.

Ela retornou à poltrona, e Taro sentou-se de frente, tirando os óculos do bolso da camisa e abrindo uma pasta.

– Não foram muitos os que trabalharam pra mim, mas tive alguns assistentes ao longo dos anos. Este é Joseph? Eu o conhecia por Joe – disse ele, levantando uma foto do passaporte do rapaz, tirada numa cabine instantânea.

– Sim, ele mesmo – disse Moss. Joseph olhava apático para a frente, como faz a maioria das pessoas em fotos 3x4, seguindo o protocolo. – Queria saber sobre a sua experiência em tê-lo como funcionário. Ele pegava equipamentos emprestado? Chegou a conhecer algum amigo dele?

– Ele está sendo investigado? – perguntou Taro, suspendendo os olhos da pasta com uma expressão amigável e serena.

– Infelizmente, ele está morto.

– Que terrível! O que houve?

– Suicídio.

Taro tirou os óculos e levou a ponta de uma haste à boca.

– Meu Deus, terrível mesmo. Quando foi?

– Um dia depois do Natal.

– Tão recente... E logo no Natal. – Ele começou a folhear a pasta. Encontrou outra foto, dessa vez impressa em formato 10x8. – Eu o fotografei.

– Achei que era ele quem trabalhava pra você.

– E era. Joseph posou pra mim quando comecei a trabalhar com fotografia digital e precisei testar as câmeras novas. Acho que passei muito tempo insistindo nas tecnologias e nos métodos antigos.

A foto mostrava Joseph de corpo inteiro diante de um fundo claro, só de calça jeans. Ele não parecia à vontade.

– Por que que ele está sem camisa?

– Queria dar as fotos pra uma garota em quem estava interessado – respondeu Taro, rindo. – Aqui está outra. – Ele mostrou uma foto de Joseph só de cueca. Flexionava os braços magrelos numa pose que supostamente deveria realçar sua masculinidade, mas a apatia em seu olhar chamou a atenção de Moss. Ela já tinha visto aquela expressão antes, muito tempo atrás, logo depois do treinamento policial para trabalhar em casos de abuso. Viu aquele olhar em vítimas que haviam se desconectado da realidade, como se tivessem sido transportadas para outro lugar.

– Então ele pediu pra você tirar essas fotos? – questionou Moss. Taro levantou num pulo quando a chaleira apitou nos fundos.

– Sim. Isso é um estúdio fotográfico – respondeu ele, levantando-se. – As pessoas vivem me pedindo coisas estranhas, mas sempre estabeleço um limite em relação a fotografar nudez. – Ele a encarou por um momento enquanto a chaleira apitava. – Não demoro.

Assim que Taro desapareceu porta adentro, Moss tirou o telefone do bolso. Tinha discado o número de Peterson quando Taro apareceu na porta.

– Leite e açúcar?

– Sim.

– O sinal de celular é meio fraco nesta rua. Talvez seja por causa das árvores.

Moss estava com o telefone na orelha quando ouviu o bipe indicando que não havia sinal. Taro sorriu para ela novamente, muito afável, e desapareceu em direção à chaleira berrante. O comportamento dele a deixava completamente desconfortável. Ela foi até a porta dos fundos e viu um corredor comprido. O ruído metálico da chaleira e de uma colher sendo colocada sobre um pires ressoou ao fundo. Foi à caixa registradora e pegou o telefone fixo. Estava sem sinal. Quando foi à porta da frente, viu que estava trancada. Não havia chave. Será que Taro a tinha trancado sem que ela percebesse?

– Isso é ridículo – sussurrou ela, tentando se acalmar. Estava tão preocupada em dar o melhor de si no comando da investigação... Andou pelo cômodo com o telefone no alto, tentando conseguir sinal.

Quando passou por trás das poltronas, notou que a pasta de Taro estava aberta. Havia um formulário do Jobcentre, preenchido à mão com caneta preta. Por baixo, outra folha com anotações e várias fileiras de números. No canto inferior direito, com a mesma caneta, um desenho feito à mão. Moss pegou a pasta com as mãos trêmulas. Era o esboço de um rosto com uma máscara de gás, detalhadamente desenhado com uma caneta esferográfica.

Ela pegou o celular novamente e rolou a tela até encontrar o desenho da máscara de gás no bilhete enviado a Joseph. Ambos haviam sido feitos pela mesma pessoa.

De repente, Moss ouviu algo retinir baixinho. Quando se virou, Taro estava de pé bem atrás dela, segurando duas xícaras de chá.

– Você desenhou isso? – perguntou ela, dando um passo para trás. Sua mão tremia segurando a pasta.

– Desenhei. Desenhei, sim – respondeu ele, tranquilamente. As xícaras retiniram outra vez quando ele as colocou devagar sobre a mesinha.

Moss abriu a boca para falar, mas Taro moveu-se rapidamente até a porta e apagou as luzes, mergulhando o cômodo nas sombras. Moss correu em direção à porta da frente, onde uma luz tênue entrava pela enorme vitrine, mas sentiu um golpe na nuca, e sua visão escureceu.

CAPÍTULO 56

Erika e Isaac foram visitar Edward novamente. Ele havia apresentado sinais significativos de melhora. Quando chegaram, a enfermeira o ajudava a se levantar para uma caminhada. Edward disse que a perna estava novinha em folha, depois de anos lidando com pontadas de dor no quadril. Isaac contou a ele que precisava voltar a Londres para trabalhar na manhã seguinte, e os dois se despediram.

No caminho de volta a Slaithwaite, Erika pediu que Isaac pegasse um caminho diferente, passando por uma série de avenidas agradáveis, cheias de casas geminadas.

– Pode parar aqui – pediu ela. Ele estacionou em frente a uma casa de dois andares. O gramado estava coberto de neve, e perto da porta havia um boneco de neve com nariz de cenoura, dois olhos pretos e um cachecol vermelho. Luzes natalinas pendiam do telhado, e através da janela via-se uma árvore de Natal.

– É uma bela casa – comentou ele. – Por que paramos aqui?

– Esta casa é minha – afirmou ela, observando-a com tristeza. – Foi onde eu e Mark vivemos por quinze anos.

– Ah.

Erika observava a propriedade, enxugando uma lágrima que tinha acabado de se formar.

– Não voltei aqui desde que ele morreu. Mandei embalarem as coisas e guardarem num depósito, depois coloquei a casa pra alugar numa imobiliária.

– Conhece quem a alugou? Quer bater na porta?

– Não.

Isaac assentiu.

– Quanto tempo está planejando ficar?

– Preciso reacomodar Edward antes de voltar. E achar alguém pra cuidar dele.

O celular de Erika tocou. Ela não reconheceu o número, mas atendeu.

– Erika? – perguntou uma voz de mulher, carregada de preocupação.

– Sim?

– É Celia, esposa de Kate.

– Oi, Celia, me desculpe. Não tenho seu número salvo, não o reconheci.

– Você tem notícias de Kate?

– Não. Deixei uma mensagem pra ela ontem, mas ela ainda não me respondeu.

– É que ela costuma me ligar durante o dia. Tivemos uma briga boba hoje de manhã, nada sério, mas ela é do tipo que liga pra amenizar as coisas. Liguei pro James e pro John, mas eles também não sabem onde ela está. Já deixei umas seis mensagens na caixa postal.

– Ela está no comando de um caso importantíssimo. Acredite em mim, isso pode fazer alguém perder a noção de tudo.

– Eu sei. Kate está muito estressada desde que assumiu esse caso...

– Ela provavelmente herdou alguns maus hábitos de mim. Costumo perder a noção do tempo quando estou trabalhando em uma investigação... – A voz de Erika desvaneceu. Ela só perdia a noção do tempo porque nunca havia alguém esperando uma ligação dela. – Provavelmente a chamaram pra passar informações aos superiores. Ela precisa fazer esse tipo de coisa agora que assumiu o cargo de detetive inspetora-chefe, e essas reuniões podem durar uma eternidade.

– Ok – disse Celia. – Me desculpe, você deve estar me achando uma maluca.

– Não mesmo. Acho que Moss tem muita sorte. Quando tenho um arranca-rabo com alguém, geralmente não me ligam de volta. Se ela me telefonar, peço pra retornar sua ligação.

– Certo.

– Você também pode tentar o ramal da superintendente Hudson – acrescentou Erika. Ela passou o número e despediu-se de Celia.

– Está tudo bem? – perguntou Isaac enquanto Erika tentava ligar para Moss. A chamada foi direto para a caixa postal.

– Era Celia. Moss não entrou em contato desde hoje de manhã.

– E isso é incomum?

– Pra elas, sim.

– Sinto falta de ter alguém esperando por mim – disse Isaac.

– Eu também – concordou Erika, erguendo novamente os olhos na direção da casa. – As glicínias cresceram tão rápido. – Ela apontou um alto e vigoroso galho que subia pela lateral da casa, contorcendo-se e serpenteando pelos beirais do telhado. – Comprei isso num vasinho minúsculo no dia em que nos mudamos. Tínhamos ido comprar tinta na B&Q, e ela estava em promoção. Custou setenta centavos. Mark me disse pra não desperdiçar dinheiro com um graveto que parecia morto.

– Aposto que fica lindo quando floresce – disse Isaac.

Erika concordou e enxugou as lágrimas.

– Ande, vamos embora. Queria ver a casa, mas não passa de um imóvel. O que a transforma em lar são as pessoas que vivem nela, e não estamos mais aqui. Há outra família agora.

CAPÍTULO 57

Taro, ou T, apelido pelo qual gostava de ser chamado, golpeou a nuca de Moss com força usando um cassetete de couro. Guardava-o na gaveta da cozinha e o enfiou no bolso de trás enquanto preparava o chá. Sentia sua cabeça girar, mas não estava com medo, nem entrando em pânico. Moss havia caído com tudo no chão, mas estava longe da janela, oculta pelas sombras, e as luzes da loja, apagadas.

Ele ouviu o tique-taque do relógio. Lá fora, um carro passou ruidosamente no asfalto. Taro agachou, ainda com o cassetete na mão direita, imaginando que ela pudesse reagir. Com a mão esquerda, sentiu o pulso. Batia lento e ritmado. Manteve o dedo pressionado contra a pele, sentindo a vida vibrar, correndo pelas veias através do nódulo pulsante. O cabelo dela estava ensopado de sangue. Ele se levantou e guardou o cassetete no bolso. Dando um passo sobre ela, aproximou-se da janela. A rua estava tranquila. Então, recuou de volta para as sombras e rolou o corpo de Moss.

– Que mulher grande – murmurou ele enquanto a apalpava, passando as mãos pelos seios e entre as pernas. Demorou-se ali por um momento, saboreando o calor, então desviou a atenção para os bolsos dela. Pegou as chaves do carro, o celular, a carteira e o distintivo. Colocou-os no balcão, ao lado da caixa registradora, e retornou a ela. Com um esforço considerável, ele a suspendeu de uma só vez, jogando-a sobre o ombro. Entrou pela porta carregando o corpo mole, desapareceu por alguns minutos e voltou.

Acendeu as luzes. O tapete onde Moss havia caído estava limpo, sem vestígios de sangue. Mesmo assim, preferiu ser cuidadoso, limpando-o. Retornou ao balcão e pegou o telefone e as chaves do carro. Destrancou a porta da frente, saiu e começou a caminhar pela calçada. Havia um punhado de carros estacionados. Ele apertou o controle da chave e olhou para a direita. Nada aconteceu. Quando olhou para a esquerda e apertou o botão novamente, as luzes de uma Land Rover preta piscaram a uns cinquenta metros de distância.

T parou por um momento, refletindo. Estava surpreso com a própria calma. O coração batia mais rápido, e podia sentir o sangue sendo bombeado pelas pernas e pulsos, mas estava no controle. Não entrou em pânico.

Ela teria dito a alguém que iria para lá? Era início da tarde. Policiais não costumavam ser as mais sociáveis das criaturas; provavelmente só se dariam conta de que Moss estava desaparecida na manhã seguinte. Quando percebessem, porém, alguém acabaria indo até lá para interrogá-lo. Confirmaria que ela havia passado na loja, mas diria que já tinha ido embora. Ele encarou as chaves e o telefone. Como faria para parecer que ela tinha saído?

Uma caminhonete do departamento de jardinagem de Lewisham virou a esquina. Era uma daquelas com a carroceria toda aberta, própria para carregar plantas e tapetes de grama. Ele deu a volta e se aproximou do carro de Moss pelo lado do motorista. Mexeu na porta, depois esfregou depressa o celular no blazer. Quando a caminhonete passou, jogou o aparelho na carroceria, entre as pilhas de galhos e folhas mortas. Entrou no carro e ficou observando enquanto a caminhonete aguardava o semáforo no final da rua abrir para arrancar. Felizmente, o veículo seguiu na direção do South Circular.

Taro ligou o carro e dirigiu por cerca de três quilômetros, dando preferência às ruas residenciais para evitar câmeras de segurança. Estacionou no final da Tresillian Road, uma sossegada rua repleta de casas. Trancou o carro, esfregou as chaves para limpá-las e as jogou num bueiro.

Voltou sem pressa ao estúdio fotográfico, caminhando sob a luz do dia, que começava a esmaecer. A calmaria entre o Natal e o Ano-novo era o disfarce perfeito para seus movimentos. Não viu uma pessoa sequer. Quase desejou ter levado a máscara para se divertir um pouco, mas precisava voltar ao estúdio para lidar com a policial.

CAPÍTULO 58

A Sra. Fryatt estava sentada à lareira, tomando chá em sua porcelana predileta, quando a campainha tocou. Ela levou um momento até se lembrar de que não havia mais ninguém em casa para atender, então, apoiou os braços na poltrona e levantou-se com dificuldade.

Demorou um pouco para chegar até a porta: o tamanho da casa e a rigidez de suas pernas depois de várias horas sentada retardavam o ritmo de seus passos. Ela abriu a primeira porta e saiu para a varanda fria. Através do vidro, viu um homem de pele escura acompanhado por cinco policiais fardados.

Um negro, pensou ela, resistente, ao abrir a porta. Ele mostrou o distintivo.

– Sra. Elsa Fryatt? Sou o detetive inspetor James Peterson.

– O que você quer? – ela perguntou rispidamente. Apesar da baixa estatura, o patamar da porta era elevado, o que nivelava seu olhar ao dos demais.

– Temos um mandado para revistar essa propriedade devido à suspeita de uma conexão com o assassinato de Marissa Lewis – informou ele, entregando o documento.

– Isso não tem serventia alguma pra mim. Estou sem óculos – disse ela.

– Não estou esperando que leia – disse Peterson, subindo até a varanda. De repente, havia ficado muito mais alto do que ela. A Sra. Fryatt estendeu os braços para tentar impedi-lo, mas ele os afastou gentilmente e entrou na casa.

– Tire essas mãos pretas de mim! – berrou ela. Os outros policiais entraram atrás e começaram a calçar luvas de látex. – O que estão fazendo? Por que estão invadindo a minha casa?

Uma jovem policial começou a abrir as gavetinhas de um dos aparadores no corredor de entrada. A Sra. Fryatt ia atrás, tentando fechá-las.

– Senhora, precisa se afastar, ou iremos prendê-la.

– Sob que justificativa?

– Obstrução a uma policial com um mandado.

Ela se afastou e ficou observando do corrimão enquanto a polícia se espalhava. Pegou o celular e, com as mãos trêmulas, ligou para o filho.

– Charles? A polícia está aqui! – esganiçou ela, subindo o tom de voz. – Disseram ter um mandado de busca... Estão mexendo em tudo... – Ela escutou enquanto Charles a bombardeava de perguntas, observando, da porta de vidro que dava para a sala, os livros serem tirados das prateleiras, levantados no ar, sacudidos e jogados no chão. – Não sei. Não estou com os meus óculos. Eles não dizem o que estão fazendo. Um deles foi grosseiro comigo ao entrar... Ok, venha rápido!

Ela desligou o telefone e tentou achar um lugar na casa onde pudesse esperar, mas a polícia parecia estar em todos os cantos. A sensação era de que havia mais do que os seis policiais que tinha visto do lado de fora. Ela voltou para a varanda gélida e sentou-se na pequena cadeira que usava para calçar os sapatos. Suas mãos tremiam, e não era apenas pelo frio.

Uma hora depois, Charles Fryatt colocou o rosto na vidraça da porta da frente.

– Mas que droga! Por que demorou tanto? – ela perguntou entredentes ao abrir a porta.

– Cadê o mandado? – ele quis saber, pegando o papel das mãos dela. Passou os olhos no texto e na assinatura ao fim da página. Eles entraram no corredor no momento em que Peterson descia as escadas.

– Você é Charles Fryatt? – interrogou ele.

– Sim, e estou achando isso um completo absurdo. O que minha mãe poderia ter a ver com o assassinato de Marissa? – questionou ele. – Ela tem 97 anos!

Peterson o ignorou.

– O quarto principal é seu, Sra. Fryatt?

– Sim! Você entrou lá? *Você*? – gritou ela.

– Entrei.

– Eu esperava que uma policial *mulher* fosse designada para fazer isso. Tenho certeza de que você pôs essas mãos em todos os meus pertences!

Charles disparou um olhar para a mãe.

– Mãe, você precisa se controlar – alertou ele.

– Posso falar o que eu quiser na porcaria da minha casa! Liberdade de expressão existe por um motivo!

– Precisamos que abra o cofre no guarda-roupa – disse Peterson. Charles olhou para a mãe com os olhos arregalados e apreensivos.

– Imagino que eu não tenha escolha – disse ela.

– E não tem mesmo. Ou vocês o abrem, ou nós o abriremos com uma furadeira.

Charles e a Sra. Fryatt seguiram Peterson pelos dois lances de escada até o quarto, onde havia uma enorme cama com dossel, uma penteadeira de madeira maciça rente à janela e um enorme guarda-roupa embutido, ao longo de uma parede inteira. A porta do meio estava aberta, deixando à vista um pesado cofre de metal com a fechadura de combinação mecânica.

– Sou a única que sabe o segredo – disse ela, altivamente.

– E se não se lembrar? – A pergunta de Charles saiu quase como uma afirmação, como se sugerisse a ela que fingisse ter esquecido a senha. No entanto, ela se aproximou aos tropeços e agachou lentamente diante do cofre.

– Preciso que todos se virem pra lá – disse ela. Peterson, Charles e os outros dois guardas presentes no quarto desviaram o olhar. Alguns cliques depois, a tranca do cofre foi aberta. Charles tentou encontrar o olhar da mãe, mas ela se esquivou. – Pronto – disse ela.

Peterson se agachou para olhar lá dentro. Havia três prateleiras. A primeira continha um maço de notas de vinte libras e alguns títulos bancários antigos. A segunda estava abarrotada com caixas pretas aveludadas para joias. Os guardas se aproximaram, calçaram luvas novas para pegá-las e as colocaram sobre o carpete. A primeira caixa, larga e plana, continha um deslumbrante colar de diamantes. A segunda e a terceira, um relógio de pulso Cartier, também de diamantes, e dois braceletes. Peterson vasculhou as demais, que continham um broche de diamantes, brincos de ouro e outro colar com pingente de ouro, de cerca de duzentos gramas. As duas últimas caixas continham, respectivamente, um par de brincos de diamante em lapidação brilhante e outro par em lapidação princesa.

A terceira prateleira do cofre estava vazia.

– A senhora tem mais algum brinco em lapidação princesa? – perguntou Peterson.

– Não – respondeu a Sra. Fryatt. – Na prateleira de cima, embaixo das notas, está toda a documentação do seguro das minhas joias. Foi renovado no final de agosto do ano passado. Está tudo aí, autenticado e dentro da validade.

Peterson demorou alguns minutos conferindo a papelada. Quando terminou, levantou-se e foi até Charles, que observava tudo diante da janela. Sua pele pálida brilhava de suor, apesar do frio.

– Você confirma que Marissa Lewis esteve na sua joalheria para avaliar um par de brincos de diamante em lapidação princesa, exatamente igual a este? – perguntou ele, segurando a caixa no alto.

– Eu... Sim... Aparentemente, ela foi – respondeu Charles. A Sra. Fryatt o encarava com frieza.

– Por que não contou isso à polícia quando vieram aqui conversar sobre Marissa?

– Eu não sabia que ela tinha ido à loja, soube apenas quando um policial apareceu lá e conversou com o meu sogro. Sou um dos quatro ourives da família que trabalham lá – respondeu Charles. Seus olhos oscilavam entre Peterson e a mãe, que continuava a encará-lo.

– A loja pertence à família da sua esposa?

– Sim. Trabalho com meu sogro e meus dois cunhados.

– Preciso levar esses brincos para análise – disse Peterson.

– E o que pretendem tirar dessa análise? – perguntou a Sra. Fryatt.

– Amostras de DNA.

– Bom, certamente encontrarão meu DNA, talvez até o da minha nora, que já os pegou emprestado algumas vezes. E, é claro, também encontrará o DNA de Marissa.

Peterson a encarou.

– Por que diz isso?

– Porque eu a deixei experimentá-los, detetive. Se quiser se dar ao trabalho de esperar, posso achar uma foto dela com eles. Marissa fez uma sessão de fotos burlescas aqui para o portfólio dela. Sharon, sua amiga, também veio ajudar. – Ela estendeu a mão para pegar os brincos.

– Mesmo assim, gostaria de levá-los para serem analisados.

– É só disso que precisa? Não quer uma amostra de urina também? Ou talvez queira coletar impressões digitais de todas as superfícies daqui.

– Só os brincos – disse Peterson. Encarava-a com firmeza, recusando-se a desviar o olhar.

– Ótimo. Leve-os para análise, mas saiba que está perdendo seu tempo. E já vou avisando: se eles sofrerem qualquer dano, por menor que seja, processarei você e a polícia. Tenho dinheiro pra isso.

Peterson envelopou os brincos e saiu do quarto acompanhado dos outros dois policiais. Só abriu a boca quando chegaram aos carros, onde os outros os aguardavam.

– Merda! – xingou ele, dando um soco no capô. – Droga!

CAPÍTULO 59

Moss recuperava a consciência lentamente, mas estava tudo escuro ao seu redor. Não conseguia enxergar nada. Deitada de costas sobre uma superfície dura, sentia a cabeça latejar. Ela inspirou. Um cheiro azedo de suor e fluidos corporais impregnava o ar. Ondas de enjoo invadiram seu corpo, e ela achou que fosse vomitar. Foi tomada pelo pânico quando se deu conta de que sua boca estava coberta por fita adesiva. Quando despertou por completo, sentiu as mãos bem amarradas na frente ao corpo, atadas nos pulsos, bem como os tornozelos. Ela engoliu em seco e tentou ficar calma. Parou para ouvir. Escutou um leve zunido, seguido de um estrondo. Logo depois, um quadradinho azul apareceu no seu campo de visão. Ele permaneceu ali por alguns segundos e sumiu.

Moss engoliu de novo. Sua garganta estava seca e áspera. Começou a rolar de um lado para o outro, sentindo o chão. Moveu os braços atados para a direita e sentiu uma grade de ferro, e a mesma coisa à esquerda. Arrastou-se para cima e para baixo, sentindo as barras acima da cabeça e embaixo dos pés. Seu coração disparou novamente, e o pânico cresceu dentro do peito, quase se apoderando dela. Estava em algum tipo de jaula.

Fique calma, fique calma, calma, calma, calma, dizia uma voz na sua cabeça. Lembrou-se das técnicas de meditação que Celia tinha começado a experimentar para controlar a ansiedade. Havia tirado o maior sarro dela por carregar o livro-guia para todo lado. Agora, desejava tê-lo lido. Tentou se lembrar dos exercícios e do que Celia havia dito a respeito. Tinha a ver com focalizar o que de fato estava acontecendo ao redor e não deixar as emoções tomarem conta. Ela se concentrou no chão frio sob as costas. Tateou ao redor e teve certeza de que era madeira.

O que era aquela luz azul? Uma chama; uma pequena chama atrás da abertura quadrada de um aquecedor central. Ela precisava se sentar e ver o que a chama iluminava, se é que voltaria a aparecer.

Moss inspirou e expirou lentamente. Seu nariz parecia não inalar ar suficiente. Começou a tentar se sentar, mas teve que parar no meio do caminho; o sangue pulsando nas veias havia levado a dor até a cabeça, como se fosse explodir. Sentiu outra forte onda de enjoo. Se vomitasse, sufocaria.

Ela se deitou novamente, devagar, e respirou fundo várias vezes, inclinando a cabeça para encostar a bochecha no chão frio. Pensou novamente no que havia acontecido. No desenho da máscara de gás, no momento em que tudo tinha se encaixado – e ele, é claro, também havia entendido tudo.

Sentiu o pânico invadi-la novamente. Ele a mataria. A chama era de uma caldeira, o que provavelmente significava que ela estava em um porão. Amarrada. Amordaçada. Dentro de uma jaula. O medo e o desespero a dominavam. Então, lembrou-se do rosto de Jacob. Aqueles olhinhos lindos, o sorriso inocente. Como o cheirinho dele era bom! Como ele adorava abraçá-la pela cintura, apoiando-se nos pés dela enquanto andavam pela casa... Também lembrou-se de Celia, com seu cabelo cor de mel e seu lindo rosto gentil. Por que não os abraçara nem dissera que os amava antes de sair de casa?

Seus olhos se encheram de lágrimas, e isso lhe deu energia para lutar. Respirou fundo várias vezes e começou a levantar lentamente, centímetro por centímetro, tentando sentar-se para entender de que direção havia surgido aquela chama azul. Encostou a cabeça nas barras à esquerda e se esticou um pouco para cima. A cabeça latejava de uma dor quase insuportável. Ela puxou mais ar, respirando fundo. Estava sem jaqueta e amarrada com as mãos na frente do corpo, os antebraços atados à cintura até a altura das articulações nos dedos. Sentiu que estava presa por *silver tape* pela forma como a fita grudava nos pelos finos do braço.

De repente, algo fez um clique à sua direita, e a chama azul reapareceu. Sua visão estava embaçada, mas ela conseguiu focar alguns contornos. Viu a caldeira em formato de caixa no alto da parede. Percebeu que a jaula estava no chão. A chama desapareceu, e ela mergulhou na escuridão novamente.

A náusea retornou, e ela começou a sentir câimbras dolorosas nas costas e na parte de trás das pernas. Ter os membros inferiores atados já era horrível, e a posição em que estavam não lhe permitia sentar com o corpo reto. As câimbras pioraram, e ela estremeceu de dor.

Respire, respire, respire. A dor vai passar. Soltou um grito abafado quando ficou insuportável. Seus ombros estavam curvados para a frente, e os cotovelos, travados um no outro. Lembrou-se de ter visto na internet um vídeo sobre defesa pessoal, no qual um homem explicava o que fazer se suas mãos fossem atadas uma à outra com *silver tape*. Esse era mais um dos *hobbies* de Celia: ir a aulas de defesa pessoal. Queria que Moss a acompanhasse, mas os horários sempre coincidiam com os do trabalho. Então, Celia a enviou um vídeo do YouTube. O homem havia suspendido os braços atados acima da cabeça e os abaixado em direção à barriga, soltando-os. Tinha algo a ver com a resistência à tensão da *silver tape*. Se puxada em determinada direção, a fita cedia pouco, como se fosse o chiclete mais resistente do mundo. Porém, se tensionada corretamente, ela rasgaria certinho na direção das fibras.

Moss respirou fundo e tentou erguer os braços. No entanto, estava escuro, e ela calculou mal o ângulo, batendo forte com os punhos no nariz. Deu um engasgo abafado e começou a entrar em pânico quando sentiu o nariz inundado de sangue. Curvou-se para a frente, mas os pulsos continuavam atados com força. Ela não conseguia respirar. Na escuridão, começou a sufocar no próprio sangue.

CAPÍTULO 60

T aproveitava a lenta caminhada pelo bairro residencial para refletir. Pensava na vida como luz e escuridão. Seu trabalho como fotógrafo era tão pitoresco e seguro que ele o considerava a luz. Quando fechava a loja e se via sozinho, porém, adentrava a escuridão.

Foi apresentado a esse lado obscuro por uma garota que conhecera quinze anos antes... Não, não foi bem assim. A escuridão sempre esteve dentro dele, adormecida. Tabitha apenas a despertou, trazendo-a à tona. Ele achava que ela era a única pessoa do mundo com fantasias violentas, mas Tabitha, uma jovem precoce, o encorajava a experimentar brinquedos sexuais e incorporar personagens. Ela o encorajava a lhe contar segredos na escuridão.

Tabitha adorava ser amarrada, e os dois gostavam de encenar uma fantasia em que ele a sequestrava e a estuprava. Na época parecia assustador, mas, olhando para trás agora, ele sabia que não passava de brincadeira de criança. Tabitha estava encenando. Era um simples teatro. E a atuação dela nem era boa o suficiente. Seu medo era inexpressivo e vazio. Ela foi apenas um trampolim para lugares mais sombrios.

Certa noite, os dois foram a um clube de *bondage* no Soho. Foi lá que ele descobriu sobre os capuzes e o controle da respiração, e também onde terminou sua relação com Tabitha. Naquela noite, ele quase a sufocou. Viu o medo real nos olhos dela e por pouco não conseguiu parar. Acabou convencendo-a a não procurar a polícia.

Nos anos seguintes, passou a ir a Amsterdã, onde frequentava clubes de *bondage* e consumia pornografia pesada, até descobrir, rapidamente, que nem a pornografia mais pesada o satisfazia. Por fim, descobriu as máscaras de gás e começou a usá-las durante o sexo, fechando o respirador para controlar a respiração, ou enchendo-o de algodão embebido em nitrito de amila.

Ele não se lembrava muito bem de quando teve a ideia de perseguir pessoas na rua durante a noite. Havia usado drogas com um homem que o convidou para conhecer a masmorra que tinha montado no porão. Em algum momento, acabaram indo para o quintal, e ele se esgueirou pelo portão dos fundos até um canto escondido da rua, de onde observou as pessoas sem ser visto. O poder que aquilo lhe deu foi mais forte do que qualquer coisa que já tinha feito. Ele foi ficando cada vez mais ousado, primeiro se exibindo para homens e mulheres, até concretizar o primeiro ataque.

T reduziu o passo ao se aproximar do Câmera Obscura. Precisava de tempo para pensar. O fato de ser uma policial dava-lhe uma emoção extra. Mesmo depois de tantos ataques ao longo dos anos, ele nunca tinha sido pego. Não tinha antecedentes criminais, não tinham seu DNA, e ele nunca tinha sido multado por estacionar em local proibido. Os pontos da sua carteira de motorista estavam intactos.

Ela estava no porão. Tinha visto seu rosto. Se a deixasse sair, estaria tudo acabado.

Ele era do tipo que gostava de correr riscos. Já havia se livrado das provas. Agora, precisava pensar em como se livrar do corpo. Ela era grande. Ele dobrou a esquina e resolveu dar mais uma volta no quarteirão. Precisava se planejar.

CAPÍTULO 61

Moss suspendeu os braços na escuridão e os puxou novamente para baixo, atingindo o peito com os punhos. Repetiu o movimento. Seu nariz jorrava sangue, e ela lutava para respirar. Na terceira tentativa, os pulsos se separaram e os cotovelos acertaram as grades. Ela não se importou com a dor. Levou os dedos dormentes à boca e arrancou o pedaço de fita que lhe cobria a boca. Engasgou, cuspiu e encheu os pulmões de ar.

– Ai, meu Deus, ai, meu Deus! – gritou ela, aliviada pela sensação de poder usar as mãos e respirar novamente pela boca. Começou a agir depressa, puxando a fita ao redor dos tornozelos até soltá-los. Virou os ombros e se remexeu na jaula até ficar agachada, tateando ao redor. Acima da cabeça havia barras grossas, e ela não conseguia levantar e esticar as pernas. Numa das grades, um cadeado bem preso.

– Droga! – xingou ela. Era como uma jaula para um cachorro grande. Houve outro clique, e a chama iluminou o cômodo escuro. Seus olhos haviam se acostumado à penumbra, e ela viu uma série de pilares na parede dos fundos. Também enxergou algumas formas e contornos: uma coisa fina e comprida enrolada, um capuz com buracos no lugar dos olhos... e um respirador. Era uma máscara de gás. Ela tateou ao redor mais uma vez. As grades da jaula eram de ferro maciço, mas a base era de madeira. Agora que estava sem a fita, conseguia se movimentar com mais liberdade. Ela engoliu em seco, passou a mão no nariz e sentiu o sangue começando a coagular. Então, abraçou os joelhos e encostou as costas no alto da jaula. Começou a balançar de um lado para o outro, sentindo a estrutura se mover alguns centímetros. Não estava fixa no chão. Começou a balançar com mais força, de modo a deslizar pelo chão, afastando-se da parede de tijolos. Estava fazendo um esforço enorme, e precisou parar algumas vezes para tomar fôlego. Minutos depois, estendeu o braço para fora das grades e não sentiu mais a parede de tijolos, o que a deixou satisfeita: agora, tinha espaço suficiente dos dois lados. Encostou as costas na grade e a abraçou por trás, balançando a jaula de um lado para o outro, explorando o centro de gravidade. As laterais da base começaram a levantar do chão à medida que ela aplicava mais força. De repente, a jaula tombou e caiu com um estrondo que ecoou pelo porão. Moss soltou um grito de dor ao bater nas grades do lado esquerdo, que agora eram o chão da jaula.

Ela parou um pouco para recuperar o fôlego e começou a chutar a base de madeira.

– Você. Devia. Ter. Tirado. Minhas. Botas. Seu. Burro. De. Merda! – falava entredentes, pontuando cada palavra com um chute, batendo ritmadamente a sola da bota na superfície. A cada chute, sentia a dor vibrar nos ossos, e as barras de metal pressionarem suas costas e ombros, mas continuou. Por fim, quando sentiu que os pés explodiriam, sua perna atravessou a madeira rachada. As lascas arranharam sua pele, e ela gritou de dor, mas nada a pararia. Ela puxou a perna de volta e começou a chutar ao redor do buraco, empurrando e lascando a grossa tábua de madeira compensada. Tudo parecia durar uma eternidade, até que conseguiu abrir passagem e sair da jaula, as mãos e as pernas cheias de farpas. Estava livre. Saiu tateando na escuridão. Quando achou um interruptor de luz, ela o acendeu.

CAPÍTULO 62

Moss mal havia recuperado o fôlego quando se deu conta do horror absoluto de onde estava. Havia outra jaula mais alta em um canto do cômodo, além de uma série de troncos e uma mesa com algemas de couro. Manchas de sangue impregnavam o chão de concreto, e as paredes estavam repletas de pornografia pesada: imagens explícitas de nudez e tortura. Havia também uma TV grande com fileiras e fileiras de DVDs muito bem organizados em uma prateleira.

Nos ganchos pendurados na parede, havia chicotes, correntes, um arreio, dois trajes de látex de corpo inteiro e uma máscara de gás preta com grandes órbitas de vidro. No respirador comprido, uma série de quadrados pintados dava a impressão de um rosto com dentes.

Moss ficou paralisada ao ouvir passos do lado de fora. A porta foi destrancada, depois, aberta.

Taro parou na entrada, pálido e trêmulo. Em uma mão, uma seringa com um líquido azul-escuro. Na outra, um pacote de sacos plásticos pretos. Havia chegado para matá-la da maneira mais limpa e organizada possível, mas ela tinha acabado de complicar as coisas. Moss compreendeu que ele pretendia enfiar a seringa entre as grades e injetá-la nela. Aquilo a fez lembrar de um filme horroroso que vira uma vez, sobre testes feitos em animas. A maneira como os bichinhos se encolhiam para se afastar das barras enquanto enfiavam-lhes uma agulha na pele.

– Como você saiu? – perguntou ele. Sua voz estava baixa e equilibrada.

– Dê uma olhada e descubra – disse Moss. Sem tirar os olhos dela, ele entrou no cômodo e fechou a porta com o pé. Deu outro passo na direção dela. – Fique longe – ela advertiu.

– Você não devia ter vindo aqui. Eu ia parar. Ia parar e desaparecer... Agora, tenho que lidar com você. AGORA TENHO QUE LIDAR COM VOCÊ!

Moss tentou não demonstrar medo. Ela recuou e foi para detrás da jaula, caída de lado no chão. Ele se aproximou. Ela agarrou a parte de cima da jaula e tentou empurrá-la na direção dele, como um aríete, mas o atrito das barras no chão só permitiu que deslizasse alguns centímetros antes de Moss perder o equilíbrio e cair para a frente.

Num segundo, ele deu a volta pela jaula e a agarrou por trás. Ela lutou e esperneou quando o viu girar a seringa, o polegar encostado no êmbolo. Ele a suspendeu e se preparou para injetá-la em Moss.

Numa manobra rápida, ela se inclinou para a frente e jogou a cabeça para trás. Sentiu o crânio bater na boca dele, estilhaçando os dentes da frente e quebrando o nariz. Ele soltou um grito e cambaleou para trás. Moss correu até a porta, mas ela não abria. Puxou com força a maçaneta, que não cedeu. Virou-se e o viu cambaleando de lado, o sangue escorrendo pelo nariz. Ele cuspiu dois dentes no chão, levantou a cabeça e olhou para ela. Sua expressão era insana. Ela olhou para os lados em busca de alguma coisa, até ver, sobre uma mesa perto da porta, um grande cadeado aberto ao lado de uma corrente. Ela o pegou num segundo e, usando toda sua força, mirou nele e arremessou. A cena parecia acontecer em câmera lenta, e o cadeado girou duas vezes no ar antes de atingi-lo na têmpora. Ele a encarou com um misto de choque e surpresa antes de desmoronar, rachando a cabeça no chão com um barulho estrondoso.

Moss correu novamente até a porta. Estava dura, mas conseguiu girar a maçaneta e abri-la. Entrou num corredor bem iluminado e bateu a porta com força. As paredes tinham um revestimento antigo de madeira, e Moss percebeu que havia saído por uma porta secreta: ao ser fechada, ela se misturava à parede. Na entrada do corredor, havia uma pequena máquina de costura Singer em cima de um suporte. Era antiga e estava coberta de livros, plantas e um molho de chaves. Gemendo de dor, ela arrastou a mesa pelo chão de madeira. Tinha os olhos fixos na porta, que podia se abrir a qualquer momento. Bloqueou a porta com a mesa, na esperança de que fosse o suficiente por enquanto.

Moss correu pelo corredor até chegar à entrada do estúdio. Estava escuro lá fora, e a porta continuava trancada. Ela pegou um tripé de luz e, com um pavor beirando à histeria, o arremessou contra a vitrine. O vidro estourou, e ela chutou os cacos para abrir espaço, saindo em disparada pela rua.

Seu carro tinha desaparecido, e ela não estava com o celular. Seguiu cambaleando pela rua, sentindo a adrenalina no corpo e o sangue escorrendo atrás da cabeça. Tentou achar uma cabine telefônica, mas não havia uma à vista.

Moss correu até o final da rua, próximo à estação New Cross. Vários adolescentes saíam dali apressados da estação, todos arrumados para a noitada. O barulho era ensurdecedor. Ela abriu caminho pela multidão e encontrou uma cabine telefônica antiga ao lado da estação. Tirou o telefone do gancho e seu primeiro impulso foi ligar para Celia. Discou o número da operadora e pediu uma ligação a cobrar.

CAPÍTULO 63

Erika ficou triste ao ver Isaac ir embora. Ele partiu para Londres esperando não enfrentar mais uma tempestade de neve. Ela acendeu a lareira e conferiu o celular, mas não havia notícias de Moss. Sentia-se inquieta. Pensou na visita que fez à sua antiga casa. Nos últimos anos, havia pensado em Londres como algo temporário, um lugar onde tinha se exilado depois do ocorrido em Manchester. Agora, se dava conta de que Londres era sua casa. Morar no Norte era coisa do passado. Ela não pertencia mais àquele lugar.

Erika zapeou pelos canais de TV, mas nada despertou seu interesse. Vestiu um casaco, um gorro velho, luvas, e foi ao cemitério, que ficava a uma curta caminhada por entre os campos. A noite estava limpa e estrelada, e, enquanto subia a colina, via as casas no vilarejo espalhando-se lá embaixo, as luzes brilhando nas janelas. A Lua apareceu deslizando atrás das nuvens quando ela chegou à entrada do cemitério, iluminando o caminho que Erika fazia em meio às fileiras de sepulturas para encontrar a de Mark.

A lápide era feita de granito preto polido e brilhava ao luar:

EM MEMÓRIA DE
MARK FOSTER
1º DE AGOSTO DE 1970 – 8 DE JULHO DE 2014
AMADO E LEMBRADO PARA SEMPRE

Ela pegou uma garrafinha de uísque Jack Daniel's no bolso, tirou a tampa, deu um golinho e jogou o resto no solo.

– Nunca imaginei que nosso fim seria assim – disse ela. – Sinto sua falta todos os dias... – Ela limpou uma lágrima com a mão enluvada. – Já lhe disse isso muitas vezes, mas tenho que seguir a vida. Se fosse eu no seu lugar, não gostaria que você vivesse infeliz aqui na Terra... Decidi vender a casa. Voltei lá hoje, e não é mais o lugar de que eu me lembrava. Não é o nosso lar. Vou comprar um imóvel novo e fazer dele o meu lar... – Erika engoliu as lágrimas. – Porque você não está mais aqui, e não posso continuar vivendo com um espaço dentro de mim que precisa ser preenchido. Você jamais será esquecido, e vou amá-lo para sempre, mas não posso continuar vivendo pela metade.

Nuvens deslizaram diante da Lua, mergulhando-a na escuridão

– Às vezes, procuro por Jerome Goodman. Me pergunto onde ele está. Se chega a pensar em nós. Pesquiso o nome dele na internet, no trabalho, mas ele desapareceu. Se algum dia eu tivesse a oportunidade de ficar sozinha com ele numa sala... eu o mataria, lentamente, pelo que ele fez comigo, com você e...

Um vento gelado soprou, e ela sentiu o frio passar pelos sapatos, luvas e casaco.

– Vou tomar conta do seu pai. Contratar uma cuidadora, ficar de olho nas coisas e visitá-lo com mais frequência. – Ela pressionou os dedos nos lábios e os levou à lápide, tocando as letras douradas do nome dele.

Quando Erika retornou ao chalé, o fogareiro havia apagado. Ela retirou as cinzas com uma pá, pôs mais lenha e acendeu. Assim que fechou a grade, seu celular tocou. Era Melanie.

– Erika, houve um incidente com Moss – disse ela, sem rodeios. Erika ouviu enquanto Melanie explicava o que havia acontecido, e como Moss tinha sido encontrada, quase inconsciente, em uma cabine telefônica em New Cross.

– Ela está bem?

– Espero que sim. Ela acabou de chegar ao hospital e está sendo examinada. Tem um ferimento feio na cabeça. Prendemos um homem de 35 anos chamado Taro Williams, dono de um estúdio fotográfico em New Cross. Moss o procurou por causa de uma pista que conseguiu no Jobcentre. Aparentemente, Joseph Pitkin trabalhou como assistente dele no início de 2016.

Erika ficou empolgada, em seguida frustrada por não estar lá.

– Ainda estou no Norte. Não posso deixar meu sogro.

– Eu sei, e, por favor, não faça isso. Está tudo sob controle. Williams tem grana e contratou um advogado de primeira, então vamos ter que agir com mais cautela e fazer tudo de acordo com o regulamento.

– Moss devia ter ligado informando aonde estava indo. Ela se colocou em perigo – disse Erika.

– Está de brincadeira comigo? Quantas vezes você fez isso? Já levou mais porrada que o Jackie Chan. Você é uma mulher biônica!

– Muito engraçado.

– Desculpe. Estou empolgada por solucionar esse caso tão rápido.

– Estão esperando testes de DNA?

– É claro... Bem, fique o tempo que precisar com o seu sogro.

Erika ia dizer mais alguma coisa, mas Melanie desligou.

Ficou parada ali por muito tempo, olhando o fogo arder através da grade da lareira. Sentia-se muito distante de tudo aquilo.

CAPÍTULO 64

Eram 3h da manhã, mas o clima na delegacia Lewisham Row era de intensa empolgação. Peterson, McGorry, Crane e a superintendente Hudson tinham sido chamados de volta ao trabalho ao receberem a notícia sobre Moss: após ligar para Celia, pediu reforço policial e, quando estava prestes a perder a consciência, ligou para Peterson.

Os policiais foram depressa ao Câmera Obscura, onde encontraram Taro Williams no porão. Ele tinha recuperado a consciência, e, depois de ser examinado por um paramédico, foi preso e levado à delegacia. Recolheram suas impressões digitais, uma amostra de DNA, e correram com elas para o laboratório.

McGorry e Crane estavam com a superintendente Hudson na sala de observação. Os três assistiam enquanto Peterson interrogava Taro Williams.

– Ele não fala uma palavra sequer – disse McGorry, olhando para a tela que transmitia tudo ao vivo.

– Ele é um grandessíssimo filho da mãe, não é? – disse Crane.

– Um grandessíssimo filho da mãe perigoso. Os olhos dele me dão arrepios – comentou McGorry. – Quando o trouxeram pra cá, o ficharam e pegaram as digitais e a amostra de DNA. Ele estava totalmente apático. Como se nada o incomodasse.

Na sala, Peterson pediu a Taro para confirmar se ele era o dono do Câmera Obscura e do imóvel, e se trabalhava em tempo integral como fotógrafo.

Taro inclinou-se para a frente, amigavelmente.

– Sim. Herdei o negócio do meu pai quando ele morreu, há doze anos. – Sua voz era suave, e ele falava de forma eloquente.

O celular da superintendente Hudson tocou.

– É a perícia – disse ela.

Os policiais aguardaram enquanto ela atendia à ligação, e McGorry cruzou os dedos.

– Deu positivo! A amostra de DNA colhida no estilhaço da porta daquele prédio comercial em West Norwood é compatível com a dele. Pegamos o cara! – gritou Melanie. Todos ergueram os punhos no ar.

– Que psicopata – disse McGorry.

– Isso é o suficiente pra acusá-lo das seis agressões sexuais e do assassinato de Marissa Lewis? – perguntou Crane.

– Sim, sobretudo do assassinato de Marissa. Não o quero de volta às ruas. Ele não tem antecedentes, e não vou dar a um advogado pilantra a chance de conseguir fiança por não encararmos isso como um caso de assassinato – explicou Melanie. Ela se inclinou para o microfone. – Peterson, preciso que pause o interrogatório um segundo. Recebemos o resultado do teste de DNA.

Peterson saiu da sala, e Melanie entregou a ele o resultado e a autorização para acusar Taro Williams.

Da sala de observação, os policiais observaram enquanto Peterson voltava à sala de interrogatório e prendia Williams formalmente por agressão sexual contra Rachel Elder, Kelvin Price, Jenny Thorndike, Diana Crow e Jason Bates, e pelo assassinato de Marissa Lewis.

Taro permaneceu impassível, chegando a puxar um fiapo de linha da jaqueta enquanto Peterson lia a acusação. Então, ele olhou para a câmera. Os policiais na sala de observação sentiram um calafrio; era como se conseguisse enxergá-los. Ele sorriu. Um sorriso aberto, mas que não chegou aos olhos.

CAPÍTULO 65

Erika passou duas semanas no Norte. Visitava Edward todos os dias, e mandou instalar uma cadeira elevatória no chalé. Também arrumou a casa, mexendo na decoração aqui e ali, e cadastrou todos os serviços na internet para poder conferir se as contas estavam sendo pagas.

Durante uma das últimas visitas ao hospital, antes de receber alta, Edward mostrou-se animado com todas as ideias e mudanças. A empolgação, porém, só durou até ela dizer que havia contratado uma cuidadora para visitá-lo três vezes por semana.

– Não vou deixar uma pessoa estranha ir lá em casa limpar a minha bunda! – protestou ele. Estava sentado na cama e já havia se recuperado bastante.

– Edward, não vai ser assim. Ela estará lá para ajudar com qualquer coisa de que precisar.

– Ela? – disse ele, semicerrando os olhos.

– Você quer um homem?

– Meu Deus, não.

– Ela pode lavar a roupa, fazer faxina, cozinhar, ou mesmo providenciar algumas coisas, como marcar consultas médicas. Será uma companhia. Prometo a você que ninguém vai limpar a bunda de ninguém.

– Sou muito jovem pra ter uma cuidadora!

– Ok. Podemos chamá-la de sua assistente pessoal, que tal?

Ele riu.

– Quem é ela? Não quero uma velhinha conservadora em casa. E não quero uma jovem grudada no celular o tempo todo.

– É claro que não.

– E quero que seja alguém da região. Não tenho nada contra as pessoas do Sul, mas uma sulista três vezes por semana lá em casa seria demais.

– Ela é meio do Norte... Norte da Eslováquia. O nome dela é Lydia. Tem 25 anos, fala inglês muito bem e trabalha como cuidadora... desculpe, como assistente pessoal, durante meio-período pra uma senhora no vilarejo vizinho.

– Tem uma foto dela?

– Não. Você vai conhecê-la quando for pra casa, o que espero que aconteça amanhã.

Edward recebeu alta do hospital no dia seguinte, e Erika o esperava em casa com Lydia. Ele gostou dela, e os dois se entrosaram instantaneamente. Erika sentiu que a última peça do quebra-cabeça tinha sido encaixada.

Erika passou o resto do dia e o seguinte com Edward. No domingo, dia 14 de janeiro, ela partiu de volta para Londres. Ele caminhou com ela até o táxi, agora auxiliado por uma bengala, e os dois se abraçaram.

– Continue fazendo os exercícios, ok? – disse Erika.

– Pode deixar, querida.

– E continue se alimentando bem. Lydia vai trazer *goulash* amanhã.

– Não vejo a hora!

– E use a cadeira elevatória. Nada de se exibir pra ela mostrando que consegue subir sozinho.

Ele assentiu.

– Falei pra Lydia só tirar sua meia de compressão daqui a duas semanas. Elas evitam...

– Coágulos de sangue, eu sei – disse ele, levantando a barra da calça para mostrar a meia verde. – E vê se mantém contato.

– Claro, pode deixar – disse ela.

Erika sentiu que ia chorar, então o abraçou de novo e entrou no táxi. A viagem de trem para Londres foi tranquila e rápida. A neve já havia derretido, e, apesar de ter ficado muito ocupada nas últimas duas semanas e meia, ela se sentia descansada. A folga lhe fizera bem.

Quando chegou, seu apartamento estava congelante, e havia uma pilha enorme de correspondências sobre o tapete.

Na manhã seguinte, Erika acordou cedo e dirigiu até Lewisham Row. Chegando à recepção, cumprimentou o sargento Woolf, um policial corpulento, de rosto avermelhado, que estava prestes a se aposentar dali a algumas semanas.

– Feliz Ano-novo – desejou ela.

– Caramba, você está um pouquinho atrasada – respondeu ele. – O Ano-novo já virou história. Já tem até ovo de Páscoa nas lojas!

Erika pegou um café, subiu à sua sala no quarto andar e começou a checar todas as correspondências e os e-mails que haviam se acumulado nas últimas semanas. Poucas horas depois, a superintendente Hudson bateu na porta e se esgueirou pela fresta.

– Olá, sumida. Seja bem-vinda de volta. Como está o seu sogro?

– Se recuperando muito bem... Só estou colocando as coisas em dia – respondeu ela, apontando a pilha de pastas sobre a mesa.

– Mandei um e-mail a você ontem e não queria que ele ficasse perdido na sua caixa de entrada. Estamos reunindo as provas e a documentação do processo para enviar à Promotoria Pública e à equipe de defesa envolvida no caso de Taro Williams. Temos a compatibilidade de DNA, que o liga a duas das agressões, e provas circunstanciais suficientes para conectá-lo aos outros ataques. Os vídeos das câmeras de segurança também serão enviados, além de um depoimento da Sra. Fryatt sobre o assassinato de Marissa Lewis.

– Que declaração da Sra. Fryatt?

– Ela procurou a polícia pra dizer que Taro Williams agrediu Marissa algumas semanas antes de matá-la.

– Obviamente isso é muito vago...

– Esse caso é mamão com açúcar. Temos imagens do sujeito seguindo Marissa para dentro do jardim. Quero que você confira tudo e envie seu relatório antes de despacharmos o processo. Moss e Peterson trabalharam nele enquanto esteve fora, como você certamente já sabe.

– Está confiante na condenação dele pelo assassinato de Marissa Lewis?

– Tão confiante quanto possível, já que temos gravações de câmeras de segurança, compatibilidade de DNA, histórico de violência... Ou você acha que tem um imitador à solta por aí?

– Não, só estou questionando. Não existem perguntas idiotas em uma investigação de assassinato – disse Erika. Melanie assentiu.

– Taro Williams tem dinheiro e contratou os melhores advogados para defendê-lo. Você sabe como eles são bons em farejar até os mínimos errinhos nos processos. As cópias impressas do arquivo estão na pasta.

– Vou olhar isso agora.

O celular de Melanie tocou, e ela pediu licença. Erika pegou a pasta e começou a ver o material. Além dos depoimentos das vítimas de agressão, havia relatos da mãe de Marissa, da Sra. Fryatt e de alguns funcionários do Matrix Club. O que chateou Erika foi ver o depoimento de Moss, no qual descrevia o martírio de ter sido capturada à força.

Erika analisou detalhadamente as fotografias de Taro Williams tiradas sob custódia. Era um homem grande, de rosto largo e traços firmes. Parecia imperturbável nas imagens, os olhos inexpressivos. Ela acessou o Holmes e abriu os interrogatórios da polícia, que seriam enviados à promotoria em um disco rígido. Ele tinha sido interrogado três vezes em um período de dois dias. No primeiro, permaneceu indiferente a Peterson; nos outros, o detetive estava acompanhado de McGorry. O acusado estava algemado nos três interrogatórios, mesmo depois de o advogado pedir para retirarem as algemas. Taro era desengonçadamente alto e ficava encurvado sobre a mesa. A camisa de malha e a calça de moletom pareciam pequenas demais, como se o tivessem enfiado naquelas roupas. Erika adiantou a gravação do segundo interrogatório até o final e assistiu enquanto Taro se levantava para deixar a sala. Ele era muito mais alto que o advogado, McGorry e Peterson, este com seus 1,82m.

Erika retornou, então, ao vídeo feito pela câmera de segurança da escola em frente à residência de Marissa Lewis na noite em que ela foi morta. Observou enquanto o assassino chegava à casa antes de Marissa. O vulto de preto e máscara de gás apareceu na imagem, ao lado do portão. Movia-se cuidadosa e decididamente pela neve, quase cambaleando na superfície escorregadia. Ele chegou ao portão e olhou para dentro do jardim e para o alto da casa. Em seguida, esgueirou-se no beco lateral e escondeu-se nas sombras.

Ela conferiu os registros de horários do vídeo e avançou a gravação. Marissa apareceu ao portão. *Era uma garota tão linda*, pensou Erika, observando-a se mover graciosamente em seu casaco comprido, a frasqueira pendurada no braço. Marissa abriu o portão, entrou e desapareceu nas sombras do jardim. Dez segundos depois, a figura de preto saiu do beco em direção à rua, segurando uma faca comprida.

– Aí está você, Taro – murmurou Erika. Na tela, ele atravessou o portão e foi engolido pela escuridão.

Enquanto assistia, Erika sentiu o pânico invadi-la. Retrocedeu o vídeo até o momento em que o agressor chega aos pilares do portão e deu play de novo, e de novo. Com as mãos trêmulas, voltou ao vídeo do terceiro interrogatório de Taro Williams, no ponto em que Peterson o conduzia à sala. Ela pausou e comparou a imagem dele com a figura em pé ao lado do portão. Então, pegou o celular e ligou para Melanie.

– Você precisa vir aqui, agora – falou ela.

CAPÍTULO 66

— Qual é a altura de Taro Williams? – perguntou Erika. Melanie estava sentada ao seu lado enquanto ela retrocedia o vídeo que mostrava a fachada da casa de Marissa na véspera de Natal.

– Não sei. Ele é alto... – disse Melanie.

– Ele é muito alto, mede 1,93m – afirmou Erika, suspendendo o relatório da prisão. – Assista ao vídeo outra vez. – Ela arrastou a barra na parte inferior da janela e deu *play* logo antes de Marissa Lewis aparecer na imagem, a caminho de casa, pausando quando ela chegou à mureta do portão. – Marissa Lewis não era alta, tinha 1,57m. Dá pra ver que ela é só um pouco mais alta do que a mureta.

– Ok – disse Melanie, preocupada com o rumo que aquela conversa estava tomando. Erika pegou um *post-it* e, com o vídeo pausado, colou-o no local em que estava a cabeça de Marissa.

– Agora, vamos adiantar o vídeo – disse Erika. – Preste atenção na marca na tela... – O agressor apareceu movendo-se pela neve com dificuldade, de cabeça baixa. Ela pausou quando ele chegou à mureta do portão. – Dá pra ver aqui que a pessoa com a máscara de gás...

– Taro Williams – insistiu Melanie.

– A pessoa com a máscara de gás é só um pouco mais alta do que Marissa. – Erika pôs outro adesivo na tela, ligeiramente mais alto do que o primeiro. – Taro Williams é trinta e seis centímetros mais alto do que a garota. Essa pessoa no vídeo não é Taro Williams. A não ser que ele seja o incrível homem que encolhe. – Melanie inclinou-se, voltou o vídeo e o reproduziu novamente, seu rosto fechando-se numa expressão séria. – Temos duas pessoas aí comparadas a um objeto fixo: a mureta do portão – disse Erika.

– Que droga!

– A equipe de defesa certamente vai usar isso. Já vi casos que levaram em consideração uma diferença de altura de poucos centímetros em vídeos de câmeras de segurança. Eles vão pedir pra examinar os vídeos e farão testes mais rigorosos do que alguns *post-its* na tela.

– Que droga! – Melanie xingou novamente, dando um murro na mesa. – Nosso caso já era. Não temos nada.

– Temos, sim – disse Erika. – Taro Williams atacou cinco pessoas, e podemos ligá-lo às agressões pelo DNA. No entanto, estou mais preocupada em descobrir quem matou Marissa usando uma máscara de gás. Não foi Taro Williams.

CAPÍTULO 67

Bem cedo na manhã seguinte, Erika estacionou em frente à casa de Moss, em Ladywell. Quando ia descer, ela apareceu no portão e entrou no carro.

– Bom dia. Que bom ver que você está inteira – disse Erika, dando um inesperado abraço em Moss.

– Ah, você me conhece. Eu não caio, eu quico – disse Moss, as bochechas enrubescendo. Erika ligou o carro, e elas seguiram em silêncio por um momento. Ela olhou de relance para Moss. O silêncio da detetive, sempre alto astral e faladeira, não era comum.

– Está chorando? – perguntou Erika.

– Não – respondeu Moss, limpando as lágrimas com raiva.

– Certamente não é alergia.

– Não pensei em conferir a altura dos suspeitos no vídeo da câmera de segurança. Que erro de principiante! Estou constrangida pra caramba...

– A culpa é de quem?

– Minha.

Erika concordou.

– Ganhou pontos por assumir a responsabilidade. Ficaria desapontada se culpasse outra pessoa.

– Jamais faria isso, chefe.

– Eu sei.

– Quando pegamos Taro Williams, entramos no modo coleta de provas. Grande parte da equipe foi transferida, e eu perdi pessoal. Não estou usando isso como desculpa, só não acho que sirvo pra comandar uma investigação. Cheguei à conclusão de que gosto de trabalhar nos bastidores.

– Mas você pegou Taro Williams.

Moss balançou a cabeça.

– Sinto que tropecei nessa pista por acaso. Além disso, quase fui morta no processo.

– Mas você está viva – disse Erika. – E ele teria continuado a atacar pessoas. Agora, está fora das ruas.

– Fora das ruas e ainda se recusando a falar.

– Não tem novidade alguma nisso. Ele pode falar ou se calar: nós temos o DNA.

– Você é poeta e nem sabe.

Erika riu.

– Como eu disse, você fez um ótimo trabalho.

Moss acenou para ela, dispensando o elogio, e enrubesceu novamente.

– Chega de falar de mim. Como foram as coisas lá no Norte?

– Edward está bem. Por muitos anos, ele foi o adulto responsável, e eu, a jovem inconsequente. Agora que estou cuidando dele, percebi o quanto estou velha.

– Você não está velha! Como é mesmo que costumam dizer? O que importa não é a idade, mas como você se sente.

– Não há nada fazendo eu me sentir assim tão jovem. A não ser que o velho safado que se esfregou em mim na fila do supermercado conte.

Moss deu uma gargalhada.

– É bom ter você de volta, Erika.

– Obrigada – disse ela, devolvendo o sorriso. – É bom estar de volta. Agora, temos que seguir em frente. Vamos torcer por uma reviravolta, pra que a gente descubra algo importante.

Erika deu seta, e elas entraram na Coniston Road, seguindo na direção da casa de Mandy Trent.

Erika e Moss estacionaram algumas casas antes da de Mandy. A neve havia derretido há tempos, e era horário do recreio na escola em frente. O parquinho estava cheio de crianças brincando e papeando, enchendo a rua de barulho. Elas desceram do carro e se juntaram a uma pequena equipe de peritos especializados em análise de alturas, que montava o equipamento em frente ao portão da casa. Metade do parquinho tinha sido isolado com fita, abrindo espaço para a condução do teste usando a câmera de segurança instalada na quina do prédio da escola. Um dos peritos estava fixando uma tira de plástico, similar a uma régua gigante, perto do pilar do portão, do lado de fora da casa. A tira tinha dois metros de altura e estava marcada com linhas vermelhas a cada cinco centímetros. Uma mulher desembalava um tripé e uma câmera, que seria posicionada um pouco mais à frente na calçada, na direção da Coniston Road, na mesma altura e ângulo da câmera de segurança. Algumas crianças mais curiosas, que não estavam brincando nem correndo de um lado para o outro, enfileiraram-se na grade para observar a movimentação.

Erika e Moss apresentaram-se à equipe e entraram pelo portão. A cerca-viva tinha sido podada, deixando apenas o muro baixo ao redor do minúsculo jardim – que, sem a neve, não passava de um quadrado de terra batida. A mãe de Marissa, Mandy, também observava os procedimentos da porta de casa. Estava desgrenhada e fumava um cigarro. Erika e Moss a cumprimentaram e perguntaram como ela estava. Mandy disse estar se preparando para o funeral de Marissa, que aconteceria em alguns dias.

– Quero que toquem "All Things Bright and Beautiful". Eu adorava esse cântico quando estava na escola – disse ela, dando um trago na guimba do cigarro. – Acham que seria legal?

– Eu acho. Também adoro esse cântico – disse Moss.

– E vai combinar com as flores. Vou usar lírios. Marissa adorava lírios. O ex-marido de Joan tem uma floricultura no Honor Oak Park. Ele vai fazer um preço bom pra mim, conseguir flores que já abriram... Odeio quando os lírios vêm ainda fechados nos buquês – comentou ela. – Fui ao funeral de Joseph Pitkin outro dia, me sentei nos fundos. Colocaram lírios em cima do caixão, e todos estavam fechados. Era um enterro, e eu só conseguia pensar que os lírios nunca iam abrir, ainda mais nesse frio. Iam morrer sem sequer terem a chance de florescer... E isso me fez pensar em Marissa. Foi morta antes de ter a chance de florescer. Como se chama isso?

Erika e Moss trocaram um olhar.

– É uma tragédia – disse Erika.

– Não – disse Mandy, jogando com impaciência a guimba de cigarro no que restava da cerca-viva. – Uma metáfora. O lírio não abrir é uma metáfora para Marissa e para Joseph.

Erika e Moss concordaram.

– Por que estão medindo a mureta do portão? – perguntou ela.

– Para analisar o vídeo da câmera de segurança. Procedimento padrão. Garante que tenhamos informações mais precisas para levar ao tribunal.

– Tem problema eu ter podado a cerca-viva? Não estava me sentindo segura com ela aí. Agora não tem lugar pra ninguém se esconder.

– Não tem problema – disse Erika. Era possível ter uma visão completa da rua agora, e Don Walpole apareceu à porta de casa carregando um saco de lixo. Ele as viu, cumprimentou com um aceno de cabeça e voltou para dentro. Mandy acendeu outro cigarro.

– Jeanette voltou do hospital. Colocaram um implante no estômago dela, pra que pare de beber. Um gole de qualquer coisa alcoólica agora, e ela vomita na hora... Só espero que eles tenham um estoque de produtos de limpeza de carpete.

– Já dispensou as coisas de Marissa? – perguntou Erika, mudando de assunto.

– Não consigo fazer isso, pelo menos não antes do enterro. Joan é boa de faxina, disse que vem me ajudar. Vamos decidir juntas o que fica e o que será doado. Dá pra anunciar muitos figurinos no eBay – respondeu Mandy.

– Tire seu tempo. Esse tipo de coisa não deve ser feito no impulso.

– Estou feliz por terem pegado o filho da mãe que fez aquilo com ela... Li sobre ele no jornal, se escondia pelas ruas à noite. Sei que essa área é perigosa, mas a gente nunca acha que esse tipo de coisa vai acontecer, literalmente, na porta de casa.

– Você se importaria se déssemos uma última olhada no quarto de Marissa? Só queremos nos certificar de que temos todo o necessário para o processo judicial – disse Erika.

– Claro, podem subir. Obviamente já sabem onde é – respondeu Mandy. O Sol saiu, e ela encostou a cabeça na parede de tijolos, fechando os olhos e inclinando o rosto enrugado para trás.

Erika e Moss entraram e subiram ao segundo andar. Estava igual à outra vez, quando Erika esteve lá com McGorry. Os mesmos pôsteres na parede, e todos os adereços burlescos intocados. Erika foi até a janela e olhou a rua lá embaixo. Vários vizinhos tinham saído e observavam boquiabertos a equipe de peritos. O sinal da escola tocou, anunciando o fim do recreio, e as crianças começaram a correr para fazer fila no alto do parquinho. Mandy tinha atravessado a rua, ainda de chinelos, camisola e um grosso casaco de inverno, e conversava com Joan, que fumava um cigarro à porta de casa.

– Continuo incomodada com os brincos de diamante – comentou Erika. – Sinto que são a chave desse caso. Por que Marissa foi à joalheria em que Charles Fryatt trabalhava? Ele sabia que ela estava lá? Segundo os relatórios, ele alegou só ter tomado ciência quando McGorry voltou lá com a amiga de Marissa, Ella. E eles negaram que os brincos eram os mesmos que pertenciam à Sra. Fryatt.

– Charles Fryatt tem um álibi, estava com a esposa, e ele também é muito alto – argumentou Moss, pegando uma vareta de engolir fogo em frente à minúscula lareira e examinando a ponta.

– Segundo Martin e Ella, Marissa disse ter pegado os brincos da Sra. Fryatt. Quem está falando a verdade? Não sabemos de onde os brincos vieram, nem onde estão agora.

– Será que Mandy os tirou do cadáver? – questionou Moss, juntando-se a ela na janela. Joan e Mandy estavam acendendo cigarros novos. – Também não sabemos ao certo onde Mandy estava dormindo na noite em que Marissa morreu. Ela disse ter adormecido no outro quarto aqui em cima, mas há indícios de que estava lá embaixo, no sofá.

– Havia um edredom no sofá da sala – relembrou Erika. – Mas isso não serve como prova. Ela podia estar apenas cochilando.

– Erika, a chave desse caso tem a ver com a altura de quem fez aquilo. Não é sobre diamantes, ou melhor, sobre brincos de diamante.

– O que você disse?

– Que a chave desse caso tem a ver com a altura do assassino. Sabemos que não foi Taro Williams...

– Não, depois disso.

– Não é sobre os brincos. Pelo menos, eu acho que não.

Erika andava de um lado para o outro.

– Quando eu e Peterson fomos ao Matrix Club, o figurinista disse que tudo se resumia a "diamante", não a "diamantes". Que seria "o diamante" que lhe renderia uma fortuna... Disse algo como: "Sei que Marissa era estúpida, mas ela sabia a diferença entre singular e plural". Se ela não estava falando sobre os brincos de diamante, sobre o que era, então?

– Agora fiquei confusa – disse Moss. – Tem um diamante bordado nos figurinos dela. – Ela se aproximou dos manequins enfileirados na parede, todos vestidos com figurinos de Marissa, nos quais havia um diamante bordado. – Ela planejava ir pra Nova York e se apresentar como Honey Diamond. Talvez acreditasse que faria fortuna lá, não?

Erika balançou a cabeça e olhou pela janela. Mandy e Joan continuavam conversando. Joan disse algo pelo canto da boca, e Mandy soltou uma gargalhada, soprando longamente a fumaça do cigarro.

A última criança estava entrando na escola, e um dos peritos tentava conter um grupo de vizinhos.

– Por favor, afastem-se – disse ele, gesticulando com as mãos enluvadas. Os vizinhos, duas senhoras e um rapaz saíam de costas, como ovelhas sendo pastoreadas.

Erika deixou a janela e foi até uma grande foto emoldurada na parede, em meio aos pôsteres de Marissa. A imagem mostrava um diamante enorme, cravado em um anel, com um brilho cintilante. Ela se aproximou do quadro e o tirou cuidadosamente da parede, examinando-o. Havia um papel grosso cobrindo a parte de trás da moldura.

– Você tem um par de luvas de látex aí? – perguntou ela. Moss procurou nos bolsos e entregou-lhe um par.

CAPÍTULO 68

Erika virou o quadro sobre a cama, e as duas examinaram o papel que servia de forro.

– A moldura é velha, está toda detonada – afirmou Erika. – A foto também está desbotada, como se tivesse pegado sol, mas este papel aqui atrás está novinho.

Erika pegou uma tesourinha de unha na mesa ao lado da janela, e Moss segurou a moldura enquanto ela cortava o forro cuidadosamente. Elas o removeram e analisaram. Não havia nada além da imagem impressa em papel cartão. Erika a tirou delicadamente da moldura. Era grossa, e ela a suspendeu contra a luz.

– O papel está desbotado e amarelado na frente, mas a parte de trás está branca – disse Moss. – Apesar de que, se estivesse pegando sol, só o lado virado pra janela iria desbotar.

Erika examinou as bordas da folha.

– Tem uma leve sobreposição aqui, olhe só. Dá pra ver a divisão entre o lado branco e o outro, que tem a tonalidade mais amarelada.

– São dois papéis diferentes. Foram colados um no outro – concluiu Moss. Erika passou delicadamente os dedos enluvados pela imagem do diamante, parando no centro.

– Tem uma leve protuberância aqui, como se tivesse alguma coisa dentro. É retangular: pode ser um papel dobrado, ou um envelope colado entre as folhas.

Erika e Moss embrulharam a imagem e partiram às pressas para a delegacia Lewisham Row, onde seguiram para a sala de testes. Vestiram máscaras, luvas, e, com um bisturi, Erika começou a separar as folhas.

– Cuidado – disse Moss, observando-a enfiar lentamente a lâmina entre as folhas. Minutos depois, as partes foram descoladas.

Entre elas havia um pequeno envelope pardo.

– Temos que levar isto para a perícia – disse Moss.

– Eu sei – concordou Erika. – E não vou encostar no lugar em que o envelope está preso. A perícia vai precisar fazer testes para procurar vestígios de saliva... caso seja algo que valha a pena ser analisado.

Com cuidado, ela removeu a parte de cima do envelope com o bisturi. Dentro dele havia dois papéis dobrados. O primeiro era uma imagem escaneada de alguns documentos de identificação alemães, datados de outubro de 1942. Pertenciam a uma jovem chamada Elsa Neubukov. A mulher na foto amarelada tinha 22 anos e havia nascido em janeiro de 1920. Havia três impressões digitais nos documentos de identificação: do polegar direito e dos dois indicadores. O que fez Erika gelar foi o carimbo do Terceiro Reich, marca da Alemanha nazista: uma águia com as asas abertas e uma suástica por baixo. A mulher da foto tinha um rosto bonito, cabelos claros e curtos, testa larga, e encarava a câmera com uma expressão quase desafiadora.

– Essa Elsa nasceu em 1920. Ela teria 97 anos agora, quase 98 – disse Moss, em voz baixa. Elas analisaram o segundo papel. Era outra imagem escaneada, dessa vez de um passaporte austríaco. Datava de 1948, seis anos após a emissão dos documentos de identidade e três anos após o fim da Segunda Guerra. A foto era diferente, mas a mulher era a mesma. Agora, o nome era Elsa Becher. Tinha a mesma data de nascimento e as mesmas impressões digitais.

Moss e Erika se encararam.

– Qual é a data de nascimento e o nome de solteira de Elsa Fryatt?

– Vamos descobrir rapidinho – disse Erika. Ela pegou o celular e acessou os dados fiscais a partir do endereço de Elsa Fryatt. – A data de nascimento é a mesma. Vamos conferir o nome de solteira.

– Elsa Fryatt tem vivido com outra identidade? – questionou Moss.

– Talvez, mas estes documentos são escaneados. Onde estão os originais? – perguntou Erika. Ela pegou o primeiro papel e viu que no verso havia um número de telefone escrito a caneta. Era longo, e Erika não reconheceu o código. Havia também o endereço de um site de domínio alemão, terminando em ".de".

– Você acha que é a letra de Marissa? – perguntou Moss.

– Vamos descobrir agora – respondeu Erika, já ligando para um número.

CAPÍTULO 69

Após dois dias de investigações, seguindo várias pistas, Erika e Moss finalmente voltaram à casa de Elsa Fryatt. A manhã estava cinzenta, e a rua, vazia e sossegada. Moss olhou ansiosamente para Erika quando passaram pelo portão e começaram a percorrer o caminho até a porta da frente. Estavam prestes a tocar a campainha quando a Sra. Fryatt apareceu logo atrás delas, carregando sacolas de compras.

– Bom dia, detetives. Posso ajudá-las? – perguntou ela, tirando uma chave do bolso do casaco. Observando-a caminhar, Erika pensou no quanto era ativa para uma mulher de 97 anos.

– Bom dia, Sra. Fryatt. Viemos devolver os brincos de diamante que meu colega levou para análise – disse Erika, segurando um pequeno envelope de provas contendo uma caixinha de veludo.

– É preciso duas policiais pra isso? – questionou a Sra. Fryatt, colocando as sacolas no chão e abrindo a porta.

Erika a desarmou com um sorriso.

– Sabemos que são muito valiosos e precisamos que assine alguns formulários confirmando que os recebeu de volta e que está tudo em ordem. – Erika achou que a Sra. Fryatt não as convidaria para entrar, mas ela acabou cedendo.

– Tudo bem – disse ela. Moss inclinou-se para pegar as compras, mas a Sra. Fryatt a afastou. – Eu dou conta.

Elas entraram na casa e percorreram o comprido corredor até a cozinha. Charles estava enchendo a chaleira e ficou pálido ao ver Erika e Moss.

– Charles, pode fazer um chá para as detetives? Vieram devolver os brincos. – Ela o encarou, e ele concordou, mexendo a cabeça. Em seguida, tirou o casaco dela e o pendurou em uma cadeira. – E guarde as compras.

Elas deixaram Charles na cozinha e seguiram a Sra. Fryatt até a ampla sala de estar. Ela apontou o sofá para as detetives e sentou-se na poltrona em frente a elas.

– Aqui estão os brincos – disse Erika, colocando o pequeno envelope de provas na mesinha de centro. – Por favor, confira.

A Sra. Fryatt pôs os óculos, tirou a caixa do envelope e a abriu. Os brincos, reluzentes, estavam aconchegados em uma almofadinha azul.

– Olá, meus queridos – disse ela, analisando-os e segurando-os à luz.

– Como eu disse, precisamos que assine um formulário atestando ter recebido seus bens de volta – informou Erika. – Isso se tiver certeza de que está tudo em ordem e de que os brincos são mesmo os seus.

Um tilintar ressoou quando Charles entrou na sala com uma pilha de xícaras em uma bandeja. Suas mãos tremiam enquanto as colocava sobre a mesa.

– Charles, preciso que examine isso com seu olhar de especialista – disse a Sra. Fryatt, entregando-lhe os brincos na caixa. – Tenho que assinar atestando que são meus. Sei a diferença entre um diamante e uma zirconita, mas preciso ter certeza de que essas policiais não estão me passando a perna. – Ela sorriu para Erika e Moss, mas seu olhar estava sério. Charles tirou uma lupa de joalheiro do bolso e examinou os brincos. – Ele está sempre preparado – disse ela, com um sorriso indulgente. A respiração de Charles estava pesada, e ele foi à janela para observá-los à luz. O tempo corria.

– Tudo certo? – perguntou Erika.

– Sim – respondeu ele, colocando a caixa sobre a mesa. Moss abriu uma pasta e pegou um formulário já impresso, colocando-o diante da Sra. Fryatt.

– Confira nome, endereço, e assine embaixo – orientou ela.

A Sra. Fryatt pegou uma caneta no canto da mesa e passou os olhos no formulário, assinando seu nome no pé da página.

Erika inclinou-se para a frente e colocou a documentação de Elsa Neubukov por cima do formulário. A Sra. Fryatt encarou fixamente a fotografia amarelada e o carimbo com a suástica do Terceiro Reich. Estava paralisada e em choque. Então, levantou o rosto para Erika. Seus olhos moveram-se para Moss, depois para Charles, que também estava boquiaberto. Ela recostou-se e levou a mão trêmula à boca.

– Encontramos estes documentos escondidos em um quadro na parede do quarto de Marissa Lewis – revelou Erika. – Junto a isto... – Ela colocou uma cópia do passaporte austríaco de Elsa Becher, com data de 1948, ao lado dos documentos de identificação. Em seguida, pegou a cópia de uma certidão de casamento de Elsa Becher e Arnold Fryatt e a colocou ao lado do passaporte austríaco. – Como pode ver, uma trilha de provas liga Elsa Neubukov a Elsa Becher, passando para Elsa Fryatt. Todas elas são você.

– Isso é um absurdo! – bradou a Sra. Fryatt. A cor havia se esvaído do rosto, e as mãos tremiam. Ela se inclinou para a frente e pegou os documentos escaneados. – Não são originais. Isso é uma brincadeira de mal gosto. Aquela garota era uma mentirosa, e dá pra fazer todo tipo de coisa com computadores hoje em dia...

– A senhora vai ver que há um número de telefone anotado a mão atrás – disse Erika. – A mãe de Marissa confirmou que é a caligrafia dela. É o telefone do Dr. Arnold Schmidt, que trabalha em Hamburgo, em um escritório responsável por investigar crimes de guerra nazistas.

Charles apoiava-se na parede ao lado da porta. Estava pálido e parecia doente.

– Você deveria se sentar, Charles – sugeriu Erika. Ele se aproximou do sofá e sentou-se na outra ponta. – O Dr. Schmidt não estava ciente da sua identidade, Sra. Fryatt, mas Marissa sim. Ou ela ligou os pontos quando viu esses documentos de identificação. Ela telefonou para ele algumas semanas antes do Natal e fez algumas perguntas vagas. Disse que tinha visto uma matéria em um tabloide informando que supostos caçadores de nazistas ofereciam recompensas por informações sobre qualquer pessoa que tivesse trabalhado em campos de concentração durante a guerra. Ele a informou que a recompensa era de dois mil euros... Acho que Marissa concluiu que podia fazer muito mais dinheiro chantageando você.

– Que mentira! – disse ela entredentes. – Aquela vadiazinha. Ela inventou isso! Onde estão os originais? Diga! Onde?

Moss abriu a pasta novamente e entregou uma folha a Erika.

– Sra. Fryatt, ou devo chamá-la de Elsa Neubukov? Bem, Elsa, sabemos que você trabalhou no campo de concentração Mauthausen-Gusen, na Áustria.

– Mentira! A Áustria *não* participou da guerra por vontade própria. Fomos anexados ao Terceiro Reich alemão. As pessoas não tinham escolha, nos tornamos parte daquilo tudo por capricho dos políticos.

– O Dr. Schimidt conseguiu acessar os registros do campo Mauthausen-Gusen muito rapidamente. Você trabalhou lá, Elsa – repetiu Erika.

– Não me chame assim! – gritou ela, tapando os ouvidos com as mãos.

– Você fez parte de um sistema de extermínio que usou critérios de raça como base ideológica. Pessoas foram escravizadas, submetidas a testes, torturadas.

Elsa deu um murro na mesinha de centro.

– Você acha que fomos responsáveis por aquilo? Acha que o povo austríaco queria aquilo? Não tínhamos escolha! – gritou ela, os olhos ardendo.

– O Mauthausen-Gusen foi um dos maiores complexos de campos de concentração na parte da Europa controlada pela Alemanha – afirmou Erika.

– Eu não preciso dessa porcaria de aula de história! – gritou Elsa. Charles olhava apático para os documentos na mesa.

Erika prosseguiu.

– Os prisioneiros do Mauthausen-Gusen foram forçados a trabalhar na fabricação de armas e em pedreiras. As condições eram hediondas. O que você fazia, exatamente? Os registros informam que era guarda, o que é muito genérico, mas fazia parte do seu trabalho controlar os prisioneiros, não fazia? Levá-los de um lugar a outro, garantir a disciplina e o cumprimento de ordens. E que ordens eram essas? De Hitler e do Terceiro Reich. Ordens para reconfigurar a Europa de acordo com os ideais arianos. Você se enxerga como uma raça superior? O que acha de mim, Elsa? Sou eslava, e éramos considerados uma raça sub-humana.

– Detetives, vocês estão exagerando. Minha mãe é uma mulher idosa, olhem pra ela! – disse Charles.

– Exagerando? – disse Erika, começando a perder a paciência. – Só porque ela é idosa, devemos simplesmente esquecer? Ou acham que estou sendo política demais, tentando impor a vocês minha agenda liberal? – Charles balançava a cabeça. – Sinto nojo quando ouço alguém dizer que o horror do Holocausto e dos campos de concentração pode, de algum forma, ser amenizado pelo tempo. O extermínio sistemático de milhares de pessoas com base em estrutura genética ou na cor da pele é algo que jamais deve ser esquecido ou perdoado. Isso ainda acontece hoje em dia. Sua mãe é tão culpada hoje quanto era tantos anos atrás. – Ela olhou para Elsa e correu os olhos pela casa opulenta, pelas roupas elegantes, pelos brincos de diamante expostos na caixa ao lado das xícaras de chá.

– Dr. Schmidt, Dr. Schmidt – murmurou Elsa. – Quantos anos ele tem?

– Não sei – respondeu Erika.

– Tem a mesma idade que eu? – perguntou ela, batendo os dedos contra o peito.

– Ainda está na idade ativa. Na faixa dos 50.

– Então como é possível que ele saiba como foi? – vociferou Elsa.

– Você era guarda em um campo de concentração, Elsa. Não era um acampamento de férias! – exclamou Moss.

– Se eu tivesse recusado o trabalho, eles teriam me colocado naquele campo! – insistiu ela, a voz baixa e os olhos flamejantes. – Os soldados alemães iam de porta em porta nas fazendas... Morávamos na zona rural, meu pai era um dos maiores fazendeiros da região, e eles exigiam que os jovens adultos fossem trabalhar nos campos. Se não fôssemos, seríamos colocados lá dentro, assim como as nossas famílias. Vocês não viveram aquilo. Não podem imaginar como foi!

– Mas você viveu e deve ter visto centenas morrerem, milhares talvez – disse Erika.

– Você tem família? – ralhou Elsa.

– Não.

– E você? – apontou para Moss.

– Tenho – respondeu ela.

– Filhos?

– Um filho pequeno.

– Então, o que você faria se o exército alemão batesse na sua porta e lhe dissesse que, caso não fosse trabalhar no campo, seu filho seria morto numa câmara de gás?

– Eu lutaria. Pelo meu filho e contra eles – respondeu Moss, o rosto vermelho e trêmulo de raiva.

– Todo mundo é bonzinho, mas só até a página dois.

Erika resistiu à vontade de agredir aquela senhora. Ao olhar para o lado, viu que Moss lutava contra o mesmo impulso.

– Então você saltitava até o trabalho todos os dias para brutalizar prisioneiros, condenar pessoas à morte e desempenhar seu papel no extermínio de milhões. Você assoviava a caminho do trabalho, pensando que estava a salvo?

– É claro que não!

– O campo de concentração onde você trabalhou era nível três, um dos mais severos para os "incorrigíveis inimigos políticos do Reich". E também um dos mais lucrativos.

– Quantas vezes preciso repetir? Eu não apoiava Hitler! Trabalhei porque fui obrigada!

Houve um momento de silêncio, e Erika pôde ouvir o tique-taque do relógio novamente.

– Elsa, seu filho se casou com uma judia – disse Erika. – Eu simplesmente não entendo.

– Nós não sabíamos – disse Charles, abrindo a boca pela primeira vez. – Meu pai foi para a sepultura sem saber. Minha mãe alterou seus dados de registro quando imigrou para a Inglaterra. Forjou os documentos. Papai sabia que ela era austríaca e que era filha de um fazendeiro. Também sabia que a Áustria tinha sido ocupada, mas nenhum de nós sabia... – Ele enterrou a cabeça nas mãos.

– Quando Marissa descobriu sua identidade? – interrogou Erika.

– Algumas semanas antes do Natal. Mantive isso em segredo durante anos, mas bastou o cofre não ter sido trancado adequadamente uma vez. – Elsa balançou a cabeça. – Um erro, um errinho, e tudo... tudo desmoronou.

– Você mantinha a documentação no cofre? E mesmo assim seu marido não sabia?

– Eu tinha um cofre particular num banco em Londres... Eu o abri quando vim para o Reino Unido nos anos 1950. Mantinha aquela documentação guardada porque aquela era eu. O nome da minha família não tinha nada a ver com o partido nazista. Era um nome respeitado. Devia ter queimado os documentos, mas não consegui. Até que o banco foi transferido para outras instalações, então entraram em contato comigo. Isso foi logo depois que meu marido morreu, e eu trouxe os documentos para o cofre aqui de casa. – Elsa recostou-se e fechou os olhos.

– Quando Marissa começou com as chantagens? – perguntou Moss.

– Quando a deixei ficar com os brincos de diamante. Achei que seria o suficiente para mantê-la calada, mas não foi. Ela percebeu quais seriam as consequências para mim, para Charles e a família dele, se as pessoas descobrissem. Os Litman têm uma joalheria lucrativa na Hatton Garden, uma região historicamente ocupada por negócios judeus. Pense no que aconteceria se viesse a público que a mãe de um dos sócios... – A voz dela desvaneceu. Parecia exausta e entregue à própria sorte.

– Você nos contou que Marissa tinha sido atacada por um homem usando uma máscara de gás algumas semanas antes do Natal – disse Erika.

– Sim.

– Queria nos fazer acreditar que ela tinha sido alvo dele antes?

– Era a oportunidade perfeita. O homem da máscara de gás estava nas manchetes... O povo estava com medo. Foi mais ou menos na mesma época em que ouvi pessoas comentando, numa loja aqui da região, que uma jovem havia sido atacada, tarde da noite, ao sair da estação a caminho de casa.

– Era factível que ele pudesse atacar Marissa – disse Moss. Elsa assentiu.

– Para cometer o assassinato perfeito, é preciso o disfarce perfeito.

– Demorou um pouco para conseguirmos acessar os registros do celular de Marissa. Sabemos que ela ligou pra você, Charles, pouco antes de embarcar no trem pra Brockley na véspera de Natal.

Ele olhou para cima, curvado no sofá.

– Ela me ligou para dizer que queria mais dinheiro, ou joias, o que fosse mais rápido – revelou Charles, levando as mãos ao rosto. – Disse que ia embora, que precisava com urgência... Nós já tínhamos dado os brincos e o dinheiro a ela. Eu não tive escolha. Aquilo nunca ia parar. Ela continuaria nos chantageando e ameaçando.

– Onde conseguiu a máscara? – perguntou Erika.

– Em uma loja de segunda mão no Soho – respondeu Charles. Ele tombou a cabeça e começou a chorar.

– O único problema, Charles, é que temos um álibi pra você na véspera de Natal – informou Erika. Ele levantou o rosto e a encarou. – Temos o vídeo de uma câmera de segurança que mostra você em um posto de gasolina na região Norte de Londres onze minutos antes do assassinato de Marissa. Não há a menor possibilidade de você ter chegado lá a tempo.

Elas olharam para Elsa.

– Ninguém vai acreditar que uma mulher de 97 anos conseguiria matar uma jovem saudável de 22 – disse ela, abrindo um sorriso sórdido e dissimulado. A sala foi tomada por uma onda de frio.

– Está admitindo que fez aquilo? – perguntou Erika.

Ela negou com a cabeça, ainda sorrindo.

– A autópsia indicou que Marissa foi morta por um tipo específico de faca. Uma lâmina de vinte centímetros, com a ponta serrilhada – disse Erika. – Quando a polícia veio revistar sua casa com o mandado, um dos meus policiais levou uma faca idêntica... Ela não foi categorizada como valiosa, então você não foi informada. Tenho certeza de que a lavou, mas você ficaria chocada ao saber que a criminalística moderna consegue trabalhar com quantidades minúsculas de material. Encontramos amostras microscópicas do sangue e dos ossos de Marissa Lewis na faca...

O sorriso foi arrancado do rosto de Elsa, e o horror a deixou boquiaberta. Erika prosseguiu.

– E não é só isso. Conseguimos identificar que os cortes no corpo de Marissa foram feitos com aquela mesma faca. Sua faca é a arma do crime. Também usamos a mais moderna tecnologia para estudar as imagens da câmera de segurança da escola, que registrou o assassinato. Identificamos que você tem a mesma altura da figura com a máscara de gás.

– Não... Não! – gritou Elsa.

– A última peça do quebra-cabeça é ainda melhor. Na véspera de Natal, quando Marissa desceu do trem em Brockley, ela estava usando esses brincos de diamante – disse Erika, apontando a caixa ainda aberta sobre a mesa. – Jeanette Walpole confirmou ter visto Marissa com eles, e nós também vimos, dessa vez no vídeo da câmera de segurança da estação Brockley. Marissa foi abordada por dois jovens bêbados na entrada da passarela. Os canalhas a assediaram e pediram para fazer uma *selfie* com ela, sem dúvida para mostrar aos amigos.

Moss tirou outra foto da pasta. Era a *selfie*, em alta resolução, que mostrava Marissa com os jovens. Dava para ver nitidamente os brincos na orelha de Marissa.

– A foto foi tirada aproximadamente quinze minutos antes de ela morrer – disse Erika. – Fizemos testes de DNA nos brincos. Estavam cobertos com pequenas quantidades de suor, óleo e, também, sangue. Pareciam limpos a olho nu, mas um produto químico chamado Luminol revelou os vestígios de sangue. Você provavelmente já viu isso em programas de TV. Ele reflete um brilho azul sob a luz certa, e pudemos ver que os dois brincos estavam saturados com sangue. Uma quantidade muito maior do que a de um simples corte. Você matou Marissa, Elsa. Rasgou a garganta dela com sua faca de verduras. E então, quando ela caiu, você pegou os brincos de diamante.

A campainha tocou, e a porta da frente foi aberta. Peterson entrou na sala acompanhado de McGorry e três guardas. Erika olhou para eles e assentiu com um gesto de cabeça. Elsa recostou-se na poltrona, o rosto pálido e incrédulo.

– Não... Não... – grasnou ela, mas toda sua bravata e confiança haviam evaporado.

– Elsa Fryatt, você está presa pelo assassinato de Marissa Lewis. Você tem o direito de permanecer em silêncio, e tudo o que disser poderá ser usado como prova. Também é meu dever informar que um advogado da corte internacional de crimes de guerra e o governo alemão interrogarão você sobre o período em que trabalhou como guarda no campo de concentração Mauthausen-Gusen e sobre os crimes que cometeu contra a humanidade durante a Segunda Guerra Mundial.

A Sra. Fryatt ergueu os olhos na direção de Erika. Então, num salto, pegou um abridor de cartas sobre a mesa de centro e se jogou contra ela, segurando-o com o punho fechado. Peterson correu e a segurou pelo pulso, a ponta da lâmina a centímetros do rosto de Erika.

– Mãos pretas... Tire essas mãos pretas imundas de mim! – rosnou Elsa, os olhos cintilando ódio. Peterson segurou seus braços na lateral do corpo, impedindo-a de levantar o abridor. Em seguida, McGorry algemou as mãos dela às costas. Elsa encarou Erika. – Gente da sua laia nunca vai entender. Se eu vivesse de novo, faria a mesma coisa.

– Levem-na embora! – ordenou Erika. Peterson conduziu Elsa pela sala até a viatura, que aguardava lá fora.

EPÍLOGO

Erika, Moss, Peterson e McGorry ficaram observando enquanto Elsa e Charles eram colocados em viaturas separadas. Quando o carro que levava Elsa arrancou, ela estava sentada com o corpo aprumado e a cabeça erguida, olhando fixamente para a frente. Quando o segundo carro passou, viram Charles curvado, a cabeça baixa, chorando.

Do outro lado da rua, vizinhos surgiam à porta e espiavam atrás das cortinas.

– Fico imaginando o que eles diriam se soubessem que estavam morando ao lado de uma assassina e criminosa de guerra nazista – disse McGorry.

– Ficariam chocados, tenho certeza. Ela usava Marks & Spencer dos pés à cabeça – disse Moss. – Isso já vale por um monte de pecados.

Erika riu.

– O que vai acontecer com ela agora? – perguntou McGorry.

– Mesmo sendo uma idosa, pressionaremos para que vá a julgamento pelo assassinato de Marissa – respondeu Erika. – E Charles será acusado como cúmplice de assassinato. Só estou preocupada com as outras acusações, os crimes de guerra. Quero que ela viva tempo suficiente pra pagar pelo que fez.

– Vamos torcer pra que ela viva muitos anos ainda e apodreça na prisão – disse Peterson.

Uma van preta parou ao meio-fio, e uma equipe de peritos desceu para examinar a casa. Quando Erika acendeu um cigarro, Peterson olhou de relance para Moss.

– Ande, John – disse ela, puxando McGorry. – Vamos tomar um café.

– Já tomei dois cafés hoje... – Ele começou a justificar, mas Moss o olhou fixamente, e os dois saíram pelo portão.

Peterson mexeu os pés e ergueu os olhos para Erika.

– Você está bem? – perguntou ela.

– Como assim?

– Por causa do que Elsa falou.

– É impossível se acostumar com racismo, mas é algo que está sempre presente. Todos os dias, de diferentes formas.

Erika balançou a cabeça sem saber ao certo o que dizer.

– Bem, queria falar com você sobre outra coisa. Não tem a ver com trabalho – disse ele.

– O que é?

– Eu devia ter contado a você assim que soube do Kyle e da Fran... Tentei contar na noite em que fomos à boate, mas... me acovardei.

– Depois de todas essas revelações, o fato de você ser pai não me parece tão surpreendente agora.

– Colocando desse jeito... – disse ele.

– Não posso dizer que estou cem por cento bem com você, James, mas vou chegar lá – disse Erika.

– Tudo bem.

– Você sempre quis ter filhos e conseguiu evitar todas as trocas de fralda...

Ele balançou a cabeça.

– Desculpe, não me expressei muito bem – acrescentou ela.

– Está tudo bem. Sei o que quis dizer. – Ele sorriu para ela. – Estamos bem? Podemos conviver tranquilos?

– Claro que podemos – respondeu Erika. Ela ficou feliz quando o celular dele tocou, e ele indicou que precisava atender.

– A gente se encontra na cafeteria?

Erika fez que sim e observou enquanto ele atendia ao telefone, com um sorriso enorme no rosto.

Erika continuou fumando junto ao portão, aliviada e satisfeita por terem solucionado o caso. Não sabia quanto tempo tinha ficado ali até olhar para baixo e ver quatro guimbas de cigarro no chão.

– Dane-se – disse a si mesma. – Não é todo dia que se pega uma assassina e criminosa de guerra nazista antes do almoço. – Ela pegou o maço de cigarros e acendeu outro. Um dos guardas saiu da casa e aproximou-se dela.

– Desculpe interromper, senhora. Acho que encontramos o casaco que a assassina usou no dia do ataque escondido sob o assoalho. Também há uma máscara de gás. Ambos parecem encrustados de sangue.

– Chego lá em um minuto – disse ela. O policial voltou à casa, e Erika se permitiu um momento para saborear o sucesso. Um pássaro cantava no alto de uma das árvores ao redor. Ela ergueu os olhos para o céu claro, saboreando o som suave. Tragou o cigarro que tinha acabado de acender e o apagou na sola do sapato, guardando-o de volta no maço.

Em seguida, entrou novamente na casa.

NOTA DO AUTOR

Em primeiro lugar, quero agradecer a você por ter escolhido ler *Segredos mortais*. Se este é o primeiro livro meu que você lê, ou se estava em busca de mais uma história de Erika Foster, eu ficaria grato se escrevesse uma pequena resenha. Não precisa ser longa, apenas algumas palavras; isso faz toda a diferença e ajuda novos leitores a ter contato com meus livros.

Adoro ouvir o que vocês pensam e ler os comentários que me enviam. Obrigado a todos os leitores que entram em contato; eu leio e aprecio cada mensagem. Vocês podem me encontrar no Facebook, Twitter, Goodreads ou no meu site: www.robertbryndza.com. Há muitos outros livros por vir, e espero que você continue nessa jornada!

Robert Bryndza

P.S.: Se quiser receber um e-mail quando meu próximo livro for lançado no Brasil, assine o *mailing* na minha página no site da Gutenberg: www.grupoautentica.com.br/robert-bryndza. Seu endereço de e-mail nunca será compartilhado, e você pode cancelar o recebimento a qualquer momento.

www.bookouture.com/robert-bryndza
@RobertBryndza
/bryndzarobert
www.robertbryndza.com

AGRADECIMENTOS

Agradeço a Oliver Rhodes, a Claire Bord e à maravilhosa equipe do Bookouture. Agradeço também a Rebecca Bradley pelos *feedbacks* e conselhos sobre procedimentos policiais. Quaisquer liberdades em relação aos fatos são de minha responsabilidade.

Obrigado à minha maravilhosa agente, Amy Tannenbaum Gottlieb, por me guiar pelos últimos meses com tanta graça e determinação. Agradeço também à igualmente maravilhosa Danielle Sickles e a todos na Jane Rotrosen Agency. Obrigado, Jan Cramer, pela sua incrível narração dos livros da série da Erika Foster.

Obrigado à minha sogra, Vierka, por todo o seu amor, apoio, e pelo desenho da máscara de gás. Você me deixou orgulhoso e criou algo arrepiante. Agradeço imensamente ao meu marido, Ján, por ler os intermináveis rascunhos e suportar minhas estranhas manias de escritor. Ján, se houvesse uma categoria em premiações literárias que contemplasse cônjuges de escritores, você a venceria todos os anos. Obrigado também a Riky e a Lola, pelo amor incondicional e por tornarem nossos dias tão iluminados e divertidos.

Finalmente, obrigado a todos os meus maravilhosos leitores, aos grupos de leitura, blogueiros e resenhistas. Um escritor não é nada sem seus leitores. Obrigado!

Este livro foi composto com tipografia Electra Std e impresso
em papel Off-White 70 g/m² na gráfica Rede.